POSSESSION IN DEATH / CHAOS IN DEATH
By J.D.Robb
Translation by Etsuko Aoki

死者と交わした盟約
イヴ&ローク 番外編

J・D・ロブ

青木悦子［訳］

ヴィレッジブックス

目次

死者と交わした盟約

Eve&Roarke
イヴ&ローク
番外編

おもな登場人物

● **イヴ・ダラス**
ニューヨーク市警（NYPSD）殺人課の警部補
● **ローク**
イヴの夫。実業家
● **ディリア・ピーボディ**
イヴのパートナー捜査官
● **シャーロット・マイラ**
NYPSDの精神分析医
● **リー・モリス**
NYPSDの主任検死官
● **アーサ・ハーヴォ**
NYPSD鑑識課の毛髪・繊維分析のスペシャリスト
● **ルイーズ・ディマット**
無料クリニックの女医
● **ジジ・サボウ**
ロマニーの老女
● **ナターリャ・バリノヴァ**
バレエスクールの教師で共同経営者
● **サーシャ・コルチョフ**
ナターリャの兄。バレエスクールの共同経営者
● **アレクシー・バリン**
ナターリャの息子。プリンシパル
● **ジャスティン・ローゼンタール**
ホイットウッド・センターの医師
● **アリアンナ・ホイットウッド**
ホイットウッド・センターのセラピスト
● **ケン・ディカソン**
ローゼンタールの助手
● **イートン・ビリングズリー**
アリアンナの同僚セラピスト

死者と交わした盟約

愛は死のごとく強し。
――旧約聖書「雅歌」

汝《なんじ》はいずこよりいでし何者ぞ、呪わしき姿のものよ?
――ジョン・ミルトン

1

彼女はその日の午前中、殺人者と一緒だった。

その男はいま病院のベッドで監視下に置かれ、もう少しで致命傷になるところだった怪我《けが》――共犯者のへまのせいだ――から回復しているところだったが、彼女はいっさい同情していなかった。

彼が生き残ったことはうれしい、あいつには長く長く生きてもらいたかった――地球外のコンクリートの檻《おり》の中で。彼女は自分と自分のチームが立件したその事件に有罪を確信していた――大喜びしている検事と同様に。この特別なカップケーキのアイシングにのせるトッピングシュガーは、犯人が彼女をあざ笑ったときに引き出してやった自白だった。

彼に殺されそうになってからまだ二十四時間たっていないことを考えれば、あんなふうに嘲笑《ちょうしょう》されたぐらいたいしたことではない。

シルヴェスター・モリアリティはニューヨークが提供できる最高の治療を受けるだろう、そのあとは友達のウィンストン・ダドリーと鉄格子のむこうで一緒になり、やがて彼らの一族の資産や名前からして、世間を大騒ぎさせ、メディアまみれになること確実な裁判を受ける。

事件は終結した、彼女は自分にそう言い聞かせながら、うだるような土曜の午後の車の流れをぬって家へ向かった。いまや死者たちは彼女がさしだせる唯一の正義を手にし、彼らの遺族や友人は慰めを得た――慰めになるならの話だが――責めのある者たちが報いを受けるということを。

だが彼女をさいなみつづけるものがあった――無駄にされた命、残酷さ、二人の男たちの徹底した身勝手さ。彼らは自分の重要性、地位ゆえにうぬぼれ、殺人を娯楽のひとつの形式、ひと味違う特権だと思ってしまったのだ。

彼女はニューヨークの車の流れの中をたくみに進みながら、とどろくクラクションや、スカイモールでの盛夏セールを知らせる広告飛行船の不快なほど陽気な誇大宣伝を聞き流していた。観光客たちがこの街に、たぶんスカイモールにも押し寄せて、煙をあげているグライドカートの大豆《ソイ》ドッグをむしゃむしゃ食べ、店や街なかの屋台でみやげものやお買い得品を探しているのだろう。

ぐつぐつ沸騰中のシチューだ、と彼女は思った。二〇六〇年夏の暑さと湿気の中の。すばやい指先のスリがひとり、稲妻のような動きで観光客カップルにぶつかり、あいだを通っていくのが見えた。そのカップルはビル群やそこをぐるりとまわる人間用グライドに見とれるのに夢中で、身の安全を忘れていた。スリの男はパチンと指を鳴らす時間の半分で、財布をだぶだぶのカーゴパンツのポケットにすべりこませ、横断歩道を渡る人々の森にヘビのようにするするとまぎれこんだ。

もし彼女が徒歩か、せめて同じ方向へ向かっていたなら、追いかけただろう——そしてその追跡で気分があがったかもしれない。しかしスリも彼の戦利品も煙のように消えてしまったし、彼が今日のターゲット襲撃で上々のスコアを出しつづけるのは間違いなさそうだった。

人生は続いていく。

イヴ・ダラス警部補はようやく自宅の堂々たるゲートを通り抜けたとき、もう一度そのことを肝に銘じた。人生は続いていく——そして彼女の場合、今日、そこにはバーベキューパーティーと、警官の集団と、奇妙なとりあわせの友人たちが含まれていた。二年前なら、そんなふうに土曜を過ごすことはまずなかっただろうが、状況が変わったのだ。

彼女の住環境も、ほとんど家具のないアパートメントから、ロークの築いた宮殿要塞《ようさい》へと、確実に変わった。彼女の夫は――夫がいることこそがまさに変化だった、たとえまだ結婚二周年を祝ったばかりだとしても――ヴィジョンと、欲求と、そして、神もご存じだが、スタイルと機能を満載した無数の部屋のある、豪奢《ごうしゃ》な家を創造する手段を持っていた。ここでは芝生がゆたかなサマーグリーンに伸び、木々は繁り花も咲き乱れている。

ここには平穏とぬくもりとあたたかい受け入れがあった。そして彼女にはそれが必要だった、たぶんこのときは、少しばかり喉から手が出るほどに。

サマーセット、すなわちロークの家令がガレージの定位置に入れるだろうとわかっていたので、車は正面のエントランスに置きっぱなしにした。そして願った、今日ばかりは、彼がホワイエでかかしみたいにぬっと立っていませんようにと。

ロークとの寝室のひんやりした静けさが、ひとりになれるひとときがほしかった。人が押し寄せてくる前にいまの気分を振り払う時間が、と玄関へ歩きながら思った。

その途中で立ち止まった。何も玄関から入るのが唯一の手段じゃないわよね――それに、どうしていままでそのことを思いつかなかったんだろう？　思いつきにまかせ、イヴは小走りにぐるりとまわって――長い脚でどんどん進んでいき――パティオを通り、方向を変えて壁にかこまれた小さな庭を抜け、横のドアを入った。するとそこは客間か、居間か、朝食部屋で――誰にもわからないんじゃない？とイヴは疲れた茶色の目をぐるりとまわして思い

――それからさっきのスリのようにするりと廊下を横切っていくと、もう少し見覚えのある領域の娯楽室に入った。ここならどこかわかる。

エレベーターを呼び、中へ入って扉が閉まると、これをささやかな秘密の勝利と考えた。

「主寝室へ」彼女は命じ、それからエレベーターが進んでいくあいだ、ただ壁にもたれ、目を閉じた。

寝室へ入ると、くしゃくしゃになった短い茶色の髪をかきあげ、やせた体から上着を脱ぎ、手近の椅子にほうった。湖サイズのベッドの台へあがり、ベッドに腰をおろした。眠りの中へ逃げられると思ったなら、体を伸ばしただろうが、頭にも、腹の中にも、休むにはあまりに多くのものがありすぎた。

だからただそこに座っていた。そして血と死の中を数えきれないほど歩いてきたベテランの警官であり、殺人課の警部補は、しばし死者を悼んだ。

ロークはそこで彼女を見つけた。

彼はイヴの肩の落ち方、座り方、窓の外を見ている様子で、彼女の心の状態を察することができた。彼は歩いていって隣に座り、彼女の手をとった。

「僕も一緒に行けばよかったね」

イヴは首を振ったが、彼によりかかった。「聴取に民間人の居場所はないわ、それにわたしが融通をきかせてあなたを専門家コンサルタントとして入れたとしても、あなたの出る幕はなかったでしょうね。あいつを思うままにあやつって、高給とりの弁護士部隊を山刀《マチエーテ》みたいに切り刻んでやったわ。検事に口にキスされるかと思った」

ロークは握っていた彼女の手を唇へ持っていった。「それでもまだきみは悲しんでいる」

イヴは目を閉じ、彼が横にいてくれることの頼もしさに、彼の声にまじるアイルランドのささやきに、彼独特のにおいにも、少しばかり慰められた。「悲しいんじゃないわ、というか……自分の気持ちがわからない。浮かれた気分になっていいはずなのに。わたしは仕事をやりとげた。逃げ道を全部ふさいでやったの――あいつら二人の顔を見て、それを思い知らせてやらずにいられなかった」

立ち上がり、窓のところへ歩いていって、また離れ、けっきょく自分が求めているのは安らぎや慰めではないと気づいた。まだそうじゃない。求めているのは事件のことを手放し、追い払い、怒りを吐き出す場所だ。

「あいつは怒ってたわ。モリアリティは。自分のあのイカレた骨董品《こっとう》のイタリア製の剣で、友達の手で胸に穴をあけられてあそこに倒れて」

「きみを刺すはずだったやつだね」ロークが思い出させた。

「ええ。だから彼は怒ってた、心底怒ってたわ、ダドリーがどじを踏んだせいで、モルグの解剖台にのるのがわたしじゃなくなって」

「だろうね」ロークは冷ややかに言った。「だがきみが元気をなくしているのはそのせいじゃない」

イヴは一瞬立ち止まり、ただ彼を見た。息を呑《の》むような顔の中の、息を呑むような青い目、たてがみのようなゆたかな黒い髪、あの詩人の唇はいまは固く結ばれており、それはモルグの解剖台にのったイヴの姿を思い浮かべさせられたせいだった。

「あいつらにわたしを殺すチャンスなんかなかったのはわかっているでしょ。あなたもあの場にいたんだから」

「だがそれでも彼は血を流させたじゃないか?」ロークは彼女の腕の、回復途上の傷を顎《あご》でさした。

イヴはそこを軽く叩いた。「それにこのおかげで連中をがっちりつかめたわ。警察官に対する殺人未遂は、ケーキのアイシングを仕上げ塗りするだけだけど。連中は次の得点を入れられなかった。もう競争は同点で終わらなければならない、奇妙なことに二人はずっとそれを望んでいたみたいなのよね。彼らはただあの競技をもっとずっと長く続けていくつもりだった。それで最後にもらえる賞品が何だったか知ってる? 今回のくそったれなトーナメントの目的が何だったか知ってる?」

「いや、知らないな、でもきみは今日モリアリティから訊《き》きだしたようだね」

「ええ、ギリギリと締めあげてやったから、あいつも吐き出さざるをえなかった。一ドルですって。たったの一ドルなのよ、ローク——連中にとってはただの冗談だったわけ。それがむかつくの」

それがイヴを打ちのめし、少々のさむけすら与え、彼女は目の奥が痛み、涙が出そうになるのを感じた。「それがむかつくの」彼女は繰り返した。「あんなに人が死んだ、あんなに人生が破壊され粉々にされた、なのにこんなことでむかつくの？　どうしてかわからない、どうして胃がねじれるのか全然わからない。もっと悪いものだって見てきたのに。そうよ、わたしたちはもっと悪いものを見てきたじゃない」

「だがこれ以上に無益なものはめったにないだろう」彼は立ち上がり、イヴの両腕をつかんで、やさしくさすった。「理由がない、怒りにかられた敵討《かたきう》ちも、熱に浮かされた夢も、復《ふく》讐《しゅう》も、欲も、憤激もないんだ。ただの残酷なゲーム。きみがむかつかないはずないだろう？　僕だってむかついているよ」

「最近親者に連絡したの」イヴは話しはじめた。「わたしたちが見つけた、連中がニューヨークで今度の対戦を始める前の被害者の最近親者たちにも。それで帰ってくるのが遅くなったのよ。そうしなきゃいけないと思ったの、それにもしそうやって全部終わらせれば、気分も上向くだろうと思った。感謝されたわ。怒りや涙や、予想できるものは全部受け取った。そして誰もがみんななぜなのかときいてきた。どうしてあの男たちは彼らの娘を、夫を、母を殺したのか？って」

「それできみはどう話したんだい？」

「理由がないとき、あるいはその理由がわたしたちには理解できないときもあるんです、って」イヴはぎゅっと目をつぶった。「わたしは怒りたい」

「怒っているよ、心の中で。そして心の中では、自分がいい仕事をやりとげたとわかっている。だからきみは生きているんだ、ダーリン・イヴ」ロークは彼女を抱きよせて額にキスをした。「それはつまり、彼らのレベルで言い直すと、連中は負け犬だということだ」

「たぶんそうね。たぶんそれでじゅうぶんってことにしなきゃならないんでしょうね」

イヴは彼の顔を両手にはさみ、少し笑った。「それにあいつらがわたしたち二人を憎んでいるってボーナスもついてるし。本当にわたしたちを憎んでるの。おかげでさらに気分があがるわ」

「あれ以上憎まれたい相手は思いつかないね、というかおたがいに憎み合いたい相手は」

やっとイヴの目に笑いが浮かんだ。「わたしも。いまのことを中心に据えておけば、パーティーの気分になれるかも。わたしたち、みんなが来る前に下へ行って、やらなきゃならないことをやったほうがいいんじゃない」

「まずは着替えだな。そのブーツと武器がないほうがパーティーモードになりやすいんじゃないか」

ズボンをコットンパンツに、ブーツをスキッドにはきかえ、階下へ行く頃には、ホワイエにいる人の声が聞こえてきた。イヴはパートナーのピーボディが短い褐色のポニーテールをはずませ、夏のワンピースをひるがえしているのを見つけた。ピーボディの同棲《どうせい》相手で、電子捜査官にして第一級のオタクであるマクナブも彼女の隣におり、原子の虹よりもたくさんの色が縦横に走るピタピタのタンクトップを、だぶだぶでホットピンクの膝丈ズボンと、ジェルサンダルと取り合わせていた。

彼は左の耳たぶにつけた銀の輪っかの森をきらめかせて振り向き、イヴににっこり笑った。「やあ、ダラス。いいものを持ってきましたよ」

「うちのおばあちゃんの手作りワインです」ピーボディがボトルを持ち上げてみせた。「ここにカリフォルニアサイズのワインセラーがあることは知ってますけど、楽しんでもらえるんじゃないかと思いまして。おいしいんですよ」

「外へ行ってあけましょう。おいしいものが食べたい気分」

ピーボディはイヴの目を見つめたまま、眉を寄せた。「万事問題なしですか?」

「検事はまだ喜びのダンスを踊ってるでしょうよ。事件は終結したの」イヴは答え、あとは言わずにおいた。いまさら細かいことを付け加え、パートナーの気分を自分と同じように乱しても意味はない。

「最初の一杯はニューヨーク市警察治安本部《NYPSD》の殺人課に乾杯しよう――それから電子探査課《EDD》にも」ロークがマクナブにウィンクして言った。

広い石造りのテラスにはすでに、料理ののったテーブルが並び、パラソルで日光をさえぎってあり、庭は色彩と香りにあふれていた。ロークが――ほぼ――攻略した怪物サイズのグリルはすばらしくみえたし、ワインは本当においしかった。

三十分もしないうちに、あぶり焼きされた肉のにおいが夏の花々の芳香と混ざり合った。テラスも、テーブルのまわりに置かれた椅子も、庭も、人でいっぱいだった。イヴは自分がこんなにも多くの人間を集めたことにまだ驚いていた。

彼女の仲間たち――一緒にダドリー‐モリアリティ事件を捜査した全員――それから地方検事補のシェール・レオ、新婚ほやほやのドクター・ルイーズ・ディマットと元公認コンパニオンのチャールズ・モンローも、立っていたり、座っていたり、ぶらぶら歩いたり、お腹《なか》いっぱい食べたりしている。

検死官のモリス、そもそもイヴがこのパーティーを思いついたのは、殺された恋人に対する彼の悲嘆を慰めたいと思ったからだが、彼はロペス神父と飲んでおり、神父はいまでは彼の友人にしてカウンセラーになっていた。

司祭をパーティーに呼ぶのは少々変な気がする――たとえ好意と敬意を持っている司祭でも――だが少なくとも彼はあの司祭服を着ていなかった。

ベストセラー作家でトップレポーターのナディーン・ファーストは、NY市警の精神科医ドクター・マイラと、マイラの愛すべき夫デニスとおしゃべりしていた。

いいものだ、とイヴは思った。こんなふうにストレスを発散し、そのためにみんなで集まるのは。たとえイヴにとっては集まることが、ほかの人ほど自然にやれることではないにしても。フィーニーがロークのバーベキューの腕前をからかっているのを見るのも、トゥルーハートが可愛《かわい》らしくてはにかんだ目の恋人を自慢しているのを見るのも、いいものだった。

ええい、ピーボディのおばあちゃんのワインをもう一杯飲もうか、それから――

その考えは、明るい笑い声が聞こえてきたとたんに消え去った。

メイヴィス・フリーストーンが、広がって腿《もも》もあらわなラベンダー色のスカートの、広がった裾の内側まで紐を編み上げた銀色のサンダルで駆けこんできた。彼女の髪はてっぺんで結んでぶわっと広げ、スカートと色を揃《そろ》えてあった。腕には赤ん坊のベラを抱っこしている。レオナルドも妻と娘ににこにこしながら、後ろからやってきた。

「ダラス！」

「ロンドンにいると思ってた」イヴは色彩とにおいと喜びにつつまれて言った。

「パーティーをのがすわけないいじゃん！　あした戻るよ。トリーナはちょっとサマーセットと話をしてる」

イヴは鳥肌が立つのを感じた。「トリーナって……」

「心配しないで、彼女はパーティーのために来たんだ、あんたにトリートメントをするためじゃなくて。ベラの髪もやってもらったんだよ――サイコーでしょ？」

何兆億もの輝く巻き毛が、赤ん坊の楽しげな顔をかこんでいた。そのひとつひとつがすべて、小さなピンクのリボンと一緒にはずんでいる。

「ええ、ほんとに――」

「わあ、大事な人たちがみーんな来てる！　いっぱいハグしてこなきゃ。はい、ちょっとベラミーナを抱っこしてて」

「僕が飲み物をとってくるよ」レオナルドがその巨大な手でイヴの頭をぽんぽんと叩き、それからふくらはぎ丈の赤いクロップドパンツですべるように歩いていった。

「わたしは――」イヴの腕はすぐさま、体をはずませてうーうー言っている赤ん坊でふさがれてしまったので、抗議の声は喉をしめられたような息を吞む音で終わった。

「最近ちょっと重くなったわね」イヴはなんとかそう言い、それからこの荷物をパスするカモを探して人の群れを見ていった。ベラはキーッと声をあげて、イヴの心拍数を急上昇させ、それからイヴの髪を片手にいっぱいつかんで、思いがけない強さで引っぱった。

そしてべちょべちょした、口をあけたままのキスをイヴの頰にした。「きーちゅ！」とベラは言った。

「いま何て言ったの？　んもう」

「キスだよ」メイヴィスが声をあげ、泡のようなピンクの飲み物を相手に実演してみせた。

「あんたにキスを返してほしいんだって」

「あーあ。オーケイ、いいわよ」細心の注意をはらって、イヴはベラの頰にちょっと唇をつけた。

見るからに喜んで、ベラはメイヴィスそっくりの笑い声をあげた。イヴも笑った。「オーケイ、おちびちゃん、ほかにもきーちゅしてあげる相手を探しにいきましょ」

2

警官ほどよく食べる者はない。司祭は半分もいかないわね、とイヴは観察した。それから、医者はがんばっていると、ルイーズ、モリス、マイラがバーガーを食べるのを見て思った。しかし警官の一団を敵にまわしては、略奪屋のハイエナの群れだってかなうまい。

のがしてばかりの食事や、おきまりの大いそぎでぱくつくドーナッツのせいかもしれない。しかし警官が腰を据えて無料の食べ物にありついたとき、彼らの頭からはほかのいっさいが消える。

「こういうのはすてきね」ナディーンがやってきて、自分のワイングラスをイヴのビールのボトルにチンとあてた。「すてきな一日、すてきな人たち、ただリラックスしてぶらぶらするすてきな機会。これがあるから、あなたに『ナウ』に出て、ダドリー－モリアリティの殺しについて話し合ってくれるよう食い下がるのは、月曜日までやめておいてるの」

「事件はもう解決したのよ」

「解決したのは知ってるわ――わたしにも情報源があるから。例の本の宣伝でニューヨークを出ていなかったら、このパーティーの前にあなたの鼻先にあらわれてたわよ」

ナディーンはほほえんだ。陽光のようなハイライトが入った髪はいつもより長く、いつもよりゆるくスタイリングしてあり、ノースリーブのふわっとしたタンクトップの下には、アンクレットを引き立てるクロップドパンツをはいている――とはいえ、いつでもカメラに映る用意のできているレポーターはちゃんとそこにいた。

「だけど今日はやらないでおく」ナディーンはそう言い、もうひと口ワインを飲んだ。「あなたがこういう集まりをやるとき、わたしが気に入っていることは何だか知っている、ダラス？」

「料理とアルコール？」

「それは常に一級品ね、でもそれ以上のことよ。いつもこんなふうにいろいろな人が面白くまざりあっていること。ここでは誰の隣に座っても退屈しないってわかっているもの。あなたは多様かつ興味深い人間を集める才能があるわ。さっきはクラックとおしゃべりしていたの」ナディーンはそう付け加え、身長ほぼ二メートルでタトゥーだらけのセックスクラブオーナーのことを口にした。「今度はあのはにかみ屋でたくましいトゥルーハート巡査と、連れの可愛いお嬢さんの隣に座ろうかと思っているところ」

「レコーズ出身のキャシーよ」

「レコーズ出身のキャシーね」ナディーンは繰り返した。「あの二人がどうなっているのか探ってみようかな」

　イヴがグリルのほうへ歩いていくと、そこではロークがすでに火の番をフィーニーに譲り、デニス・マイラが監督していた。この二人もちょっと変わった組み合わせだ――多様、とナディーンが言ったように――ひょろ長い体に夢見る目をした教授と、赤い髪を爆発させているくたびれた警官。

「調子はどう？」イヴはきいてみた。

「ビーフバーガーの新しいオーダーを二つ受けたぞ、それにこのケバブも」フィーニーがパテを裏返した。

「みんながそれをどこにおさめるのかわからないよ」デニスが頭を振った。

「警官の胃袋ですよ」フィーニーはイヴにウィンクしてみせた。「われわれは目の前にあるものを食うんです、それもチャンスがあればたらふく」

「誰かさんはレモン・メレンゲ・パイとストロベリー・ショートケーキ（米国のショートケーキはスポンジではなく、ビスケットにイチゴやクリームをはさんでのせたもの）用に場所をあけておいたほうがいいんじゃないの」

フィーニーがフライ返しにパテをのせたまま止まった。「レモン・メレンゲ・パイとストロベリー・ショートケーキがあるのか？」

「街の噂《うわさ》ではね」

「どこなんだ？」

「知らない。サマーセットにきいて」

「もちろんきいてくるとも」彼はパテをひっくり返して、それからフライ返しをデニスに押しつけた。「代わってください。ここのハゲタカどもが嗅《か》ぎつける前に、僕の取り分を確保しにいってくる」

フィーニーがばたばたと遠ざかっていくと、デニスの目がいっそうやさしくなった。「ホイップクリームもついているのかな？」

「たぶん」

「おぉ」彼はフライ返しをイヴに渡した。「いいかい？」彼はそうきいて、父親のように彼女の頭を軽く叩くことまでした。「ショートケーキとホイップクリームには弱くてね」

「あの――」しかしデニスはもう歩いていってしまった。

イヴはジュージューいっているパテや、串《くし》に刺した野菜を見おろした。よだれをたらした赤ん坊を腕に置かれるほどおっかなくはない、でも……どうすればできあがったとわかるんだろう？　何か合図があるの？　つついたほうがいいのか、それともほうっておくほうがいいのか？

何もかもがジュージューいって煙をあげ、ダイヤルや目盛りが数えきれないくらいある。用心深く別のぴかぴか光る蓋《ふた》を持ち上げてみると、太いソーセージがあって——たぶん本物の豚肉だ——火がとおって熱く充血したペニスみたいになっていた。

イヴはまた蓋をし、ロークが来てくれたときには安堵《あんど》の息をもらした。

「あの人たち、ケーキとパイがあるって話に誘惑されて、持ち場をほうりだしたのよ。これはあなたがやって」フライ返しを渡した。「わたしだと何かやらかして、ルイーズと彼女の医療バッグに仕事をさせることになりかねない」

ロークはジュージュー焼けているものや煙に目をやったが、その様子は彼が手ごわいコンピューターコードを前にしているときにイヴが何度か見たのと同じだった。目に挑戦の光が浮かんでいる。

「実際にはやりがいのあるものだよ、焼き係は」彼はフライ返しをさしだした。「僕が教えてあげるから」

「けっこうよ。それを食べることだってやりがいがあるわ、そっちはもうやったし」

ロークはグリルから大皿にパテを移し、それからトングのようなものを使ってケバブも移した。

「できあがったってわかれば、それくらいやれたんだけど」

「きみにはほかの才能があるから」ロークは料理の大皿ごしにかがみこみ、彼女にキスをした。

いい時間だ、とイヴは思った――いろいろなにおい、声、熱い夏の日ざし。笑みを浮かべそうになったところで、ロペスがこちらへやってくるのが見えた。昔ボクサーだった彼はそういう歩き方をする、とイヴは思った。引きしまった体が足に軽くのっている。

「もう一ラウンドいけそうですか、チャレ?」ロークがきいた。

「最初のラウンドだけでじゅうぶん以上でしたよ。お二人に招いてもらったお礼を言いたかったんです。すばらしい家、すばらしい友人たちをお持ちですね」

「まだ帰ったりしませんよね?」

「残念ながらそうしなければならなくて。夕方のミサがあって、洗礼式をやるんです。そのご家族から頼まれたので、聖クリストバル教会へ戻って準備をしなければならないんですよ。でもこれ以上すてきな午後はありませんでした」

「送っていきます」イヴは言った。

「ご親切にどうも」ロペスは彼女を見た――イヴにはそのあたたかい茶色の目が、消え去ることのないかすかな悲しみを常にたたえているように思えた。「でもお客様たちからあなたを引き離すなんていけませんよ」

「かまいません。みんな料理に夢中ですし、もうじきデザートが出てきますから」

ロペスは彼女を見つめつづけ、何かを探していたが、彼がうなずいたのでそれを見つけたのがイヴにもわかった。「では、お言葉に甘えて」

「これを頼むよ」ロークがイヴに大皿を渡した。「並べてきてくれ、僕はサマーセットに、チャレ用にデザートを少し箱詰めさせるから」

「今夜わたしを教区のヒーローにしてくれるんですね。それじゃ皆さんにお別れを言ってきますよ」

「ありがとう」ロペスがパーティーに戻っていくと、イヴは言った。「彼の意見をききたいことが二つだけあるの。長くはかからないから」

「それじゃ行っておいで。きみの車はまわさせておくよ」

イヴはどう持ちかければいいのかわからなかった、というか、なぜそうする必要を感じているのかすらわからなかった。しかし彼はイヴがやりやすいようにしてくれた――たぶんそれはロペスのような人間がいつもしていることなのだろう。

「わたしにリーのことをききたいんでしょう」イヴがゲートを抜けると、ロペスが話を始めた。

「ええ、ひとつにはね。わたしがモリスに会うのはたいてい死体を前にしているときだけど、彼がどんな状態かはわかるんです。まずは着ているものだけでも。彼が乗りこえている途中なのはわかってます、でも……」

「友達が嘆き悲しむのを見ているのはつらいものです。詳しいことは話せません、彼と話し合ったことには秘密のものもありますから。彼は強く、崇高な人です、そして――あなたのように――死とともに生きている」

「助けになるんですよ――仕事は。それはわかる」とイヴは言った、「それに彼もそうだと言っていたし」

「ええ、人生を奪われた人々、たとえば彼のアマリリスのような人々に心をむけること。それが彼の中心なんです。彼はアマリリスがいないのを寂しがり、ともに作れたかもしれないものの可能性がなくなったのを寂しがっています。怒りはもうほとんどなくなりましたよ。それはひとつの始まりです」

「みんながどうやって怒りを追い払うのかわからないわ。わたしが彼の立場だったら、追い払いたいかどうかわからない」

「あなたは彼に正義をもたらしたんです――この世での正義を。そこから彼は受け入れることを、それからアマリリスが神の手のもとにあると信じることを見出さなければならなかったんです。あるいは、神でなくても、やはり彼女が次の位相《フェーズ》に進んだと信じることを」

「その次の位相《フェーズ》がそんなにすばらしいものなら、どうしてわたしたちはこんなにこの世にとどまろうと必死にやってるわけ？　どうして死がこんなにも無益にみえて、こんなにも多くのものを傷つけるんですか？　あの人たちはみんな、ただ前へ進み、自分の人生を生きていた、誰かがそれを終わらせてやろうと思うまでは。わたしたちは怒るべきですよ。死者は怒るべき。もしかしたら怒ってるのかもしれないわ、だってただ水に流したくないときだってあるだろうし」

「殺人は神の法と人の法の両方を破るものです、だからこそそれには罰が必要――罰が与えられなければならないんです」

「それじゃわたしがそいつらを檻に入れたら、次の停車駅は燃えさかる地獄なんですか？　そうかもね。知らないけど。でも殺された人はどうなんです？　なかにはなんの罪のない、ただ自分の人生を生きていただけの人だっている。でもほかの人は？　彼らの命を断ち切ったやつと同じくらい悪いやつ、もしくは、ほとんど同じくらい悪いやつもいるでしょう。この位相《フェーズ》では、わたしは彼らをみんな平等に扱い、任務を果たし、事件を終結しなければならない。それはできる。そうしなければならない。でも思うんですよ、ときどきね、罪もなかった人たち、それに――モリスみたいな――置き去りにされた人たちにとっては、それでじゅうぶんなんだろうか、って」

「今週はたいへんだったんですね」ロペスはつぶやいた。

「今週だけじゃないです」

「あなたにとって事件を終結することがすべてなら、そこで始まって終わるだけのものなら、ご友人にわたしと会ってみるよう勧めたりはしなかったでしょう。あなたとわたしもこんな話はしていなかった。それにあなたも、わたしには天職にみえる仕事に対する情熱を保とうとせず、保てなくなるでしょう」

「ときどき見えるか、感じられたらいいと思うんです……いえ、知ることができたらいいと思うの、たった一度でもいい、それでじゅうぶんなんだって」

ロペスは手を伸ばし、つかのまイヴの手に触れた。「わたしたちの仕事は同じではありませんが、自分に投げかける問いには同じものがありますね」

イヴは彼を見た。サイドウィンドーの外で何かが動いた。一瞬、通りも、歩道も、無人にみえた。ただ老女がひとり、よろよろと歩き、すでに血まみれの手を胸に上げた直後、縁石から通りへころげ落ちた。

イヴは思いきりブレーキを踏み、回転灯をつけた。車を飛び出すあいだに、ポケットからリンクを出す。「緊急事態発生、ダラス、警部補イヴ。医療員をよこして、救急車も一台必要、百二十丁目の六百番ブロック。トランクに応急手当キットがあるから」とロペスに叫んだ。「コードは二、五、六、〇、ベイカーのB、ズールーのZ。被害者は女性」と続け、女の横にかがみこんだ。「複数の刺し傷。がんばって」彼女はつぶやいた。「がんばって」そしてリンクをほうりだし、両手で女の胸の傷を押さえた。「いま助けが来ますよ」

「ベイアータ」女のまぶたが震え、開いたが、目の色が濃すぎて瞳孔《どうこう》はかすかに見えるだけだった。「とらわれているの。赤いドア。あの子を助けて」

「いま助けが来ます。あなたの名前を言ってください」イヴが話しかけるあいだに、ロペスが応急手当キットから包帯を出した。「お名前は?」

「あの子はベイアータ。わたしのすばらしい子。あの子は出られないの」

「誰にこんなことをされたんですか?」

「あの男は悪魔よ」黒い目がイヴの目を食い入るように見た。絞りだした言葉には、いまの暑さのようにもったりした訛《なま》りがあった。

東ヨーロッパだ、とイヴは頭の中にそれをファイルしながら思った。

「あなた……あなたは戦士よ。ベイアータを見つけて。ベイアータを救って」

「オーケイ。心配しないで」イヴがロペスを見ると、彼は首を振った。そしてラテン語で低くつぶやきながら十字を切り、女の額にも十字を書いた。

「あの悪魔はわたしの体を殺した。わたしは戦えない、わたしには見つけられない。あの子を自由にしてやれない。あなたがやらなければだめ。あなたこそその人よ。わたしたちは死者と話す」

イヴはサイレンを耳にしたが、もう手遅れだろうとわかった。包帯も、彼女の両手も、道路も血まみれだった。「オーケイ。彼女のことは心配いりません。わたしが見つけます。あなたの名前を言ってください」

「わたしはジジ。わたしは約束。わたしを中に入らせて、約束を守ってくれなければだめよ」

「オーケイ、オーケイ。心配しないで。あとはわたしが引き受けます」いそいで、と心でサイレンに叫んだ。後生だからいそいで。

「わたしの血、あなたの血」女は胸の傷を押さえていたイヴの手を驚くほど強くつかみ、爪を食いこませた。「わたしの心臓、あなたの心臓。わたしの魂、あなたの魂。わたしを中へ入れて」

イヴは手のひらにつけられた小さな傷の短い痛みは無視した。「ええ。わかりました。助けが来ましたよ」救急車が悲鳴をあげながら角を曲がってきたので目を上げ、それからまた燃えるような、底のない黒い目を見つめた。

何かがイヴの手の中で燃え、腕をのぼり、はっとするほど強く胸を打って呼吸ができなくなった。光がひらめいて、何も見えなくなり、それからまったくの暗闇になった。

その暗闇の中に、いくつもの声と、もっと深い影たちと、若い女の明るい姿があった――ほっそりとした体つき、滝のように流れ落ちる黒い髪、深いベルベットのような茶色の目。

その子がベイアータよ。わたしは約束、そして約束はあなたの中にある。あなたは戦士、その戦士はわたしを宿す。約束が守られ、戦いが終わるまで、わたしたちはともにある。


「イヴ。イヴ。ダラス警部補!」

彼女はびくっとし、水面に浮かんできたダイバーのように空気を吸いこんで、自分がロペスの顔をのぞきこんでいることに気がついた。「何?」

「ああよかった。大丈夫ですか?」

「ええ」イヴは血のついた手で髪をかきあげた。「いったい何だったの?」

「わたしにもまったくわかりません」彼はほんの三十センチ離れた、二人の医療員がさっきの女にかかっているところへ目をやった。「彼女は亡くなりました。光があらわれたんです――すごい光が。これまで見たことがない……それから彼女は逝《い》ってしまいました、そしてあなたは……」彼は言葉を探そうとあがいた。「意識がなくなっていたわけではないですが、空白でした。しばらくどこかに行ってしまって。医療員が彼女にかかれるよう、引き離さなければなりませんでしたよ。あなたもあの光が見えたんですね?」

「見えたものはあります」感じたものがある、とイヴは思った。聞こえたものがある。いま彼女に見えるのは、自分の血で道路を染めているひとりの年老いた女だけだった。

「この件を署に連絡しなきゃ。あなたはミサに遅刻することになりそうですよ。供述をしてもらう必要がありますから」

イヴが立ち上がったとき、医療員のひとりがやってきた。

「あの女性にしてあげられることはありません」彼は言った。「もう冷たくなっていますから。あなた方が見つける前に二時間ほどあそこに倒れていたはずです。まったくニューヨークってところは。みんなあの人のすぐそばを歩いて通りすぎていったんでしょう」

「違う」いまは人がいて歩道に集まり、死者のための合唱隊のように列をつくりはじめていた。でもさっきは……「違うわ」イヴは繰り返した。「彼女が倒れるのを見たもの」

「遺体は冷たくなっています」医療員は同じことを言った。「少なくとも九十歳、たぶんそれ以上でしたよ。あれだけ切り刻まれて、半メートル歩けたのだって不思議です」

「詳しく調べたほうがいいわね」イヴはリンクを拾い、署にかけた。

3

両手の血を落としたあと、イヴは現場を保存し、車のトランクから捜査キットをとってきた。被害者の指紋を検索していると、最初のパトカーが到着した。

「彼女はデータベースに入ってない」いらだち、イヴは立ち上がって制服警官たちのほうを向いた。「そこの人たちを下がらせておいて。彼らと話をして。誰か彼女を知っているか、何か見たかどうか調べて。血痕《けっこん》があるから、そこの人たちに踏み荒らしてほしくないの」

それに彼らはいったいどこにいたんだろう、とイヴは思った。この女性が通りをよろよろと歩き、失血死しかかっていたときに？　通りはさっき、砂漠のように誰もいなかった。

「わたしにできることはありますか？」ロペスがきいた。

「ピーボディがこっちに向かっているところです――殺人課の警官が何人も、ほんの数分のところにいたのはちょっとばかりラッキーでしたよ。彼女に供述をしてください。あなたが見たもの、聞いたものをすべて話してください」

「この女性には訛りがありましたね。きつい訛りが。ポーランドかハンガリー、もしかしたらルーマニア人かもしれません」

「ええ、ピーボディに話してください。それが終わったら、警官の誰かにあなたが行かなければならないところまで送らせます」

「もしここにいたほうがいいのなら——」

「もうここでしていただけることはありません。あとで連絡しますから」

「最後の秘跡を終わりまでやってあげたいのですが。さっきやりかけたんです、でも……彼女は首に十字架をかけているでしょう」

イヴは考えこんだ。ロペスはもうさんざん遺体にさわっているし、服もイヴの服と同様、老女の血がついてしまっていた。「オーケイ。わたしが彼女を調べはじめるあいだにやってしまってください。接触は最小限にするようにして」

「あなたの手も少し血が出ていますよ」

「彼女がぎゅっと爪をたてたんです。引っかき傷が二つだけですから」

ロペスは女の頭のそばに膝をつき、イヴはキットから計測器と捜査用具を出した。

「被害者は白人もしくは未確定の混合人種の可能性のある女性、年齢およそ九十歳。絶命の前に、本人がジジと名乗った。刺し傷が複数」イヴは続けた、「胸、胴、両腕。両腕と両手にあるものは防御創のようにみえる。ただおとなしく刺されていたわけではない」

「この人は自分の家で、自分のベッドで、子どもたちや孫にかこまれて亡くなるべきでした。すみません」イヴが目を上げたので、ロペスはそう言った。「記録の邪魔をしてしまいましたね」

「かまいません。それにあなたの言うとおりですし」

「死と殺人の違いはそこですね」

「大きな違いです。彼女の服は手作りだと思います?」そう尋ねながら、イヴは幅広いストライプ柄のロングスカートの裾を裏返した。「わたしには手作りにみえます、それもていねいに作ったものに。彼女はサンダルをはいている――頑丈で、だいぶ歩いたあとがある。タトゥーがひとつあり、左足首の内側。孔雀《くじゃく》の羽?　孔雀の羽と思われる」

「彼女は結婚指輪をしていますね。すみません」ロペスはまた言った。

「ええ、結婚指輪、というかいずれにしても金の指輪ですね、十字架のペンダント、二つめのペンダントは星形で、真ん中に淡い青色の石、金のイヤリング。バッグなし、財布なし、でも暴力ずくの強盗だったなら、アクセサリーを持っていかなかったのはなぜか?」

イヴはコートした手を被害者のスカートの横ポケットに入れてみて、小さな袋をつかんだ。雪のように白く、絹のような手ざわりで、銀色の紐をきっちり三重結びにしてある。紐をほどいて中身を見る前から、それが何なのかわかった。前にもこういうものを見たことがあったのだ。「ほら見て」とロペスに言った。

「何です？」

「魔法の道具ですよ。ウィッチクラフトとか何とかの。ハーブと、小さな水晶がいくつか。彼女はいろいろ保険をかけてたってところですね。護符に十字架——それにポケットには魔法の道具まで。本人を助けてはくれなかったけど」

死亡時刻はすでにわかっていたが、イヴは計測器を使って確認した。「ちくしょう、壊れてるみたい。死亡時刻《TOD》は一三〇〇時直後だって。彼女はわたしたちの目の前のここで、一六四二時に死んだのに」

「彼女の肌は冷たいですね」ロペスがつぶやいた。

「わたしたちは彼女が死ぬのを見たじゃありませんか」イヴは立ち上がり、ピーボディがモリスを後ろに連れて走ってきたので、そちらを向いた。

「これはパーティーの予定には入ってませんでしたね」ピーボディは遺体を見て言った。

「本人の予定にも入ってなかったでしょうよ」イヴはピーボディに持ってきてもらうよう頼んでおいた武器とハーネスを受け取り、装着すると、パートナーがさしだしたジャケットの下に隠した。

縁石に座り、スキッドをブーツにはきかえる。

「ロペス神父を解放できるように、彼から供述をとって。終わったら、制服の誰かに彼を送らせて。あなたは来なくてもよかったのに」イヴはモリスに言った。「おたくの部下に連絡したんだから」

「彼らには来なくていいと言ったよ。もう僕はここにいるわけだしね、そもそも」

「実を言うと、トップの人がいるのはありがたいわ。わたしの計測器は調子が悪くて。TODはTODとして記録したのよ、彼女はわたしの目の前で死んだから。でも計測器は四時間近く前だっていうの。死因はきわめてはっきりしている、でもほかのものも見つかるかもしれない。あなたが遺体を引き受けてくれたら、わたしはこの血痕にかかって、殺害現場を見つけたいんだけど」

「やってくれ」

イヴは血をたどって西へ進んだ。

その界隈《かいわい》は静かだった。この暑さでみんな家の中にいるのかもしれない、と彼女は思った。でなければ、住民の大半がスカイモールのセールに行ったか、ビーチにいるかだ。それでも多少の通行人や、通りを走る車はあった。

よろよろ歩きながら血を流している老女を見て、助けようとした人間はひとりもいなかったのか？　ニューヨークといえども、それは不人情すぎて信じられなかった。とはいえ血痕は西へ二ブロック続き、複数の横断歩道を渡っていた——まるであの老女が死に瀕《ひん》しながらも、交通ルールを破ってはいけないと思ったかのように。それから北へ向かっていた。

ここは建物も古い、とイヴは気づいた。ずんぐりした高層アパートメントや日払いの安宿、小さいマーケットにデリ、コンビニ、コーヒーショップ、パン屋、食糧雑貨店《ボデガ》——そして土曜の仕事で外に出ている人も多い。

さらに三ブロックたどっていき、それから小走りに北へ進むと、血痕はビルの谷間の狭い路地の入口へと続いていた。

そしてそこに、疑問の余地なく、殺害現場があった。

狭い溝の中、中身のあふれたリサイクル機からたれさがっているくさい生ごみの陰で、血が穴だらけのコンクリートの壁に飛び散り、汚い地面をひたしていた。

イヴは捜査キットをあけて懐中電灯を出し、壁、地面、リサイクル機の横にあるきちんと口を縛ったごみ袋と照らしていった。

「あれを縛ったのはあなたなの、ジジ？　ごみを運び出していたの？　ここで働いているの、ここに住んでいるの？　でなければこの路地で何をしていたの？　それに犯人に切り刻まれたあと、どうやって六ブロック以上も歩けたの？　それに何のため？　助けならその角のすぐむこうにあったでしょうに」

しゃがんで、ごみ袋をあけてみた。果物と野菜の皮だ、とイヴは見てとった。小さなパンの袋、ミルクパウダーの空箱、何かワインの入っていた長細いボトル……

袋を縛りなおし、証拠品のタグをつけ、袋を動かすと、鍵を見つけた。

古くて重い、とじっくり見ながら思った。でもそれをいうなら、このあたりには古いビルがいくつもあるし、昔ながらの単純な錠と鍵を使っているのかもしれない。イヴは路地の入口のドアとそのキーパッドに顔を向けた。入口はデジタルで防犯されている、でも内側は？

見てみなければならない。

鍵を証拠品袋に入れ、ラベルをつけ、それから先ほどのドアまで引き返してそこを見ようとした。

被害者は自宅のごみを出そうとして、あの小さい袋を持って出てきて、リサイクル機へ歩いていった。

犯人は彼女を待ち伏せていたのだろうか？　なぜ？　彼女は違法な取引の現場に踏みこんでしまったのか？

ごみ袋を置き、体をまわす――血の飛沫《ひまつ》は彼女が体をまわしたと告げている、襲われたときには壁から四分の三くらい体をそむけていたと。だから犯人は彼女の後ろから襲った、たぶん。路地の入口からか、または彼女の後ろのドアの内側から。

イヴは自分をその位置に置いて、壁から体をまわしてみた。最初の切りつけが右肩後ろを裂き、その痛みの衝撃で彼女はリサイクル機にぶつかった。武器を探し、体をまわして身を守ろうとしたが、ナイフが背中に刺さった。一度、二度。彼女は何かが地面に落ちるチャリンという音をかすかに耳にした、そして思った。わたしの鍵。

それから汚い地面にずるずると崩れ落ちる。けれども手が彼女をつかみ、ぐいっと体をまわし、壁に強く押しつける。ショックと痛みでぼやけた目に見えたのは悪魔の顔——額を貫いた弧をえがく角、地獄の火のように赤い肌には黒と汚い金色が走っている。その顔が獰猛《どうもう》な歯をむきだしたとき、ナイフが彼女の胸を突きとおった。

戦おうと両手をあげたが、刃はその手にも切りつけた。悲鳴をあげよう、呪いの言葉をあびせようと口を開いたが、声は出なかった。

倒れたとき、彼女の心に浮かんだのはベイアータのことだけだった。

イヴは汗びっしょりになってわれに返った。武器を持っている手が震え、もう片方の手で血が出ていないかと体じゅうを叩いてみた。

しかし何の傷も負っておらず、ただ最初の一撃を感じる前とまったく同じように立っていた。

「いまのはいったい何？」めまいがして、イヴは体を曲げ、膝のあいだに頭を落とし、呼吸が落ち着くまでそうやっていた。

「ダラス？　ヘイ！」ピーボディが駆け寄ってきた。「大丈夫ですか？」

「平気」

「うわ、幽霊みたいに真っ青ですよ」

「平気だってば」イヴはそう言いはった。「この暑さのせいよ」それを証明するために、たぶん自分自身を納得させるために、汗の浮いた額を手の甲でぬぐった。「現場には誰がいるの？」

「制服五名、モリス。現場班はわたしがあなたを追ってくる前にさっきのところに到着しました」ピーボディは路地の地面、壁、悪臭を放っているリサイクル機を見ていった。「大量の血ですね。彼女、こんな目にあってどうやってずっと歩いてこれたんでしょう？」

「いい質問ね。彼女はごみを出しにきたようにみえるわ。わたしがタグをつけた袋の中身は、一人暮らしから出るふつうの生ごみにみえる。それから、袋とリサイクル機のあいだに鍵があった。彼女のものかもしれない、ここで唯一汚れていないものみたいだから。現場班に連絡して。ここへ来てもらいたいの。彼らが来るまで、そのごみ袋から離れないで。わたしは建物を調べてくる。それが彼女の家のごみなら、ここの二つの建物のどちらかから出てきたはずよ」

イヴは路地を出てようやく清潔な空気を吸った——そして吸ったとたん、震えもめまいもまったくなかったように消えた。

まず一階のマーケットをあたることにして、陳列された夏の果物や花束を通りすぎ、比較的涼しい店内へ入った。

カウンターへ歩いていくと、むこう側でスツールに座っていた女がにっこり笑って出迎えた。「いらっしゃいませ。何をお探しですか?」

「NYPSDです」イヴはバッジを見せた。「こういう女性を知りませんか、九十代で、白髪——長くて、たぶんお団子に結っていて、褐色の目、オリーヴ色の肌、身長百六十三センチ、体重五十五キロくらいなんですが? かなり年を経た顔で。長く生きてきたことが出ていて。強い東ヨーロッパ訛り。十字架と、青い石のついた魔よけをつけているかもしれません」

「それだとマダム・サボウみたいですけど」女の笑みが消えた。「あの人大丈夫なんですか? 今朝みえたばかりなんですよ」

「彼女の家を知ってますか?」

「この上の週貸し部屋のひとつです。三階、だと思います」

「彼女のフルネームはわかりますか？」

「ええと、ジジです、ジジ・サボウ。ハンガリーの人ですよ。彼女、困ったことになっているんですか？」

「今日の午後襲われて殺害されました」

「そんな。まさか。待って」女は立ち上がり、小さなオフィス兼倉庫らしいものに通じるドアをあけた。「ザック。ザック、こっちに来て。誰かがマダム・サボウを殺したって」

「何の話をしてるんだ？」出てきた男はいらだった表情をしていて、半袖に衿つきのシャツと膝丈のズボンをはいていた。「あの人なら元気だよ。今朝会ったばかりじゃないか」

「この人、警察だって」

「ダラス警部補、殺人課です」

いらだちが消えてたちまち心配にかわった。「何があったんだ？　誰かがあの人の家に押し入ったのか？」

「彼女の家を調べたいんです、部屋番号をご存じなら。それからあなた方の名前も」

「キャリーとザック・モーゲンスタンです」女が答えた。「ここがわたしたちの家です。あ、ザック」キャリーは彼の腕をつかんだ。「あの人、ここへ来てからはほとんど毎日、うちに寄ってくれたわよね」

「それはどれくらい前ですか？」

「ひと月くらいかしら。ひ孫の女の子を探しにきたんですって。こんなのひどいですよ。本当のこととは思えない。あたしはあの人がとても好きでした。面白い話をたくさん知っていて——それに一度、あたしの運勢をみてくれました。あの人は——何ていうんだっけ、ザック？」

「ロマニー。ジプシーだよ。それも本物の。彼女の家は四のDだ、警部補。二度、あの人に荷物を運んだことがある。まったく、こんなことってあるかよ、だろう？　ほんとにひどいこった。やさしい人だったよ。上まで案内しようか？」

「いえ、自分で探します。ここのビルのあいだの路地ですが。ここの建物もあのリサイクル機を使っていますか？」

「ああ。あんちくしょうときたら壊れちまってもう一週間近くになるんだよ、なのに誰も来てくれないし……」ザックは言葉を切った。「あの人はあそこで殺されたのか？　あの路地で？　つまり俺たちがここにいるっていうのに……」

「あなた方にはどうしようもないことだったんです。誰か彼女を悩ませていた人物はいませんでしたか？　彼女に危害を加えたがるような人間は？」

「全然」ザックはキャリーを見たが、キャリーも首を横に振っただけだった。「いい人だったんだよ。おもしろい人でさ。自分のうちで占いをやってた」

「彼女がここへ来たのはひ孫の女の子を探していたからだと言っていましたね」

「ええ」キャリーは鼻をすすり、涙で目をぱちぱちさせた。「ああ、本当に驚いちゃって。彼女は――そのお孫さんってことですよ――二年くらい前にニューヨークに来ました。ここから遠くないところに住んでいて、二回ほど来たことがあります。それでマダムはこの上の階の家を借りたんですよ。いずれにしても、お孫さんは働きにきていて、ダンサーになりたいと思っていて――ブロードウェイでですよ、みんなそうですよね？　そうして三か月くらい前に、ご家族への連絡がとだえてしまって、消息がわからなくなってしまったんです。それにウェイトレスをしていた店も、彼女がぷっつり来なくなったと言ってました。みんなで警察に連絡したんですが、お巡りさんたちはたいしたことはしてくれなくて、たぶん……すみません」

「いいんですよ。その孫娘さんの名前をご存じですか？」

「もちろん。マダム・サボウはありとあらゆる人に彼女のことを話して、チラシを配っていました」キャリーは話しながらカウンターの下に手を入れた。「その子が働いていたのは〈グヤーシュ（ハンガリーの料理で、パプリカのシチュー）〉――ひとつ西のブロックにあるハンガリー料理レストランです。うちでもチラシを配ってるんです。あなたもこれ、持っていってください。きれいな子でしょう？　名前もそういう意味だったと思いますよ」

「ベイアータ」イヴはつぶやき、そこで胸の中で心臓にひびが入ったような気がした。あまりの嘆き、あまりの悲しみに、チラシの写真を見ているあいだに膝からくずおれてしまいそうだった。

あの闇の中の光だった顔。

「マム？　あの、警部補さん？　大丈夫ですか？」

「ええ。ご協力ありがとうございました。またお話をきくことになるかもしれません」

「ここにいないときは、あたしたち六階に住んでますから。六のAです、この建物の正面側の」キャリーはそう言った。「あたしたちにできることなら何でも」

「もし何か思い出したら、デカ本署《コップ・セントラル》のわたしまで連絡してください」イヴはキットの中の名刺を探した。「思い出したら何でもかまいませんので」

外へ出たとき、ちょうどピーボディがやってきた。「遺留物採取班が路地をやってます」と彼女は言った。

「被害者はジジ・サボウ、四階の週貸し部屋を借りていた。ハンガリー出身のジプシーだと名乗っていたそうよ」

「ワォ。本物でしょうか？」

「偽物と言う人はいないわね」イヴは返し、少しばかり自分がしっかりしてくるのを感じた。「ここにはひと月ほど前に来て、行方不明になったひ孫娘を探していた」イヴはマスターを使って、そのアパートメントビルの玄関口をあけた。「自宅で占いをやっていたそうよ」

年代もののエレベーターを一目見るや、イヴは階段を選んだ。ピーボディにさっきのチラシを渡す。「二人とも調べて」と彼女は言った。「現場を離れてくる前に、モリスにＴＯＤを確認した？」

「彼のＴＯＤはあなたの計測器と一致しました。今日の午後一時頃です」

「そんなのおかしいわよ」そしてそのことは必要以上にイヴをいらだたせた。「誰かのくそ心臓に手を置いていたら、その人がいつ死んだかわたしにはわかる、しかもその人と話していたんだから」

「ハンガリー人のジプシーで占い師。それってもしかしたら――」

「ヴードゥーとかウーウーとか、フリーエイジャーがらみのことなんか言いださないでよ。彼女は一時間前まで生きて、血を流して、しゃべっていた」

四Ｄのドアの前で、イヴはさっき見つけた鍵を証拠品袋から出し、錠にさしこんだ。そしてノブをまわした。

4

そこはイヴにはじめて住んだアパートメントを思い出させた——その広さ、古さのせいだ。ほんの一瞬、強い既視感におそわれたとき、自分にそう言い聞かせた。

一間きりの部屋は見るからに家具付きの賃貸で、安物の椅子二脚と、クラッカーみたいに薄いマットレスを敷いた寝台兼用の長椅子、収納箱——新しくあざやかな色に塗られている——がチェストとテーブルの役目を果たしていた。

派手な柄の生地が、ひとつきりの窓にカーテンがわりに吊るされており、これに加えて、さまざまなスカーフやショールが色あせた椅子にかけられたり、狭いベッドに広げられたりしているので、部屋は希望がいっぱいの陽気な雰囲気だった。

一角には流し、オートシェフ、冷蔵庫、どれも小型のものと、片開きの食器棚があった。そこにはもうひとつテーブルが、深くつややかな赤に塗られ、フリンジ付きのスカーフがかかっていた。座るためのものは、背もたれのないスツールが二つだけだった。

イヴにはさっきの老女がそこに座り、未来を知りたがる人々に占いをしている姿がみえた。

「すてきな部屋にしていたんですね」ピーボディが言った。「やれることは少なかったけれど、すてきな部屋にしていました」

イヴは片開きの細いクローゼットをあけ、サボウのきちんと吊り下げられた服、一足きりの丈夫そうなウォーキングシューズをじっくり見た。膝をつき、クローゼットから保管箱を二つ引っぱり出した。

「ベイアータのものね。服、靴、バレエの衣装かな。アクセサリーが少し、顔や髪に使うもの。彼女が帰ってこなくて、家賃を払わなかったとき、大家がこれを箱詰めしたんでしょう」

きれいなブラウスのあいだを探り、使いふるしたスリッパをひっくり返しながら、目を通し、触れ、ベイアータを感じ
るのはつらく、胸がいたんだ。

そんなことしている場合じゃないでしょう、とイヴは自分に思い出させた。個人的な思いにとらわれている場合じゃないでしょう。ベイアータ・ヴァーガは彼女の被害者ではない、直接には。

約束はあなたの中にある。

その声は頭の中で、心の中で、執拗《しつよう》に語りかけてきた。

「これにみんなタグをつけて」イヴは命じ、立ち上がった。収納箱のところへ行き、刻み模様の入った三本のキャンドルの後ろに立てられたベイアータの写真に目を凝らした。写真の横にはひとつかみほどの色つきクリスタルが小さな皿の上できらめき、そばには凝った装飾のある銀のベルと、銀の手鏡があった。

「孫娘についてわかっていることは？」イヴはきいた。

「ベイアータ・ヴァーガ、年齢二十二。就労ビザで来ていて、雇用されていたのは――三か月前に姿を消すまでですが――〈グヤーシュ〉。犯罪歴なし。家族が失踪《しっそう》届けを出していますす。ロイド捜査官が調査担当者になっていますね。一三六分署の失踪人課」

「そっちに連絡してみて」イヴは言った。「彼にそのレストランで会ってもらうようにして。三十分後に」

イヴは収納箱のひとつめの引き出しをあけ、きちんとたたまれた下着と寝巻き、それから木彫りの箱をひとつ見つけた。蓋をあけ、中のタロットカードひと組、孔雀の羽、小さな水晶の球とスタンドをじっくり見てみた。

サボウの商売道具だ、とイヴは思い、箱を横に置こうとした。しかしそこでふっと思いつき、箱の横にある彫刻の花を親指で押してみた。左、左、右。すると土台から幅の狭い引き出しがするりと出てきた。

「ワォ」ピーボディが肩ごしにのぞきこんだ。「秘密の引き出しですね。すてき。どうやってあけたんですか？」

「ただ……ついてたのよ」イヴは答えたが、うなじの毛が逆立っていた。

中には金色の紐で結んだ褐色の髪がひと房、魔法の杖《つえ》の形をしたクリスタルをさげたチェーン、ハート形の白い石があった。

「彼女のものよ」イヴの喉は渇き、ひりひりしてきた。「ベイアータのもの。彼女の髪、彼女が身につけていたもの、彼女がさわったもの」

「たぶんそうですね。サボウはたぶんこれを使っていた、そのカードや水晶と一緒に。ベルと鏡は場所探しの魔法ですかね。魔法で人を探せるって言っているわけじゃありませんよ」ピーボディは、イヴがただ彼女をじっと見ると、そう付け加えた。「でも彼女はできると思っていたんでしょう。いずれにしても、ロイド捜査官は会ってくれるそうです」

「それじゃまずここでほかに何が見つかるかやってみましょう」

老女は質素に、きちんと、用心深く暮らしていた。収納箱の底にあった布袋の中には、小額の現金と、水晶とハーブの入ったまた別の袋、ニューヨークの地図、地下鉄のカードが、

IDとパスポートとベイアータの写真入り情報のチラシの束と一緒に入っていた。

しかし冷蔵庫の下には封筒がテープで留められていた。中には現金が入っており、封印に孔雀の羽が斜めに貼られていた。

「およそ一万ドルあります」ピーボディが見積もった。「家賃を払うために手相を見る必要はなかったんですね」

「それは彼女の生業《なりわい》だったのよ。彼女の芯《しん》を保っていたものってこと。それを袋に入れて、ここを封鎖しましょう。レストランに行かないと」

「彼女はここをすてきにしていましたね」ピーボディはもう一度まわりを見てさっきと同じことを言った。「旅する人間はそうするものなんでしょうね。どこに行ってもわが家をこしらえ、やがて荷物をまとめて次のわが家をつくる」

ベイアータは荷物をまとめなかった、とイヴは思った。そして彼女がいまどこにいるにせよ、わが家ではない。


〈グヤーシュ〉は土曜の晩で繁盛していた。人の声や銀器のぶつかる音、グラスの触れ合う音が響く空気に、スパイスが香りをつけている。給仕たちは黒い制服の腰に赤いサッシュを巻き、厨房からテーブルへきびきびと動いていた。

薔薇《ばら》色の頬をした四十くらいの女がイヴに歓迎の笑みをむけた。「〈グヤーシュ〉へようこそ。ご予約はおありですか？」

イヴはバッジを手の中に隠して見せた。「ディナーにきたんじゃないんです」

「ベイアータね！　見つけてくれたんですね」

「いいえ」

「あー」笑みが消えた。「てっきり……ごめんなさい、どんなご用でしょう？」

「公務でロイド捜査官と会うことになっているんです。どこか話のできる場所がほしいんですが。それからあなたやここのスタッフからもお話をうかがいたいんです」

「いいですとも」女はまわりを見まわした。「あと三十分はテーブルがあかないんですが、厨房を使ってもらってかまいませんから」

「わかりました。あなたのお名前は？」

「ミリアム・フリード。ここはあたしの店なんです、うちの夫とあたしの。夫がシェフをしています。これはベイアータのことなんですよね？　ベイアータ・ヴァーガの？」

「間接的には」

「誰かほかの子を入口につけますからちょっとお待ちください」ミリアムはウェイトレスのひとりへ駆け寄っていった。その女はイヴとピーボディを見て、うなずいた。

ミリアムはイヴにこちらへと合図し、それから二人を連れてダイニングを通り、バーカウンターの前をすぎ、スイングドアを抜けて厨房の混沌《こんとん》の中へ入った。

「ディナーのラッシュどきなんです。こっちに支度をしますね——特別席に。ヤンはときどき奥にお客さんを招くんです——ごちそうを出すんですよ。ロイド捜査官が来たら奥へ通すよう、ヴィーに言っておきましたから。何度かベイアータのことで来たことがあるんです、だからみんなあの人のことは知ってます。あの子のことで何か話してもらえることはありますか？　何か新しい情報はありました？」

「捜査官と話をしたらもっと詳しくわかるでしょう。ベイアータはここで働いていたんですよね」

「ええ。きれいな子で、よく働いてくれました。あの子がいると楽しくなりました」ミリアムは奥の棚へ手を伸ばし、食器やカトラリーを三セット出して、テーブルに並べた。「みんなあの子がふっといなくなっただけだと思ってるのは知ってます——ジプシーの足だって——でもそんなのおかしいですよ。びっくりするほどチップを稼いでいたし——あの見た目、声、人となりですからね。それに……そう、あの子がそんなふうに礼儀知らずなことをしたり、うっかりしたりするはずないんですよ、あたしたちに何も言わずに出ていったりするはずがないんです。あの子の家族にも」

「恋人は？」

「いいえ。真剣なお付き合いもなかったし、これといった相手もなかったです。デートはしてましたよ――あの子は若いし美人だし。でも真剣に取り組んでいたのはダンスでした。あちこちオーディションに行って、毎日レッスンを受けてましたよ。小さなミュージカルレビューで代役になったんです。それにオフ・ブロードウェイの新しいミュージカル劇場でコーラスの口を見つけたばっかりだったんですよ。真剣に誰かと付き合っている暇なんかありませんでした。ごめんなさい、どうぞ座ってください。何か召し上がります？」

「わたしたちはけっこうです、ありがとう。案内カウンターにチラシをたくさん貼ってありますね」

「ええ。あの子のおばあさんが――ええと、ひいおばあさんですね――ハンガリーからここへ来てるんですよ。そのおばあさんがあれを作って、街じゅうに配っているんです。ここにも毎日来ます。刑事さん――」

「警部補です」イヴは反射的に言った。

「警部補さん、ベイアータはここで一年近く働いていました。自分のところで働いている人間のことはわかるものでしょう。だから断言しますよ、あの子はこんなふうに家族を心配させたりしません。あたしはあの子に何かあったんじゃないかと思うんです。マダム・サボウがあの子を見つけると固く決めていたことは知っています、でも日がすぎるごとに……」

「お知らせするのは残念ですが、ジジ・サボウは今日の午後殺害されました」

「まさか」たちまちミリアムの目に涙が浮かんだ。「まさか、そんな。何があったんですか?」

「これから突き止めます」

「あたしのことも占ってくれたんですよ」ミリアムは小さな声で言った。「子どもが、息子ができるだろうって言ってくれました。ヤンとあたしはまだ……それが二か月前でした。きのう妊娠してるってわかったんです。今日彼女に話したばかりなんですよ」

「今日お店に来たんですね」

「ええ、十一時頃でした、たしか」頭を振り、ミリアムはまわりの厨房のいそがしさが増すなか、涙をぬぐった。「すごく喜んでくれました。彼が探しているのを感じたと言っていました、あたしの息子がってことです。年をとった魂だと言っていました、もう一度始めることにしたんだと。マダムはそういうふうに話していました」ミリアムはつぶやいた。「あんまりそういうことは信じないんですけど、マダムに見つめられると……あの人はロマニーです――でした、だから死者の代弁をする人だったんです」

わたしもよ、とイヴは思いながらさっとさむけが走るのを感じた。わたしは死者の代弁をする。「彼女が出ていったのは何時頃でした?」

「ここにいたのはほんの数分でした。家に帰ると言っていましたよ。ベイアータを前より近く感じた、何かが来るのを感じたと言っていました。あるいは誰かが。あたしにはわかりませんけど、マダムは――言うなれば希望を持っていました。休息をとって、そのあとで新しい魔法をやってみると言っていました、あの、ベールを突き抜けているところだからと。ベイアータが沈む太陽のほう、光線の下に、ええと、赤いドアのむこうに閉じこめられていると言っていました。何のことかわかりませんけど」ミリアムはそう付け加えた。「というか、いまの話に何か意味があるのかどうかもわかりません、でもマダムはそのことに興奮していました。ベイアータは生きている、でもとらわれているんだと断言していました。悪魔の手で。

こんなこと言うとどんなふうに聞こえるかはわかってます」ミリアムは続けた。「でも――」目を遠くへ向けた。「ロイド捜査官がいらっしゃいましたよ。こんなにだらだら話してしまってすみません」

「いいえ」イヴは言った。「どんな細かいことも、どんな印象も役に立ちますから」

「マダムが亡くなったなんてほんとに信じられません。すごく存在感のある人だったんです、知り合ってまだほんの少しですけど。失礼しますね。ヤンに話してこないと。こんにちは、ロイド捜査官、どうぞ座ってください」

ロイドは角ばった顔に角ばった体つきの男で、三十歩先から〝俺は警官だ〟という空気を発散していた。彼はイヴとピーボディに短くうなずいてみせ、小さな四角いテーブルに座った。握手をする。

「あのばあさんのことは本当に残念だ。まだまだかくしゃくとしていたし、そうとうな気骨があった。故郷にいればよかったのに」

彼女は行き着いた場所をわが家にしていた、とイヴは思い、ピーボディの意見を思い出した。「ベイアータ・ヴァーガのことを教えて」

ロイドは腰をひねり、ポケットから一枚のディスクを出した。「そう思ってファイルのコピーを作ってきた」

「助かるわ」

「彼女は美人だよ。それに賢い、俺が調べたことからするとな、気転もきく、それでもまだこの街ではうぶだ。自分の一族と旅暮らしをしていた——部族だな、言うなれば。ここへ来たのはブロードウェイのスターになりたかったからで、家族はそれを快く思っていなかった」

「そうなの?」

「彼女を故郷に連れ戻したがっていた。純粋なままでいてもらいたかった、ってところかな。結婚して、子どもを何人もつくって、これまでの路線を歩んでいく、そういうことだろう。でも、あのばあさんは――サボウは――そういう意見を抑えた。彼女がベイアータに、やってみること、自分の運命を見つけること、そういうことを望んだんだ。娘はここで仕事を得て、二ブロック先に住んだ。クラスも受講しはじめた――ダンスのクラス、演劇のクラス、そういうやつだよ、ウェスト・サイド・スクール・フォー・ジ・アーツで。公開オーディションにもたびたび行った。恋人はなし――というか、特別な相手はなしだ。何人かとデートはしてた。名前と供述、データはそのファイルの中にある」ロイドはディスクのほうを顎で示した。「これという人間は浮かばなかった」

ロイドは言葉を切り、ミリアムがトールグラスを三つのせたトレーを持ってやってきた。

「お邪魔する気はないんですよ。お話のあいだに冷たいものでもと思っただけで。あたしにご用があれば、入口のほうにいますから」

「いい人たちなんだよ」彼女が遠ざかっていくと、ロイドは言った。「彼女も、だんなさんも。二人はクリーンだった。この事件の担当になったとき、ここは全員調べたんだ。あっちこっちに多少の瑕《きず》はあったが、浮かんできた人間はいない」

「事件の流れはどうだったの?」

ロイドがノートを見なかったので、イヴは事件が彼をとらえていること、彼がいまも事件に食らいついていることに気づいた。

「ベイアータ・ヴァーガはいつものダンスクラスへ行った、午前八時から十時だ。十一時に十番街のカーマイン・シアターへ、合格したばかりのショーのリハーサルに行った。一時にここの仕事に来たが、ショーのことで舞い上がっていたそうだ。シフトをこなし、三時に仕事を終え、三時半から五時まで演劇クラスに出て、五時半にまた仕事に戻り、十一時に終了。仕事場から友達二人と――名前はファイルにある――このブロックを歩いていき、それから別れて家に帰った。彼女を見たと確認した者がいるのはそこまでだ。十一時十分、その後はふっと消えた。

アパートメントのセキュリティはたいしたものじゃない。カメラはなし」と彼は付け加えた。「家に入った記録もなし。近所の人間はその夜彼女が帰ってきたのかどうか知らないし、彼女を見た者もいない。バッグと少々の衣類、私物がいくつかなくなっていて、アパートメントに金はいっさいなかった。いろんな人間の供述によれば、彼女はずいぶんチップをもらい、貯《た》めていたそうだ。衝動にかられて、持っていきたいものをバッグにほうりこみ、出ていったようにみえる」

「あなたはそう思ってないんでしょう」イヴは彼の目を見つめて言った。

「ああ。俺が思うに、ここから自宅までのあいだで、彼女は何かトラブルに出くわしたんだ。誰かが彼女をさらった。たぶんその夜に死んだんだろう。おたくも俺と同じくらいわかってるだろう、警部補、死体が見つからないこともあるって」

ええ、とイヴは思った。「もし彼女が死んだなら、知り合いの誰かが殺したのよね。でなきゃなぜ彼女が出ていったようにみせる？　なぜ服を荷造りする？」

「俺もそう考えてるよ、だが何も見つけられてないんだ」憤懣《ふんまん》がロイドのまわりにさざなみのように広がった。「彼女を殺《や》ったやつが彼女のＩＤを使って住所を突き止め、彼女の鍵を持って――ベイアータはいつもそれをバッグに入れていたんだ。それで擬装しようとしたのかもしれない。捜査はまだ続けているよ、できるときにはな、失踪人捜査官として、だがこの件はおたくのヤマじゃないかって気がする」

ロイドは飲み物を飲みながらあたりをさっと見た。「あのばあさんは容易に納得しなかった」と彼は言った。「自分は死者と話ができると言ってたよ、だからもしベイアータが死んでいたら、自分にはわかるって。その話をうのみにしてるわけじゃない、だが……今度はあのばあさんが殺されたって？　そりゃあこの街では人が死んでいくさ」彼はグラスを置きながらそう言った。「だがこいつはにおうよ。何かわかったら知らせてもらえるとありがたい。何かが、あるいは誰かが、どこかでまじわるかもしれない」

「必ず知らせるわ」イヴは約束した。なぜなら何かが、あるいは誰かが、必ずまじわるはずだからだ。

5

そのバレエスタジオはウェスト・サイドの古いビルの四階にあった。街灯のぎらつく光の下、穴だらけのレンガは歳月と大気汚染のせいでにぶく白茶けていたが、どの窓のガラスもぴかぴかだった。

エレベーターは両方とも、傷だらけの灰色の扉に〝故障中〟の札がかかっていた。学生、このビルの勤め人、来訪者はこの状況に対し、猥褻《わいせつ》な言葉や、人体構造的に不可能な提案、その提案を実施する方法のイラストを書きこんで、程度もさまざまにユーモアやいらだちをまじえながら各自の意見を表明していた。どれもいろいろな言語でなされている。

「しばらく前から故障してるみたいですね」ピーボディが言った。

イヴは奇妙なシンボルと文字の並びのひとつをただ見つめ、頭で――そのどこかで――それを一種の辛口なユーモアで翻訳した。

「おまえの母親とファックしろ」と彼女がつぶやくと、ピーボディが目をぱちくりさせた。

「えっ？　どうして？」

「あなたの母親のことじゃないわよ」

「でもいま言ったじゃないですか――」

イヴは辛抱づよく頭を振った。「これはロシア語ね。古典的なロシア語の侮辱」手を伸ばして、ドアに書かれた文字を指先でなぞった。「ヨフ・トヴァイユ・マーチ」

ピーボディはイヴがなぞった文章をじっと見て、これは古代エジプト文字《ヒエログリフ》でもおかしくないと思った。「どうしてわかるんですか？」

「どこか別のところで見たことがあるんでしょ」しかしそれでは、どうしてエレベーターが何週間も前から故障しているのを知っていた――知っていた――かの説明にはならなかった。イヴは顔をそむけ、階段をのぼりはじめた。

それに、上へのぼっていき、ほかのスタジオやクラスルームを通りすぎていくにつれ、なぜ鼓動が速くなっていくのかもわからなかった。タップ、ジャズ、子どものバレエ教室。あるいはなぜ、四階へ近づいていくにつれ、流れてくる音楽が心の琴線に触れるのかも。

音楽をたどっていき、戸口へ入った。

その女は鞭《むち》のように細く、黒いレオタードと薄く透けるスカート姿だった。髪はあざやかな赤で、ぴったり後ろへなでつけてあり、イヴにはその顔が本人の体より三十歳も年をとっているようにみえた。肌は月のように白く、唇は髪と同じ赤だった。

女は長いバーのところにいるダンサーたちにフランス語で何か言い、ダンサーたちはそれにこたえて両足をひとつのポジションから別のポジションへ変えた――つまさきで立って、かかとを下ろし、片脚をあげて、両膝を曲げて。

スタジオの一角では、男がひとり、古いピアノで明るく規則正しい拍子を奏でていた。微笑を浮かべているが何も見ていないらしい、夢見るような褐色の目をした目鼻立ちのはっきりした顔は、人目をひく幅広の白いすじの入った褐色の髪に縁どられていた。

イヴとピーボディが部屋へ入っていくと、ダンサーのひとりで、褐色の髪をくるんとポニーテールに結んだ二十代の男がほんの少し頭をまわしてこちらを見つめ、顔をしかめた。

面白いわね、とイヴは思った。レオタードとバレエシューズの男が、こんなにすぐ警官の二人連れだと見分けられるなんて。

女は動きを止め、腰に両手を置いた。「レッスンが受けたいなら、手続きをして。もうクラスは始まってる」

イヴはただバッジを持ち上げた。

女は大きくため息をついた。「アレクシー、レッスンを代わって」

そう指示されて、顔をしかめた男は頭を後ろへ振り、ふんと鼻を鳴らして、バーから離れて歩きだした。女はイヴたちに廊下へ出るよう身ぶりで示した。

「何の用です?」彼女はかすれていらだった、故国の強い訛《なま》りのある声で尋ねた。「いま教えているさいちゅうなんですよ」

「ナターリャ・バリノヴァですね?」

「ええ、ええ。わたしがバリノヴァです。警察に用はないけど?」

「ジジ・サボウを知っていますね?」

「ええ、ええ」彼女は同じようにうっとうしげな口調で答えた。「あの人はベイアータを探している、あの子はラスヴェガスへ逃げたのに」

「ベイアータはヴェガスへ行ったんですか?」イヴは問いただした。

「ほかにどこへ? みんな思ってる、ここの女の子たちはね、おっぱいを見せて頭に大きな羽をつければ大金が稼げるって。あの子たちはやりたくないの、努力して、汗を流して、苦労をして、身につけるってことを」

「ベイアータはここを出ていくとあなたに話したんですか?」

「いいえ、わたしには何も言わない、あの子は。でも戻ってこないでしょ。あの子がはじめてじゃないし、最後でもないでしょう。あの子のおばあさんは——いい人よ——あの軽はずみな子を探しにきている、あの子には才能があるのに。もう無駄になってしまった。無駄になった」

　彼女が手で空気を切った様子には、はっきりと怒りがあらわれていた。

「わたしは彼女にそう言うの、ジジに言うのよ、ベイアータには才能があると。鍛錬が必要で、練習が必要だと。タップやジャズやモダンものなんかに時間を無駄遣いするべきじゃないと。ベイアータにも同じことを言う、でも彼女は笑うだけ。それからフッと彼女は逃げる」

「最後にマダム・サボウに会ったのはいつでした？」

「ええと……」バリノヴァは眉を寄せ、宙に手を振った。「一日前ね、たぶん。ええ、きのうよ。あの人はよく来るの。一緒にお茶を飲むこともある。若いときにはダンサーだった、そう言ってるわ、それで一緒におしゃべりするの。あの人はいい人よ、なのにベイアータはまったく敬意を払っていない。彼女はベイアータに危害が加えられたのだと思っている、でもそんなことあるかしら？　ベイアータは力があるし頭がいい――ラスヴェガスに行くなんて愚かなところは別にして。それで、彼女があなたにここへ来るよう頼んだの？　前に来た警官みたいに？」

「いいえ。マダム・サボウは今日の午後殺害されました」

「まさか」バリノヴァはいまの言葉を押しのけるように両手を突き出した。「そんな。どうしてそんなことに？」

「住んでいたアパートメントビルの外の路地で刺されたんです」

バリノヴァは目を閉じた。「なんてひどい。あの人が安らぎを見出し、犯人が地獄で焼かれるように祈るわ。ベイアータもこのことには責任がある。自分勝手な子」

「最後にベイアータを見たのはいつでした？」

「ええと」彼女はまた手で宙を切ったが、今度は目に老女への涙と、孫娘への嫌悪が浮かんでいた。「もう何週間も前よ、もしかしたら何か月かも。あの子は何かのミュージカルの役のことで、興奮してクラスに来て。あの子はとても努力している、それは事実。わたしは秋のガラで、アレクシーとのパ・ド・ドゥを配役した。うちの息子よ」と彼女は付け加えた。「あの子は練習で息子とうまく踊っていた、そのあとでさっきの役をもらったと言う――もらえたのかもしれないし、もらえなかったのかもしれない。でもそのすぐあと、クラスに来なくなる。うちの兄のサーシャに、彼女のリンクにかけてもらうけど、出ない。こういうことはみんな警察が来たときに話してる」

「マダム・サボウは誰か気になる人物がいると言っていましたか？　ベイアータの手がかりがあると？」

「あの人は最後に来たとき、ベイアータは近くにいると思うと言っていた。あの人はロマニーだった、わかるでしょう、だから特別な能力があった。わたしもロマニーの血を受けついでいるけれど、ずっと昔のことだから。あの人はその能力を使って、ベイアータは近くにいるけれど、とらわれているんだと言っていた。どこか下の、赤いドアのむこうに」バリノヴァは肩をすくめた。「あの人はとても年をとっていた、そして能力があった、ええ、でも希望や願いはときに真実を圧倒してしまう。あの子はほかの娘たちがやるように出ていったのよ、そしてひとりの善良な女性が亡くなった」

「あなたの息子さんやお兄さんにも話をきけると助かるんですが、それにベイアータと一緒にクラスをとっていた生徒さんにも何人か」

「ええ、ええ、協力します。ジジとのお茶やおしゃべりがなくなって寂しいわ」彼女はスタジオの中へ戻り、息子のところへ行った。そしてロシア語で短く何か話し、身ぶりをし、それから出てくる彼と交代した。

「あなた方は僕の練習を邪魔していますよ」母親とは違い、彼には訛りがまったくなかった。あるのは敵意を持った態度だった。

「ええ、殺人はたくさんのことを邪魔するものなんです」

「何の殺人です？」顔にゆがんだ冷笑が浮かんだ。「ベイアータですか？　彼女が死んだんですか？」

「わかりません、でも彼女の曾祖母《そうそぼ》は亡くなりました」

「マダム・サボウが？」彼のショックはじゅうぶん本物にみえる、それに――とイヴは見てとった――彼が安堵したことも。「どうしてあんなおばあさんを殺すんです？」

「人には常に理由があるようにみえるものです。この場合、彼女がベイアータに起きたことを突き止めそうになっていたからかもしれませんね」

「ベイアータは出ていったんだよ」彼はキッと肩をそびやかした。「必要なものを持っていなかったんだ」

「何のための？」

「踊るため、人生をめいっぱい生きるための」

イヴは首をかしげた。「あなたと寝ようとしなかったわけ？」

アレクシーは頭をそらせて、長い鼻の上からさげすむような目をした。「ベッドに女を連れこむのに不自由はないよ。ガラで彼女と一緒に踊ったら、寝ていただろうね。みんな同じようなものさ」

「あなたたちはもう一緒に踊っていたんだと思ったけど」

「練習だよ」

「それじゃ彼女があなたとセックスしようとしなかったことには腹が立ったでしょうね」

「こっちの女、そっちの女」アレクシーはゆっくり笑った。「みんな同じようなものさ」

「チャーミングな考えだこと。最後にマダム・サボウを見たのはいつ？」

「ついきのう。あの人はよくクラスに来てたんだ、母のところにも、ずいぶんと。ここや、ベイアータがクラスをとっていた二階と三階のほかのスタジオのダンサーたちと話をして。よく母とお茶を飲んだり、ピアノのところでおじさんと座ったりしていたよ。ここにいるとベイアータを身近に感じるって言ってた」

「それで彼女はベイアータが近くにいるというようなことを口にしたんでしょう。どこか下にいると」

「あの人はジプシーだったろ――だからそういう直観を重視していたんだよ。僕はそういうのは信じないんだ、でもまあ、あの人はそういうことを言っていたよ。すじが通ってなかったけどね、だってベイアータが近くにいるなら、どうしてクラスに来るのをやめてしまったのさ？　どうして手に入れた役をすっぽかしたり、決まっていた代役をだめにしてしまったんだ？　ダンサーは踊るものだよ。彼女は出ていった、それが彼女のしたことさ、別の場所で踊るためにね。もっと大きな成功のチャンスを見つけたんだ」

「今日はどこにいたの、アレクシー？　正午から四時までを教えて」

「警官ってやつは」彼はまた冷笑を浮かべた。「アリ・マディソンのアパートメントで寝坊したよ。彼女とはガラで踊ることになっているんだ、それで僕たちは一緒に寝ている。いまのところは」と彼は付け加えた。「二人とも二時くらいまでベッドにいて、それから友達と合流してちょっとしたブランチを食べた。そのあと二人でここへ来て、練習をして、クラスを受けた。彼女はあのブロンドで背の高い人だよ、左の肩甲骨《けんこうこつ》にヒバリのタトゥーがある。僕は練習しないと」

「どうぞ行って。おじさんにこちらに来てくれるよう言ってちょうだい」

イヴはアレクシーが行ってしまうまで待った。「彼を調べた?」とピーボディにきいた。

「もちろん。何度か飲酒と風紀紊乱《びんらん》がありますね、少量の違法ドラッグ所持が二度、暴行が一度――バーでの喧嘩《けんか》で、個人資産の破壊と、公的不法行為、抵抗も加わっています。いま二十六歳で、このスクールのプリンシパルダンサーでインストラクターに登録されていますね、六階に母親と住んでいます」

そして癇癪《かんしゃく》持ち、とイヴが思ったとき、さっきのピアノ奏者が出てきた。

「お巡りさん?」

「ダラス警部補、ピーボディ捜査官です。あなたがサーシャですか?」

「サーシャ・コルチョフです、ええ。甥《おい》の話では、あなた方が来たのはマダム・サボウが殺されたからだと」彼の夢見る目はその声同様、やさしく悲しげだった。ヴァイオリンの弦をすべる弓の、ゆっくりした動きのような。「そう聞いて本当に悲しく思っています」

「彼女がきのう来たときに、あなたもここにいたんですか？」

「わたしは会っていないんです。ナターリャは音楽ディスクを使っていて——上級の生徒たちをガラの踊りに取り組ませていたんです。彼女が来たとき、たぶんわたしは、小道具のある保管室にいました。妹の話ではわたしは彼女に会いそこなったんです。みんなでよく音楽やダンスのことをおしゃべりしました。おととい彼女を見ましたよ、通りで、ここから遠くないところで。わたしはマーケットに行くところでした。でも彼女は通りのむこう側にいて、わたしが呼んでも聞こえませんでした。わたしたちはロシア語でよくしゃべっていたんですよ」彼はかすかな笑みを浮かべて言った。「あの人のお母さんはロシア人だったんです、うちの母や父と同じようにね、ですからときどきみんなでロシア語で話をしました。それがなくなって寂しくなりますね、あの人のことも」

「ベイアータはどうです？」

「ベイアータ」彼はため息をついた。「妹は、ベイアータがラスヴェガスへ行ったと思っています、でも違いますよ、わたしは何かよくないことがあの子に起きたんだと思います。ジジにはそんなことは言いませんが、……わたしがそう思っていることはわかっていると思いますよ。あの人は目を凝らせば他人の心が読めたんです、だからときどき、わたしと話すのが悲しいときもあったでしょう。申し訳ないと思っています」

「ベイアータに何があったと思ったんですか？」

「あの子は自分の家族を、踊ることを、それにニューヨークを愛していたと思います。それを全部、自分からほうりだしていくとは思えません。あの子はもう死んでいると思います、それにいまはジジも死んでしまいました。これでジジはあの子を見つけられるでしょう、だから二人は、少なくとも、一緒になれます」

「甥ごさんはベイアータに関心を持っていましたね——個人的に」

「あいつはきれいな女の子が好きですから」サーシャは用心深く答えた。「若い男はみんなそうでしょう？」

「でもベイアータのほうは彼に興味がなかった？」

「あの子は男よりダンスのほうに興味があったんです。純粋な心、そして血の中に音楽が流れている」

「今日の午後、どちらにいらしたか教えていただけますか？」

「午前のクラスのあとはマーケットに行きました——ほとんど毎日行くんです。帰ってきてランチを食べて、ピアノを弾きました。音楽が外に流れていくように窓をあけましたよ。それから妹とおしゃべりしに下へ降りてきて、二時のクラスで弾きます。それが終わると、一緒にお茶を飲みます、ナターリャとわたしで」

「オーケイ、ありがとうございました。アリ・マディソンを寄こしてもらえます？」

「ジジの亡骸《なきがら》は故郷へ送られるんですか？」

「それはまだ聞いていません」

「戻れるといいんですが」サーシャはつぶやき、それからまた中へ戻っていった。

「彼は妹と妹の子ども――アレクシーは生後二か月でした――と一緒にロシアからこっちへ移住してきています、二十六年前に」ピーボディはそう付け加えた。「妹の夫は死亡と記載されていますね、子どもが生まれるすぐ前に。コルチョフは当時三十五歳で、車の事故でだめになるまではバレエ界の大物でした。体は治ったんですが、キャリアは断たれました。妹は当時三十歳で、彼女自身もかなりのキャリアの持ち主でした。二人でこのスクールを開設。彼は六階に自分のアパートメントを持っています。犯罪歴なし。記録上の結婚歴なし、同棲は二回あり、両方ともロシアでです。二人めの相手は彼がだめになった事故で亡くなっています」

「オーケイ」イヴはほっそりしたブロンドが出てくるのをじっと見た。

「わたしと話したいんですって？」彼女はかすれ気味の可愛い子ちゃん声の持ち主で、イヴはバレエに声が必要なかったのはアリにとって幸運だったと思った。

「いくつか情報の確認をしているだけです。今日の午後はどちらにいらしたか教えていただけますか？」

「いいわよ。アレックスとわたしと友達何人かで、〈クエイザーズ〉でブランチを食べたわ。キャヴィアとシャンパン――シーシーの誕生日だったから――練習のすぐ前っていうのはいい考えじゃなかったかもね。ブリニ（ロシアのパンケーキ）がまだお腹に残ってる」アリはにこっと笑った。「アレックスは平気みたいね、ここへ来たとき、きれいにジャンプして入ったから。あのパ・ド・ドゥのあいだもぐっとわたしを持ち上げて、こっちが喉に指を突っこもうかと思ったくらい。でも吐いたりしたらバリノヴァに皮をはがれちゃうし、あの人はいつだって感づくの。ともあれ、最後までやったわ。彼の悪魔に対するわたしの天使を」

「彼の何？」

「悪魔」アリは持っていた水のボトルを持ち上げて長々と飲んだ。「二人で『悪魔のような《ディアボリク》』の最後のパ・ド・ドゥをやるの。わたしは天使を踊る。アレックスは悪魔。言っておくけど、すっごい《キラー》ステキなのよ」

イヴは彼女のむこうのスタジオの出入り口を見た。「でしょうね」

6

「あれは、わたしならものすごい偶然《デビル・オブ・コインシデンス》っていうやつですね」ピーボディは通りに出るとそう言った。

「その説、買う？」

「いまポケットにある小銭二枚でもごめんです」

「あのブロンドが教えてくれたほかの人たちに確認してちょうだい、レストランもね。アレクシーがこっそり抜け出せたかどうか調べましょう。レストランからあの路地まで、スクールから路地まで、どれくらい時間がかかるかたしかめるの」

「ベイアータは彼を振って、怒らせてしまった。アレクシーは彼女を殺し、死体を埋める」ピーボディはその界隈を見わたした。「場所は神のみぞ知るですね、でも路地の西側、地下ならあてはまるんじゃないですか」

「彼女は死んでいない。とらわれているの」イヴは怒りにかられてぴしゃっと言い、自分でもピーボディと同じくらい驚いた。

「オーケイ……それじゃ警部補の考えは……」

「いまのは彼女の考えていたことよ。サボウの」イヴは胸のあいだを手でさすった。心臓が強くゆっくりと打ち、ハンマーが服に打ちつけているようだった。「サボウはベイアータが生きていると思っていた、と言ってるの」

「なるほど。赤いドアのむこうでですね。どうしてみんなそういうふうに謎めかすんでしょう?」

警官らしく考えなさい、とイヴは自分に命じた。事実、論理、直感。「サボウはスクールに頻繁に足を運び、アレクシーやほかの人と過ごし、話を引き出し、疑い、探りを入れてまわった。アレクシーが行動に出るようにしむけてたのかも。彼がベイアータを殺したとすると」イヴはその考えを頭の中でころがしてみた。「ものすごくおさまりがいいわよね、でもほんとにそういうこともあるし」

「うーん、あのおばあさんは誰にでもベイアータはまだ生きていると言っていました、だからそれはしっくりきませんよ」

「ベイアータはいきなり消える。仕事も、クラスも、手に入れた役もあったのに。あらゆるものが彼女にとっていいほうへ回りだしていたようなのに、彼女は消える。自分からすすんで消えたわけじゃない確率は高いわね——ロイドはそう見ている、わたしも同感」

「三か月は長いですよ」ピーボディが言った。「つかまえられていたくない人間をつかまえておくには長い時間です。それに理由は何です？」

「サボウはベイアータが死んだとは信じたくなかった、無理もないわよね？」イヴはそう付け加えた。「ひ孫娘だけでなく、彼女もベイアータがニューヨークへ来られるよう、残りの家族を抑えこんだんだから」

「そのことに心を痛めていたんでしょうね」イヴと同じように、ピーボディもそこの通りや、ビルや、車の列を見わたした。「彼女、正確には何て言ったんですか？　あなたに、って意味ですけど」

イヴはあのときのことを思い出したくなかった。通りに膝をついていたこと、あの老女がぐっと手をつかんできたことを。血と血。

「サボウはベイアータの名前を言ったわ、彼女がとらわれていて、出られないんだと言った。下がどうとかってこと、赤いドア。彼女は助けを求めてきた」

あなたは戦士。わたしは約束。

感情を乱すまいとつとめながら、イヴは髪をかきあげた。「あの人は死にかけていたのよ」

でもあの目は――とイヴは思い出した――油断なく、力があった。

「関係者のアリバイをもれなく調べ、彼女がほかに行っていた場所もチェックしましょう」

仕事をするのよ、とイヴは思った。ひとつひとつ進んでいくの。「モリスに状況をきいてみるわ、アレクシーを逮捕した警官たちにも連絡して、彼らの印象をきく」

「ベイアータの失踪とサボウの殺人――もし二つにつながりがなければ、これもものすごい偶然《シデンス》《デビル・オブ・コイン》ですね」

「つながりがあるとして捜査を進めるわ。片方を突き止めれば、もう片方もわかるでしょう」

「わたしはマクナブに連絡して、彼に合流してもらってから、ベイアータが働いていたと思われる劇場へ行ってみましょうか。ロイドが調べてはいますが」とピーボディは言い足した。「でも新しい目で見られるかもしれません」

「いい考えだわ。何かわかったら知らせて」

考える時間が必要だ、とイヴはピーボディと別れながら思った。モルグに寄って死亡時刻をたしかめよう――あんなのは馬鹿げている、だって自分は死亡時刻にまさに現場にいたのだから――そしてモリスもしくは鑑識が、凶器に使われた刃物の型をつかんでいるかどうか、遺留物採取班が何か微細な証拠を発見したかどうかもきいてみよう。

まずは事実に対処すること、と思いながら車に乗った――それから推理に進む。だがしばらく座ったままでいた。突然疲れをおぼえ、突然怒りを感じて。まるで脳の中で何かが押してきて、思考をあちこちへ脱線させようとするみたいに。

休みが足りないんだ、とイヴは思った。事件と事件のあいだにしっかりと深呼吸をする時間がなかった。だからいまそうしてみた、しばらく目を閉じて、心と体にクリアになるよう命じて。

生きている。とらわれている。助けて。

約束を守って！

頭の中のその声があまりにはっきりしていて、イヴははね起き、武器に手をかけながら体をまわしてシートの横を、自分の後ろをたしかめた。心臓が肋骨《ろっこつ》にあたり、喉の奥で、耳の中で痛いほど打ち、彼女はふらつく手をおろした。

「やめて。とにかくやめて」自分自身に命令した。「しなきゃならないことをしなさい、それから少し眠るの」縁石から車を出したが、欲求に負けて家に連絡した。

ロークの顔がスクリーンにあらわれると、鼓動がゆっくりになり、少し落ち着いた。

「警部補さん、考えていたところだよ、僕が――何かあったのか？」

「何も。そうね、ハンガリー人のおばあさんがわたしに手当てされながら失血死したわ。疲れた」彼女はそう認めた。「これからモルグへ行かなきゃならないの、死亡時刻にずれがあったから。その件を修正して、そのあとはロシア人のバレエ男について何人もの警官と話をしなきゃならない。ごめんなさい」と付け加えた。「この件は文字どおり膝にころがりこんできたのよ」

「モルグで待ち合わせよう」

「どうして？」

「男が自分の妻と待ち合わせするのにほかの場所があるかい――それがきみと僕の場合に？」彼女は顔色が悪い、とロークは思った。肌に対して目の色が暗すぎる。

「そうね、オーケイ。むこうで会いましょう」

彼女が通信を切ると、ロークはリンクの何も映っていないスクリーンを見つめた。少しの抵抗もなしか？　疲れているどころじゃないな、と彼は思った。

彼の警部補さんは自分を失っている。


道に迷ってしまった。そんなことはありえないと思うところだが、行き方がわからなかった。通りは人が多すぎ、わかりにくいし、信号でためらったときには、クラクションがいくつも大音響をたて、彼女はシートの上で飛び上がってしまった。いらだちが汗まじりの恐怖に変わり、背中の真ん中を蛇のような線をえがいて降りてくる。それを押し返しながら、ダッシュボードのナビゲーターにルートを組み立てるよう命じ、あきらめて車を自動運転にした。

疲れてるのよ、と自分に言い聞かせて目を閉じた。疲れているだけ。しかし自分が病気なのではないかと――あるいはもっとよくないことになっているのではないかという不安がつきまとって消えなかった。

元気づけが必要だ、と思い、モルグに着いたときには安堵で震えそうになった。自販機で缶入りペプシを買い、カフェインをとろう。パワーバーも食べるといいかもしれない、だって、ほら、お腹がぺこぺこだし。

ここの空気はどうかしたんだろうか？　イヴはそう思いながら白いトンネルを歩きはじめた。照明がタイルにぎらぎらと反射し、目が刺されて痛くなった。ひどく寒いが、夏の夜の暑さのあとで氷みたいな送風の中に入ってきたせいだろう。それでも冷えた肌の下で、彼女の血は熱く、熱病が暴れているかのように脈打っていた。

自販機へ歩きながら、食べ物とカフェインのことを頭に浮かべて、ポケットに手を入れた。自販機の横の床に女がひとり座りこみ、両手で顔をおおい、泣いていた。

「怖い。怖い」女は繰り返した。「もう誰もわたしが見えていない」

「どうしたんですか?」イヴがしゃがみこむと、女は両手をおろした。彼女の顔は、あざで青黒くなっていたが、驚きと、希望のようなもので輝いた。

「わたしが見えるの?」

「もちろん見えます。手当てが必要ですね。落ち着いて。誰か連れてきます、そうしたら——」

「もう遅いわ」腫《は》れた顔を涙がつたい落ち、女はまた頭《こうべ》を垂れた。「彼に何をされたか見て」

イヴは女の頭の後ろにぱっくり口をあけた傷を、髪をもつれさせ、ブラウスを染めている乾いた血を見てぎょっとした。

「待って。ちょっと——」イヴが手を伸ばすと、その手は女の腕を通り抜けた。「嘘でしょ」

「レニーがやったの」鼻をすすり、女は手のひらの下で涙をぬぐった。

「あなたは何なの? これはどういうこと?」

「わからない、でも誰かに話さなきゃいけないの。レニーがやったのよ」彼女は繰り返した。「あの人でなし。セアラがあいつから逃げるのを手伝ったからって、わたしに腹を立てたの。きっと仕事帰りのわたしをつけてたのよ、わたしが公園に入ったら、あいつがそこにいた。そして大声をあげてわたしを殴った。殴りつづけて、わたしは逃げられなかった。誰も助けにきてくれなかった。誰も見ていなかった、だからあいつはわたしを殴って、殴って、わたしは倒れた。そうしたらあいつは石を拾ってわたしを殺したの。そんなの許されることじゃない。これからどうすればいいの？　ここにいるのは怖い。死んでいるのは怖い」

イヴは唾《つば》がのみこめず、息をするのがやっとだった。「こんなのやめて」

「レニーがわたしを殺したの」

女は――幻は――両手をさしだした。傷だらけだ、イヴは頭の中の冷静な部分でそう思った。倒れたとき、這《は》って逃げようとしたとき、傷だらけになったんだ。

「あいつに殺されたの、もう結婚することも、アイスクリームを食べることも、新しい靴を買うことも、セアラと一杯やることもできない。レニー・フォスターにリヴァーサイド・パークで、石で殺されたの、あいつは次にセアラを殺すかもしれない。これからどうなるの？」

「わからないわ」

「わたし、どこかへ行くべきなんじゃない？　ここにはいたくない。ここは寒い。寒すぎるし、まぶしすぎる。助けてくれない？　わたしはジャナ、ジャナ・ドーチェスター、何も悪いことはしなかったのに。ここは地獄なの？」

「いいえ」そうは言ったがイヴは自信がなかった。

地獄は寒くてまぶしいのかもしれない。地獄にいると頭がおかしくなるのかもしれない。

「イヴ」ロークが横に膝をついて、彼女の両腕をつかんだ。「うわ、燃えているみたいじゃないか。こっちへおいで」

彼はイヴを立ち上がらせようとしたが、彼女は抵抗した。「だめ。待って」息を吸い、震えながら吐き出す。「彼女が見えないの？」

彼はイヴの額に手をあてた。「きみが見えるよ、モルグの床に、幽霊みたいに座りこんでいる」

「同じね」イヴはつぶやいた。

「彼にはわたしが見えないのよ、わたしが死んでいるとかだからじゃないかしら」ジャナは言った。「あなたはどうして見えるの？」

「わからない。モリスを連れてこなきゃ」イヴはロークに言った。「それにああ、何か飲みたい」

「置いていかないで」ジャナが懇願し、またしても頭を垂れたので、彼女の命を奪ったおぞましい傷が見えた。「ここでひとりにしないで」

「わたしはここに座っているから。モリスを連れてきてくれる？　わたしは……ここに座っていなきゃならないの」対処するのよ、と自分に言い聞かせた。目の前にいるものに対処するの、あとのことはそれから調べればいい。「冷たい飲み物がすごくほしいんだけど」

ロークは立ち上がり、何かぶつぶつ毒づきながら缶入りペプシを注文した。

「彼、セクシーね」ジャナは指の節で涙をふきながらも少し笑った。「超イケてる。あなたの恋人？」

「結婚してる」イヴはもごもごと答えた。

「よかったわねえ」ジャナはロークに見おろされながら言った。

「結婚しているよ」と彼は言った。「だからこれからすぐ妻を医者のところへ連れていく。まずモリスを呼んでくるが、そうしたらここの用事はもう終わりだからね」

「彼、ほんとにセクシーな声をしてるわ」ジャナはため息をつき、イヴはロークがあけてくれた缶を受け取って飲んだ。

「ありがとう。わたしはまだここに座っているから」ロークと同じように、ジャナに向かって言った。「モリスを連れてくるまで」

そして自分は頭に腫瘍《しゅよう》ができたのか、あるいは何か奇妙で生々しい夢に落ちてしまったのかと座ったまま思いながら、イヴは警官になり、死者に事情聴取をした。

数分後、モリスがロークと一緒に急ぎ足でトンネルをやってきた。

「ダラス」彼は膝をつき、ロークがさっきしたようにイヴの額に手をあてた。「熱があるじゃないか」

「あなたのところにこういう遺体が来ているかどうか教えて――女性、混合人種、二十代なかば、身元はジャナ・ドーチェスターと判明ずみ。リヴァーサイド・パークで撲殺された」

「ああ。その女性ならさっき入ってきたばかりだ。どうしてきみが——」

「事件の担当者は？」

「ええと……ステューベンが主任だ」

「彼に連絡しなきゃ。連絡先を教えてもらえる？」

「もちろんだ。でもきみは具合が悪そうだよ」

「だんだんよくなってきてるから、本当に」おかしなものだ、とイヴは思った。警官として対処することでしゃきっとするなんて。たとえ聴取相手が死者でも。「ステューベンと話をしたらもっとよくなると思う。助かるわ、モリス」

「ちょっと待っててくれ」

「イヴ」ロークはモリスが遠ざかっていくと、彼女の手をとった。「ここでいったい何が起きているんだ？」

「わたしもよくわからないの、だから本当に偏見なしでいてちょうだい。まったくの偏見なしで。いまでもあなたのほうがわたしよりずっと偏見がないでしょう、ほら、超自然的なものに対して」

「どんな超自然的なものに対して、僕の頭は偏見なしでいることになっているんだい？」

「オーケイ」イヴは彼の目をのぞきこんだ。とても青くて、とても美しい。彼女が全身全霊で信頼している目だ。「死んだ女性がひとり、いまわたしのすぐ横に座っているの。名前はジャナ・ドーチェスターで、レニー・フォスターという名前のアホウが、リヴァーサイド・パークで彼女の頭を石でかち割った。彼女は友達のセアラが次の被害者になるかもしれないと心配している。だからその情報を主任捜査官に渡してあげるつもり。わたし、ロシア語が読めるのよ」

「何だって？」

「ロシア語が読めるの。話すこともできると思う、それにハンガリーのグヤーシュをつくれるのもたしか。それからたぶんボルシチや、おそらくピロシキも。あのおばあさん、つまりわたしの膝に倒れてきた、たまたま死者にかわって話ができるジプシーが、わたしに何かしたのよ。でなければわたしの脳に腫瘍ができたか」

イヴの目をのぞきこみ、ロークは彼女の顔を両手でつつみこんだ。「調子はどうだい《カック・ヴァーシ・ジェラ》？」

「まったくいつもどおり《ウ・ミニャ・フショー・バ・プレジュネムー》。ねえ、あなたもロシア語が話せるの？」

ロークは骨の髄《ずい》まで驚いて、かかとをつけてしゃがみこんだ。「片手で数えられるくらいの言葉はね、それにきみほど流暢《りゅうちょう》でないのはたしかだ、どうやら。それからきみはああ答えたけれど、大丈夫には思えないな」

モリスが戻ってきたので二人は目を上げた。「きみの必要なものを持ってきたよ」

「ありがとう」イヴはリンクを出して、いまの場所を動かず、ステューベン捜査官に連絡をした。「ダラス警部補です」と彼女は言った、「セントラルの殺人課の。おたくの被害者、ジャナ・ドーチェスターについてちょっと情報をつかんだの」話しながらジャナを見た。「レニー・フォスターを見つけて、セアラ・ジャスパーという人を保護したほうがよさそうよ。いま説明する」

それが終わると、イヴはどうしてその情報を得たのかという相手の質問に対して、秘密の情報提供者によるものだと言いとおした。

「ステューベンが馬鹿でないかぎり──そんなふうには思えなかったし──いまので何とかなるでしょう」イヴは立ち上がった。「わたしにできるのはここまでよ」

「わたしはやっぱり死んだままだけど、それほど怖くなくなったわ。もうそれほど寒くもない」

「あなたはここにいちゃいけないんじゃないの」

「たぶん少しのあいだよ。あなたと話せて助かった。死んでなかったらいいのにとは思うけど、でも……」ジャナは最後まで言わず、肩をすくめた。

「幸運を祈るわ」イヴはモリスのほうを向いた。「これをどう説明すればいいのかわからないけど。ジジ・サボウに会わないと」

「ダラス、きみはいま、死者と話をしていたのか？」

「そんな気がする。それと、あなたがこのことを広めずにいてくれたら、ほんとに助かる。わたしは仕事をしなきゃならないし、このまま進めなきゃならない、でないときっと頭がおかしくなるわ。だから……」イヴは前へ歩きだしかけて、振り返り、ジャナがさようならと手を上げるのを目にした。「サボウの死亡時刻を確認したいの」

「三度測定したよ、いろいろな部品を使って。それでもやはり一三〇〇時だ」

「ありえない」イヴは解剖室のドアを押しあけて入った。「わたしはあの場にいたのよ。ロペスもいた、何時間もあとに。彼女は縁石から倒れて、わたしたちは応急手当をした。彼女は――」

「イヴ」ロークがあいだに入ってきた、「きみはいま、二時間以上も前に殺された女性と話をして、それで挙がった容疑者を警察が取り調べるっていうのか？」

「死んでることと生きてることの違いは知ってる」イヴは遺体のところへ歩いていった。

「どうしてあの子に会えないの？　どうしてあの子と話せないの？　あの子を見るの、すると感じるのよ……怒りと憤懣を。それから……拘束を」

「チャレと話をしたよ」モリスが言った。彼は流しで布に冷たい水をかけ、絞った。それからイヴのところへ来て、その布で顔をぬぐって冷やしてくれた。

「彼も同じことを言った、でもこうも言っていた、彼女はきみの手をとり、きみに話しかけた、すると光があらわれたと——光とエネルギーの強い風が。そしてそのあとしばらく、きみはぼうっとしてみえたそうだ。ただぼうっとしていたと。彼は自分たちのあいだを何かが通ったようだと言っていた」

イヴは布をとった。モリスが世話をしてくれたこと——自分がそうされるままになっていたことが少し恥ずかしくなった。「あなたはそういうことを信じないんでしょ」

「科学はあの女性が今日の午後一時に——間違いなく——亡くなったと言っている、だがこの世の中には科学を超えたものがある」

そうかも、とイヴは思った——いまそのことを議論するのはむずかしい。でもさっきジャナが相手のときには、いつもの手順と習慣のおかげで最後までやれた。だからできるかぎり長くそうやっていくつもりだった。

「しばらくは科学にそっていきましょう。凶器については何かわかった？」

「いいだろう。薄くて、両側が鋭利な刃物だ。長さは十八センチ」モリスはスクリーンのほうをむいて、傷から再構築した画像を出し、それからまた遺体に向き直った。「ここで犯人が彼女にめいっぱい刺したのがわかるだろう、座金《ざがね》で内出血ができている」

イヴはかがみこみ、傷口の穴を、切れこみをじっくり見た。「短剣ね」

「そうだ。犯人は骨を突いた。だから先端が欠けているはずだ」モリスはトレーにのった、密封された小さな鋼鉄のかけらを見せた。「これを取り出したよ」

「オーケイ、お手柄よ。犯人は最初に彼女の背中を刺した――肩の後ろを」彼女はそのときの息が止まるような、引き裂かれる痛みを思い出した。「なぜなら犯人は臆病者だから、それに彼女を恐れていたから。彼女は犯人の顔を見なかった――仮面かメイクをしていたのよ。何かのコスチュームをね、犯人は芝居がかっているやつだから。悪魔」と彼女は小さな声で言った。「それが犯人の演じている、もしくは演じたがっている役だから。それにはパワーがあるから、恐怖を吹きこむから、そのイメージを最後に彼女が見るものにしたかったから」

「なぜ？」モリスがきいた。

「犯人は彼女が求めていたものを持っている、そして彼女はそれを取り返すまでやめなかったでしょう。彼をあばいて。罰して。破滅させるまで」

「こうなったからにはきみがそれを取り返すだろうね」

イヴはロークを振りむき、うなずいた。「ええ。必ず。家に帰らなきゃ。何人か警官と話をするから、あなたが運転して」

「ダラス」モリスが言った、「いつかこのことについて話がしたいんだが」

「ええ。いつかね」イヴはためらい、彼にさっきの布を返して、それから一瞬だけ彼の手を自分の手でつつみこんだ。「ありがとう」

さっきより体温が下がり、しっかりして、イヴはロークとトンネルを歩いていった。

「彼女はいるかい？」

イヴは立ち止まり、さっきジャナと座っていた床を見おろした。「ううん。行くべきところへ行ったんじゃないかしら。ああ、ローク」

彼はイヴの手を強くつかんだ。「この件の真相を突き止めよう、きみに必要なのが医者なのか司祭なのか、いまの僕にはわからないから」

「司祭？」

「悪魔祓《あくまばら》いのね」

「笑えないわよ」イヴは文句を言った。

「ああ、笑えない」

7

ロークは自分が運転して、イヴに彼女の必要とする時間をあげた。彼は何も言わず、イヴがアレクシー・バリンという名前の誰かのことを五人ほどの警官と話しているのを聞いていた。彼女の顔色は回復したし、肌ももう骨を焼きつくすかのようには感じられなくなったので、イヴをまっすぐ医療センターへ連れていきたいという衝動は抑えた。

彼は妻のことを、何にもまして、皮肉屋で、しっかりしていて、ときには腹立たしいほど現実と論理に根ざしていると思っていた。

その彼女が真面目くさった顔で澄んだ目をして、自分は死者と話をしたと言うのだから、ロークは彼女を信じるほうへ傾いていた。とりわけ、彼のロシア語の簡単な〝調子はどうだい？〟に、イヴがすぐさま答えてきたとあっては。

イヴはまたリンクを切って、「うーん」と言った。

「ハンガリーのグヤーシュはどうやってつくるんだい？」

「はぁ？　グヤーシュなんてつくらないわよ」

「つくってくれとは頼んでいないよ、でもどうやってつくるのかなと」

「ああ、テストね。ええと、玉ねぎを切って、熱した油で茶色になるまで炒めるの——金色がかった茶色になるまでね、そうしたら牛肉をサイコロ形に切って、小麦粉をまぶし、それとパプリカをさっきの油と玉ねぎに入れる。次は——」

「もういいよ」

「せっかくのいい肉にどうして小麦粉をまぶしたりするの？　小麦粉はパンとかケーキをつくるためのものだと思ってたんだけど」

「つまりきみは料理については僕より知らないということか、僕もほとんど知らないに等しいけどね、なのにきみはグヤーシュのレシピをすらすら言える」

「気味が悪いわよね、それにすっごくいらっとくる。だからセントラルじゃなくてうちに向かってるのよ。気づいたらほかの警官たちの前で、死んだ人間や何かとしゃべってたなんてごめんだもの」

「きみはいまもきみだね」ロークは自分でも馬鹿らしいほどほっとしてつぶやいた。「自分が陥っているらしい状況におびえるより、きまりわるがっているなんて」

「こんなことが起きているなんて信じられやしないわ、でもそうだってことはわかってる。脳に腫瘍ができてるほうがましかどうかはわからないけど」

イヴはひとつ息をした、それからもうひとつ。「頭の中でこのことを振り返ってるの。彼女は歩いていた――よろよろしていた――そこらじゅうに血を流していた。科学は彼女が死んでいたと言う、でもロペスも彼女を見た――それにあそこに駆けつけた医療員たちも。彼女はわたしに語りかけた。わたしを見た」

イヴはあのときの現場へ記憶をたどった。「でも彼女はそんなふうに何ブロックも歩いてきたのよ――わたしはその血痕をたどったもの。なのに誰も彼女を助けなかった、誰も助けを呼ばなかった。そんなの信じられないわ、だから、この件全体のねじれた論理にもとづいて、誰も彼女を見なかったんだと結論づけざるをえない」

「そのねじれた論理にそって続けると、彼女はきみのところへ来た。ぎりぎりの力は残っていたから、君の行く手にあらわれ、きみに手がかりを残し、自分を助けてもらうために必要なものを与えた」

「論理だてるのがうまいわね。それから最初に彼女が口にしたのは、ひ孫娘の名前よ。ベイアータ。その子がとらわれていること、助けを必要としていること。サボウはわたしに彼女の名前を教え、わたしが誰にこんなことをされたのかきくと、悪魔だと答えた。それから

「……」

「何だい？」

「わたしが戦士だと言ったわ。彼女の目はとても暗く、真っ黒な目で、必死だった。わたしが彼女を中に入れなければならない、中へ入らせてくれなければだめだと言った。わたしに頼んで、懇願してきたの。自分を中に入れてくれって、だからいいわと答えた。こっちは医療員たちが来るまで彼女を落ち着かせて、生かしておきたかっただけなんだけど」

「きみは同意したわけだ」

「そうなるんでしょうね」ふうっと息を吐き、イヴは髪をかきあげた。「そうなるんでしょうね、それから彼女はわたしの手をつかんだ、そうしたらバーン——目もくらむ光と、電気みたいなショック。声。彼女の——あの若い娘の——ベイアータの顔が見えた。次に気がついたら、ロペスがわたしの名前を呼んでいて、医療員たちが到着して、サボウが死んでいた。冷たくなって死んでたわ」

「なぜなら、少なくとも科学的には、何時間も前に亡くなっていたから」

「バカバカしい」というのがイヴの意見だった。「わたしは体が震えて変な気分になった。それからずっと不安定な感じがしてる気がする。自分がおぼえていないはずのことをおぼえているし、おぼえているはずのことをおぼえていない。ああ、ローク、モルグへ行く途中で道がわからなくなったのよ。通りを思い出せなかったの」

ロークはさっきの彼女の様子を、顔が死人のように青ざめて汗で光っていたことを思い出した。「ルイーズに連絡して、きみを診にきてもらったほうがいいんじゃないか」

「医者が助けになるとは思えないわ、司祭も。自分がこんなことを言うなんて信じられないけど、これはジャナみたいなものだと思う。事件を終結させたら、きっとこれも終わるのよ」

イヴはロークのほうへ体をずらした。「彼女、爪でわたしにちょっと傷をつけたの、見える？」手を持ち上げて、手のひらを外にした。「血から血、心臓から心臓へとか何とか言ってたわ。そのときにはもうわたしには彼女の血がそこらじゅうについてた。それから彼女は、約束が果たされるまでそれは終わらないと言った。だから問題は、わたしがあのおばあさんを死なせまいとしているあいだに、ベイアータを見つけると約束してしまったことなの」

「ロマニーと血の盟約をしたわけか」

「死者の代弁をするロマニーとね、どうやら。故意にじゃないけど」イヴは少しばかり憤りをこめて付け加えた。

「思いがけず結ばれてしまった血の盟約だね」とロークは言った。

「あなただって同じことをしたわよ」いらっときて、イヴはさっきと逆に体を離した。「それにあなたは民間人でしょ。わたしは警官。保護し奉仕するのよ、こんちくしょう」

「死んだ旅人たちと血の盟約を結ぶ仕事はめったにないだろう」

「わたしを怒らせようとしてるの？」

「顔色がよくなったじゃないか」ロークはさらりと言った。

「あら、うれしい。話をそらさないで。誰がジジ・サボウを殺したのかつきとめなきゃ、それからベイアータを見つけないと」

「彼女は生きている、ベイアータは。きみはそう確信している」

「わたしのいまの状態じゃ、それ以外の説は受けつけないんじゃない？　サボウはひ孫娘が死んだらわかったと思う。それにいまはわたしにもわかると思う。でもそうじゃなくて、あらゆる理屈に反して、ベイアータは生きていて、彼女の曾祖母を殺したのと同じ悪魔によってとらわれているって確信があるの。そいつはベイアータを自分のもとに置きたがっている、それにあのおばあさんは自分が彼女の発見に近づいているとみんなに知らせていた。犯人を釣るためにそうしていたのかもしれないし、それが生きる力になっていたからやっていたのかもしれない。でもサボウは脅威だった」

　ロークがゲートを抜け、家が見えると、イヴの神経はさらにもう何段階か落ち着いた。わが家。わたしの。

「ベイアータはいまや重荷よ」とイヴは付け加えた。「だから犯人にとっては、彼女をつかまえておきたい気持ちよりも、その重荷のほうが耐えがたくなっているかもしれない。サボウが状況をかきまわし、今度はわたしが同じことをした。犯人は見つかる危険を冒すより、彼女を殺すことにするかもしれない」

「アレクシー・バリンていうやつは？」

「彼はリストのトップにいる。ベイアータを知っていて、自分のものにしようとし、彼女に振られた。ユタ州なみに大きなエゴを持っているし。ベイアータの住んでいたところ、働いていたところ、おそらく彼女の日々の行動パターンも知っていたでしょうね。加えて、二人は大きな演目の稽古《けいこ》をしていた――『ディアボリク』よ、天使と悪魔、偶然なんかであるもんですか」

「僕もそう思うね。それなら彼女を釣るのがいっそうたやすくなっただろう。追加練習、定時後に」

「そうよ。彼は暴力をともなう喧嘩をしたことが何度もあるし、前科もついてる、それに彼を逮捕した警官は全員、彼が癇癪持ちで――あっという間に火がつくと言っているの。彼がいま聴取室にいないのはそれが理由」

「つまり、サボウが暴力的に、そしてたぶん衝動的に殺されているいっぽうで、ベイアータがまだ生きていて、本人の意志に反してとらわれているとしたら、それには多少なりと事前の計画が必要だったからだね。それにこの先も計画を立てていかなければならない」

「いまのいま、あなたが警官みたいに考えられるのはいいことね、わたしは脳の回路が全部焼けちゃっているかどうか自分じゃわからないし」イヴは車を降りた。「家にいなきゃ。コントロールを取り戻さなきゃだめ。だからもしあなたが協力してくれるなら、ベイアータを知っていたり、彼女と勉強したり、働いていたりした、容疑者リストにある人物全員を調べるのを手伝ってほしいの。近所の住民、友人、よく彼女を目にしていた人間。人は目にうつったものをほしがるものよ――というか、ほしくなるためにはまず先に見てなきゃならない」

「名前を教えてくれれば、調査を始めよう――きみは休むという条件で。一時間だ」ロークはイヴが抵抗しようとするとそう言った。「交渉はなし」

「ちょうど頭をすっきりさせたいところ。それにお腹がぺこぺこ」とイヴは認めた。「もう何日も食べてないみたいな気分よ、何もかもが燃えつきたみたい」

「憑依《ひょうい》された副作用かもしれないな」

「それも笑えないわよ」イヴは家に入り、サマーセットにたくらみできらっと光る目を向けた。「ボズド・メグ」彼女はそう言い、彼が目を丸くするのを見届けた。

サマーセットの唇が、こわばった笑みのようなもので引きつるのが見えた気がした。

「言語の幅を広げていらっしゃるようで」

「いまのはロシア語じゃなかったね」ロークが一緒に階段をあがりながら言った。

「ハンガリー語じゃないかな。ぱっと浮かんできたの――サマーセットはわたしが〝失せやがれ〟って言ったとわかったみたい」

「ひどいな、でも面白いね」ロークはイヴと一緒に彼女の仕事部屋へ行った。「こら、起きろ」イヴの寝椅子で手足を広げていた猫に指を向けた。「降りるんだ」と命じた。「リストをくれ、そうしたら調査を進めておくから」彼は心配な気持ちにさからって、イヴの髪を撫《な》でた。「ピザはどう？」

「丸ごと一枚食べられそう」イヴはどすんと椅子に座りこんだ。「食欲がボルシチのほうにむかわなくてよかった、ビートのスープなんか飲むくらいなら脳に腫瘍ができるほうがましよ」ポケットからノートブックを出した。「あらかたの名前はここにある。もっとつかまないと。ピーボディとマクナブが、ベイアータの働いていた、もしくは働くはずだった劇場をあたっていたの、近所の住民も必要ね。だけどスタートとしては大きいわ」

「まず食べ物だよ」ロークはキッチンへ入っていった。

ギャラハッドはイヴの膝に飛びのってこず、座ったままじっと彼女を見ていた。

「わたしはいまもわたしよ」彼女はつぶやいた。「彼女じゃない。わたしはいまもわたし」

ギャラハッドが脚に頭突きをしてくると、目の奥がつんとなった。「わたしはいまもわたし」イヴはそう繰り返した。

ロークがトレーに皿をのせて戻ってきた。「丸ごと一枚をオーダーしたよ、でもきみのスタートはここからだ。それから痛み止めを飲む。議論はなし」と彼は警告した。「きみはこの何時間か鏡を見ていないんだろうが、僕がモルグへ入っていったときは、まるであそこに収容されるべき人間のようにみえたよ。食事をして、痛み止めを飲むんだ、それから様子をみよう」

そう言うと、彼はイヴのデスクへ行って、腰をおろし、彼女のコンピューターに名前を入力しはじめた。イヴは馬のように食べた。

「ああ、気分がよくなったわ。震えもない」片手を伸ばしてみたが、しっかりしていた。「吐き気なし、びくびくするのもなし」それでも彼女は猫を見おろした。「この子、わたしの膝に座ろうとしないのよ、ピザのためでも。わたしかどうか確信がないのね。何かがおかしいって感じてるんでしょう。わたしがおかしいって。あなたはどれくらい続くと思う――」

その先は言えなかった。

「大丈夫だよ」ロークは立ち上がって彼女のところへ行った。「僕たちは終わらせるために必要なことは何でもやる、それからそのあとに来ることもやる。きみは大丈夫だ」

「わたしは死んでいる人たちを抱えて生きていかざるをえないの、ローク、でも彼らとおしゃべりなんてしたくない。殺人課の警官として有利なのはわかるわ。ヘイ、運が悪くて気の毒だったわね、ところであなたを殺したのは誰？　あらそう、じゃあこれからそいつを逮捕してくるわ。さあ行って。そんなふうに仕事をしたくない。そんなふうに生きていたくない。自分にできるとは思えない」

「そんな必要はないよ」ロークはトレーをとって、横へどけた。「約束する、僕たちは見つけなければならないものを必ず見つける」

　イヴは彼を信じた。信じなければいられなかったからかもしれないが、彼を信じた。

「じゃあそれまで……」彼の手をつかんだ。「一緒にいてくれる？　わたしになることが必要なの。あなたにわたしを――わたしを――さわってもらって、一緒にいるときにわたしが感じることを感じてほしいの。あなたがわたしを感じていることを知りたいの」

「きみ以外には誰もいないよ」ロークは彼女と同じ椅子にするりと座った。「きみ以外の人なんて誰もいない」

「やさしくしないで」イヴは自分の唇に彼の唇を引き寄せた。「わたしをほしがって」

イヴにはあの求めてくる手が、彼女をむさぼる唇が必要だった。感じて味わって必死に求めることが必要で、彼女自身の思い、体、心が彼のそれとからみあっているとわかることが必要だった。

愛、その闇と光は強さであり、彼女はロークからそれを受け取った。

彼はイヴのジャケットを肩から脱がせ、武器ハーネスをはずすと同時に、口で彼女をとらえ、征服した。そしてあの手、あのすばらしい手が新たな火をつけ、新たな熱が彼女の血の中で清らかに明るく猛《たけ》った。彼女の指が椅子のコントロール装置をさぐり、椅子が動いて平らになると同時に二人は後ろへ倒れこんだ。

彼女が求めているのは慰めではない、とロークにはわかっていた、強い欲望だ——底なしの欲望とスピード。たぶん彼の求めるものも同じだった。だから彼はイヴの両腕を頭の上で押さえつけ、自由なほうの手を使って、彼女が自分の下で体をそらせ、叫びながらいくまでさいなんだ。

しかしそれでは終わらなかった。汗ばんだ肌が彼の手の下で震え、狂ったような鼓動が彼の歯にかまれてはねあがる。イヴの求める欲望は、彼女の心臓と同じように荒々しく、彼の体の中で脈打っていた。

彼の女。彼だけの。彼女の肌、唇、体。強さを取り戻した。

「いまよ。そう。いまよ！」イヴの爪が彼の腰に食いこんだ瞬間、彼女はロークのほうへ体をそらせ、彼にむかって開いた。

熱く濡《ぬ》れ、イヴは彼をつつみこみ、彼が激しく深く突くとふたたび声をあげながら、体を弓なりにして彼を奪った。そしてそのまま持ちこたえ、めくるめく一瞬を持ちこたえながら、ロークは彼女の目を見つめた。見えたのはイヴだけだった。

そこでつむじ風が、いたずらに奔放に吹きあがり、二人を息もできないほど高く、恐怖も感じないほど速く、くるくると回した。

やがて世界がまた落ち着き、色や形や光がすべて戻ってくると、心地よさが訪れた。イヴは彼の腕の中にしっかりと抱かれて横たわり、彼のにおいを吸いこんでいた。彼女の体――いい、彼女の体だ――はくたくたで、ひりひりして、最高だった。

目を閉じ、彼の髪をかきやって、彼の背中を撫でおろした。「問題ないわね、あなたが間接的には九十六歳の女とセックスしたかもしれないってことを考えれば？」

「そうだとしても、彼女は受け取ったのと同じくらい与えてくれたよ」

イヴは笑い、彼と脚をからめあった。「わたしたち、九十歳になってもセックスできるわね、そうじゃない？」

「まかせてくれ。その頃までには僕も年配の女性の味わいというものを見つけているだろうから、いまのはいい予行演習だとみなすこともできる」

「そんなふうに考えるだけでも気持ち悪くなってよさそうなものだけど、モルグでジョークを言うようなものなのかもね。そうやって乗り越えるの」イヴは体をほどき、起き上がった。「わたしはこれからシャワーを浴びて、コーヒーを飲んで、それからあなたがしてくれた調査を見てみる。この件は必要なやり方で進めて、むこうの世界のことは横に置いておく。そのことを考えすぎると、くらくらしてきちゃうだろうから」

ロークは彼女の横に座り、彼女の両肩をつかんだ。そしてイヴは彼の目にあるものを見たとたん、肺から空気が止まってしまった。「何？ 何なの？」

「きみは本来のままのきみだ。僕はきみを知っている。それを信じるかい？」

「ええ、でも――」

「きみはイヴ・ダラス。僕が生涯愛する人。僕の心と魂。きみは警官だ、頭も体も。きみは強くて立ち直る力を持っている女性だ。扱いにくくて、頑固で、ときにはアナグマなみに気が荒くて、自分で認めるよりも広い心を持っている」

恐怖がじわじわと戻ってきて、氷のような刃《やいば》が背骨をおりてきた。「なんでそんなことを言うの？」

「きみが起きてしまったことを横に置いておけるとは思えないからだよ、完全にはね。息をして」

「どうして――」

「息をして」彼が鋭い声で言い、彼女を揺さぶったので、イヴは反射的に言われたとおりにした。「さあもう一度」ロークは彼女の肩に片手を置いたまま、もう片方の手でイヴの足首に触れた。

それから孔雀の羽のタトゥーに。

8

イヴはいつものシャワーを浴び、いつものコーヒーを飲んだ。わたしは落ち着いている――必ず落ち着くと自分に言い聞かせた。パニックを起こしても何の役にも立たない。怒ってしまえば気分はいいが、結局はそれも役に立たない。

「選択肢はいくつかある」ロークが言った。

「Eのつく言葉を言わないでよ。悪魔祓《エクソシズム》いなんかやらない。司祭もウィッチドクターも、ヴードゥー教徒にまわりを踊らせて、魔法のココナッツを叩いてもらうつもりもないから」

「魔法のって……それは遠まわしな表現かい？」

「かもね」彼がほほえむのをみるとほっとする――自分にもできるかもしれないと思うと。

「でもそんなところには行かないわよ、ローク」

「ならいい。マイラはどうだい？」

「彼女が精神分析でサボウをわたしから追い払えると思ってるの？」

「催眠術で答えがみつかるかもしれない」

イヴは頭を振った。「意地を張るつもりはないのよ。というか、そうなってるかもしれないけど」彼が眉を上げたので、イヴはそう認めた。「いまはこの件にほかの誰も加えたくないの。死んだ女性を自分から招いて頭の中に、もしくはどこであれ彼女がいまいるところに住まわせてるなんて、誰にも言いたくないだけ。だって実際にそうしたんだから」

イヴは立ち上がり、歩きまわりはじめた。「わたしは、いいわよ、入ってきなさいって言った。もし彼女が何を言っているのか、どういう意味なのかに気をつけていたら、ドアに鍵をかけていたでしょうね。でもそうはせずに全面的に、ええ、ええ、何でもいいわ、だって科学的にはすでに死んでいたという女性を出血で死なないようにしていたんだもの。全然すじが通ってないけどね、こんちくしょう。それにすじが通ってないから、それは横へ置いておかなきゃならないの。やらなきゃならないのよ」とイヴは言い張った。「わたしは事件を——複数の事件を——わたしの頭で、直感で捜査しなきゃならないの。絶対にわたしので。いずれにせよその事件は、彼女がわたしを放っておいてくれていたって、うまく片づけたはずよ」

「それじゃこの件では論理と本能で戦うんだね？」ロークは二人ともワインを一杯飲んだほ

うがよさそうだと思った。

「それがわたしの手持ちだもの。それがわたし自身のものだもの。だからもしこの〝あっちの世界の部分〟、すじの通らない部分に何か理屈があるなら、わたしが犯人を見つけたとき、ベイアータを見つけたとき、それは――サボウは――いなくなるってこと。それを信じてないなら、クローゼットに閉じこもって、親指をしゃぶってるわ」

ロークは彼女にワインを持ってきて、彼女の頬に触れた。「それじゃ一緒に犯人とベイアータを見つけよう。それからさしあたっては、そのことはきみと僕だけの話にしておこう。二十四時間だ。僕たちはきみのやり方でそれにとりくむ、そして僕は起きてしまったことを元に戻せる人物を見つける。もしこの事件が二十四時間以内に解決されなかったら、今度は僕のやり方でやってもらうよ」

「最後通牒《つうちょう》みたいに聞こえるわ」

「間違いなくそうだからね。きみは議論して時間を無駄にしてもいいし、仕事にかかってもいい。僕は誰とであろうと、一日以上妻を共有するつもりはないよ」

「わたしはあなたの所有物でもないわよ、相棒」

彼はまたほほえんだ。「でもきみは僕のものだ。そのことについて喧嘩をしてもいいが」彼は肩をすくめ、ワインを飲んだ。「そうなればきみは二十四時間のいくらかを無駄遣いすることになる。それでも、そのほうがきみのやる気が出るかもしれないね、だから僕はどちらでもいい」

「いやな人」

「悪態をつくならロシア語かハンガリー語でやりたいんじゃないかい」

「それにわたしが気が荒いって言ったわね。二十四時間か」イヴはワインをぐっとあおり、必要となったらどうやってそれを延長させようか考えた。「調査の結果を見てみましょう」

ロークはスクリーンにデータを呼び出し、彼女のデスクの横に腰で寄りかかった。「きみの最有力容疑者だ」と彼は話を始めた。「これのあらかたはもうつかんでいたことだろうが、第二レベルの調査で少し追加がある、それに僕もきみの覚え書きから推測してみた。アリ・マディソンのアパートメントだが、アレクシー・バリンがこの日をここで始めたことは確認されているね、アパートメントはあの路地まで徒歩でたった十分だ——健康で運動の得意な男が、ジョギングかランニングすればもっと短いだろう。彼がブランチをとったレストランからもほぼ同じだ。アレクシー自身のアパートメントも同様」ロークはそう付け加え、作っておいた地図を呼び出した。「いま言った場所はみな、多かれ少なかれ、このあたりに固まっている」

「それじゃ彼はこっそり抜け出して、離れたところへ行き、仮面をつけ、サボウを切り刻んで、また戻ってくることもできたわけね。それだと、都合のいい時間に彼女があの路地にいるのを知っているってことと、血しぶきをあびないために何かを着ていたことも含まれるでしょう。だってサボウが切り刻まれたみたいに誰かを切り刻んでおきながら、きれいさっぱりなりで歩き去ってアリバイのブランチをとりにいくなんて無理だもの」

イヴはスクリーンの前を行きつ戻りつした。「彼はサボウと会う約束をしたのかもしれない、時間を指定して。ベイアータについて何か情報があると言って。癇癪持ちの衝動的な男にしては、ずいぶん手間のかかった計画だけど」

「きみの死亡時刻《TOD》をもとに考えるなら、ブランチのときの何かが彼をかっとさせた、あるいは、いまのまま科学をもとに考えるならブランチの前に」ロークはそう言った。「彼はサボウと対決しにいく、彼女があの路地にいるのが見える――彼はこっちの方角から来たんだろうね、それなら路地の前を通ったはず。彼はすばやく動き、ナイフを出し、路地へ入っていく」

「どうして変装するの?」

「サボウは彼の素顔を見たのかもしれないよ、イヴ。きみが彼女を発見したときの、彼女の状態は？　頭がはっきりしていなかったと考えてもそう無理ではないだろう」

「彼女が見たのはそれじゃない。彼女は悪魔を見た」イヴはしばし言葉を切った。「わたしは知ってるの。それがわたしの見たものだから。わたしが……あの路地にしばらくいたから。彼女が何を目にしたのかは知っている」

「なるほど」

てっきり議論になるか、自分からそうしようとさえ思っていたので、イヴは彼に向き直って言った。「あなたがそんなに簡単に受け入れるなんて、感謝すべきなのか、怒るべきなのかわからないわ」

「見た目ほど簡単にではないが、きみよりは簡単だろうね。だから、きみが彼女の見たものを見たと言うなら、僕には本当にそうだとわかる。この事件には超自然的なものが、ある程度関係しているんだ――それにだって論理はある」

「あなたが迷信深いアイルランド人ならね」

「きみがいまハンガリー語で悪態をついてグヤーシュをつくれるならならね」と彼はやり返し――イヴを黙らせた。「きみの容疑者も多少のパワーを持っているかもしれない」

「そっちへ行く気はないわ。論理、事実、データ。だからアレクシーが抜け出し、殺人をおこなうのが可能だったとしても、いまわたしたちがつかんでいるデータではその整合性も確率も低い。ベイアータが一緒に仕事をしていた人のことを教えてよ。彼女が最後に目撃された夜、彼女とレストランから出ていった人物」

「デイヴィッド・インガール、二十二歳、独身。前科が二つある。ひとつはエアボードの事故で、彼はコントロールを失って、タイムズスクエアで通行人のグループをなで切りにした、もうひとつは偽のIDの製造・使用——未成年でセックスクラブに入ったところを、潜入していた警官に逮捕された。ニューヨーク大学《NYU》を中途退学して、一学期にヴァーチャルコースを二つとり、レストランから数ブロックにある寝室ひとつのアパートメントで二人のルームメイトと同居中。〈グヤーシュ〉で働いてもう三年」

「あまり殺人犯っぽくないわね」

「それに加えて、きみのロイド捜査官のファイルには、ルームメイトのひとりが彼の帰宅を確認した証言もある——それから次の晩、つまりベイアータ・ヴァーガが行方不明になった夜には、コンピューターゲームをしながら飲み会をやったと」

「ルームメイトたちのおかげで彼がベイアータをさらって閉じこめるのはむずかしくなったわね、彼らが共謀しているのでないかぎり」

「ルームメイトたちに関する情報もこの人物と同様に、温厚ということだ」

「劇場のほうに移りましょう」イヴは言った。「彼女が代役をしていたところよ。ピーボディは何かつかんだかしら?」

スクロールしながらデータを見ていき、ロークがまとめてくれたものを聞いた。そして歩きまわった。

誰もぴんとこなかった。女をひとり、本人の意志に逆らって長期間閉じこめておくには、プライヴァシーと、防音設備と、物資と、時間が必要だ。

彼女は間違っているのかもしれない——あの老女は間違っていたのかもしれない——ベイアータは死んでいるのかも。するとその考えが体の奥深くを突き刺し、イヴは身震いした。

「イヴ——」

「ううん、何でもない。先に行きましょう。事件ボードを設置しなきゃ。とっくにやっておくべきだった」

イヴは写真を留め、ロークがくれた情報を流しながら、必要なものをボードに並べていった。

「仕事先とスクールね」と彼女は言った。「アパートメント以外で、彼女がもっともよく、定期的に行っていた場所は。そこに焦点を絞りましょう。彼女はオーディションに行っていた、だからここを片づけたら、次はそっちをやるわ。仕事先、スクール、近所の人間。それから劇場、次にオーディション会場、買い物先、等々。

もう一度地図を見せて」

イヴはスクリーンに寄った。「彼女は基本的に毎日このルートを通っている。自宅から朝のクラス。次はクラスから、シフトが入っていれば仕事先へ。またクラスへ戻る、仕事先かオーディションへ戻る。晩のクラスは週に三日、そして四日はまた働く」

「レストランの常連客とか」ロークが言った。「いつも彼女が給仕していた誰か。彼女のことがほしくなり、さらった」

　イヴはうなずいた。「ありうるわ。彼女の知っていた人間という確率がいちばん高い。自分の行かせたいところへ彼女を誘い出すことのできる人物。力ずくでの誘拐が引き起こすような波風を立てずにすむ。場所が必要だったはず。秘密の《アンダーグラウンド》。地下階？　貯蔵庫？」

「地　下《アンダーグラウンド》そのものだろう」ロークが言った。「通りの下には、女性が争っていたり、悲鳴をあげたり、助けを求めていたりしても、誰も注意を払わない場所がいくつもある」

「多すぎるくらいに」イヴはうなずいた。「でもそれだとリスクがあるわ。誰かが彼女を連れていってしまうかもしれないでしょ。個人所有のところよ」彼女はもう一度言った。「あのビル――ダンススクールの見取り図は手に入れられる？」ロークの答えがただじっとこちらを見るだけだったので、イヴはぐるりと目をまわした。「やってちょうだい、見せびらかして。あのおじさんのデータを見せてよ。サーシャ・コルチョフの」

「ナターリャ・バリノヴァについてももっと深いデータをつかんだよ」

「犯人は男よ。まず男からいきましょう」

温厚。それがさっき、ロークがベイアータの同僚とそのルームメイトたちを形容した言葉だった。サーシャについてもその言葉が浮かんできた。夢見るような目、とイヴは思い出した――その点はデニス・マイラにちょっと似ている――それに実際、彼のＩＤ写真の目もそうだった――やわらかな笑みも。

しかしロークが探し出してきた、キャリアと恋人を奪った事故の前のサーシャの写真には、活力に満ち、ひたむきで、情熱的な男が写っていた。宙を飛び、回転する、長く引きしまった筋肉のついた体が、ドラマティックな衣装に映えている。たてがみのような髪は石炭のように真っ黒で、目には炎があった。

「どうしてそれを失ったの？」イヴはつぶやいた。「そのエネルギーを、情熱を、激しさを失ったの？　まるで死のような、あるいは誰かを死によって失うようなものでしょうね。何かが壊れてしまった、脚一本、腕一本以上のものが。何かが押しつぶされた、足ひとつ、肋骨以上のものが」

どうやって怒りを乗り越えるのか――それはまさにイヴがロペスに、殺されかけて生き延びた人々、殺人によって誰かを失った遺族について尋ねたことだった。

「きみは一度バッジを失ったね」ロークが指摘した。「それできみはどうなった？」

「ぶっ壊れたわ。一時的にだけど。本来のわたしから切り離された。でもわたしにはあなたがいて、元に戻るのを手伝ってもらえたし、バッジも取り戻せた。サーシャは恋人も失ったのよ。彼の恋人」イヴは繰り返した。「やっぱりダンサーだった。それにここを見て、二人は一緒に『ディアボリク』のバレエを踊ったの。悪魔は彼の当たり役だった。あの野郎。もっと前に気づくべきだったわ」

「あのビルには地下階があるよ」ロークが言った。「あのビルと同じ幅と奥行きがあって、部屋もたくさんあるね、平面図では倉庫兼作業室と保守室と記載されている」

「ビルの持ち主は誰？」

「わざわざきくとは面白いね。彼が所有しているよ。現役時代にかなりの資産をつくったうえに、事故のあとに裁判で大きな示談金を受け取ったんだ」

「彼の前科はどこにも記録がない。隠蔽《いんぺい》されたのでないかぎり。暴力をふるったことがないのよ」

「そこは金があればきれいにならしてくれるさ」

「ええ」イヴはロークに首をかしげてみせた。「そうよね。でもメディアを探せば瑕のひとつやふたつ、ふつうは見つけられるでしょ。憶測とか、ゴシップとか。告発されていなくても有罪ってことはある」

「何にぶつかるかやってみるよ、それに、僕に見つけられるようなインタビューも、声明も、露出も、事故後にいっさいないのは何かにおうね」

「彼は地下にもぐったのよ」イヴはつぶやいた。「言うなれば。自分にとって大切なものをすべて失ったんでしょう？　ありうるわ。彼には妹がいた、彼女は故国も、おそらくは残っていた自分のキャリアも捨てて、幼い息子を連れて兄とここへ来た。夢見るような目」彼女は思い出した。「薬じゃない？　彼の医療記録では、あの事故で広範囲にわたる傷を負ったとあったわ、生き延びたのは幸運だったというような。ひどい痛みがあったはず」

体のことだけじゃない、とイヴは考え、自分がまたバッジを失うことを考えてみた。体の痛みよりもずっと大きなものがあるのだ。

「いま彼はあのスタジオで、ほかの人たちが踊る伴奏をしている。彼の愛した女性と同じ年頃で、同じ体格、同じ目や髪の色をした若く美しいこの女のために。彼女は彼の甥を相手に、同じ役を踊ることになっている。

そのことで彼は腹を立てたのか、それとも悲しくなったのか？　彼女たちはみんなヴェガスに行く」イヴは腹がねじれるように痛んで立ち止まった。「ナターリャは、彼女たちがみんなラスヴェガスへ行ってショーガールになってしまうと言っていたわ。ベイアータがひとりめじゃないのかも」

補助コンピューターのところへ行き、失踪者を調べはじめた。同じ年齢グループの女性、キーワードはバレエ。

「若き日のサーシャ・コルチョフとその短気さについての憶測やゴシップが見つかったよ。リハーサルで怒って舞台から出ていったこと、ほかのダンサーたちをひどく叱りつけたこと――どちらもとくに珍しいことじゃないが」とロークは言い添えた。「それだけじゃない、あちこちで、たがのはずれたパーティーや、ホテルの部屋やそういうものを壊した話もある。彼がエアリエル・ヌレンスキーに出会って一緒に踊るようになる前だ。彼女は、ここに書かれているのは推測だが、彼の不安定な精神や、ほかにもロマンティックに言い換えた類似のものを落ち着かせるおだやかな人だったらしい。彼女が彼を変え、落ち着かせ、インスピレーションを与えた。二人は彼女が死んだ事故の二週間後に結婚するはずだった」

「ヴァネッサ・ウォーリック、年齢二十二、最後に目撃されたのはカフェを出て、ウェスト・サイド・スクール・フォー・ジ・アーツでの稽古に行くところよ。彼女はスクールの秋のガラで、天使の役を踊ることになっていた――ベイアータとまったく同じように。それが二年前。もっとある」イヴはロークに目を向けた。「相互参照する必要があるわ、スクールもしくはバリン、またはその役とのつながりを見つけなきゃ」

「リストをこっちへ送ってくれ。僕が半分引き受ける」

イヴは彼のコンピューターにデータを送った。「ローク、もし彼がこの女性たちをさらって、つかまえて、地下階に閉じこめていたら？　彼は悪魔よ」

八人が見つかった。

9

裏庭でのバーベキューとは大違いだが、客のリストはほぼ同じだった。コップ・セントラルの会議室で、イヴは自分のつかんだことを説明した。

「二十三年間に九人の女性です」と彼女は始めた、「このスクールに直接または間接的なつながりがあった、もしくはバレエにつながりがあったその人たちが行方不明になっています。全員が二十代はじめからなかば、褐色の髪、ほっそりした体形。全員がダンサーで、全員がこれといった説明もなく姿を消しています」

イヴはスクリーンに、そこに映った写真に顔を向けた。「いくつかのケースでは、女性たちはニューヨークを離れることをほのめかしていました。ほとんどのケースで、女性たちのアパートメントから私物がなくなっています、自分でそうしたかのように」

「その九人の中にベイアータ・ヴァーガがいるんだな」ホイットニー部長は、イヴが行方不明者のＩＤ写真を並べておいたボードをじっくり見た。「彼女がきみの被害者とつながっているわけか」

「ベイアータはいちばん新しい行方不明者です。ロイド捜査官からそれについての背景を説明してもらいます」イヴは彼にうなずいてみせた。

ロイドは立ち上がってボードのところへ行った。「最後に目撃されたのは、彼女が働いていたレストランから帰るところです。ここです」彼はイヴが渡したレーザーポインターを使った。「仕事仲間が二人一緒でした。彼らはここで別れ、ベイアータはそのまま、自分のアパートメントのある南方向へ歩いていきました」

彼はその後の経過や、ほかの詳細を説明し、自分がおこなった聴取をもういちどさらった。「失踪する時点まで、ベイアータは家族と頻繁に連絡をとっていました。勤務時間は不規則で、店側は彼女のクラスやオーディションやリハーサルを考慮してシフトを組んでいましたが、彼女はシフトが組まれればちゃんとやってきていました、それに雇い主たちや同僚、常連客たちの証言では、彼女が責任感を持っていたことが裏づけられています。彼女が満足していたこと。自分のキャリアを築くことに一生懸命だったことも。ベイアータはオフ・ブロードウェイのミュージカルで役を手にしたばかりでした。黙っていなくなるタイプではありません」

「ヴァネッサ・ウォーリックもそうでした」イヴは自分のポインターを使って、写真にハイライトをかけた。「二十六か月前に失踪、最後に目撃されたのは自分のアパートメント――ここですね――を出て、あのスクールに稽古に行くときでした。スクールに入ったのはたった五週間前で、できたばかりの恋人がいました。あるいはアレグラ・マーティン、年齢二十四、シティ・バレエのプリンシパルダンサーで、例の天使の役を踊ることになっていましたが、四年半前に失踪しました。

ルーシー・クィン、七年前に失踪」とイヴは続け、最後まで説明していった。「パターンは明白です、被害者のタイプと同じように」

「サーシャ・コルチョフがこの女性たちを亡くなった恋人のかわりにしていると考えているのね」

イヴはマイラにうなずいた。「そうだと確信しています。彼はほんの一瞬で恋人を失い、すべてを失った。故郷を離れ、ほかの人間に踊りを教える、それ以上に彼女たちが――その若い女性たちが――踊るのを見るだけのところまで落とされた、彼の恋人は踊ることもできず、彼はその女性たちのピアノ伴奏に甘んじているのに」

「彼はその曲を弾くのよね」とマイラが付け加えた。「彼女たちは踊る。もし彼がその女性たちをさらったのなら、彼女たちを自分のために――自分だけのために踊らせたいのかもしれないわ。彼女たちを自分自身のそばに置き、おそらくはフィアンセと持っていた関係を再構築したいのでしょう、仕事のうえでも、個人的にも」

「女性たちはまだ生きているでしょうか？」ピーボディがきいた。

「わたしは一度にひとりだけだと思う」マイラは答えた。「ひとりのダンサー、ひとりの恋人、ひとりのパートナーよ、可能ならばね、でないと幻想が壊れてしまう。彼は数を増やすより、長年にわたって代替品をとりかえているというほうがありうるわ」

「ベイアータは生きています」イヴにはそれが直感でわかっていた。「でも彼は自分自身を守るためにサボウを殺した。サボウは吹聴していたんですよ、自分はベイアータが生きて、近くにいて、とらわれていると信じていると。地下に。ロマニーであり、死者と話す者が、彼を見張っていたんです」

イヴはバクスターがそれを聞いて目をぐるりとやるのを見て、論理に徹することにした。

「彼にもいくらかロマニーの血が入っています。彼の妹とサボウはしょっちゅうおしゃべりをしていた――サボウはあちこち探りまわり、近づきすぎるようになっていました。コルチヨフは彼女が怖かった、迷信深いから。迷信深いから、変装をしてサボウを殺した。自分の本当の顔を彼女に見られたくなかった。なのにいまや玄関先まで警察が迫っている。彼はいつまでベイアータを生かしておけるでしょう？」

「プレッシャーに押されて、彼女を消してしまいかねないわね」マイラは同意した。「令状が必要です。あそこの地下階、彼のアパートメント、あそこ全体を捜索しなければ」「令状はとれるわ」地方検事補のレオが立ち上がった。「パターンとつながりだけでじゅうぶんのはずよ」彼女は腕時計《リスト・ユニット》に目をやり、時間を見て顔をしかめた。「判事を叩き起こすか、土曜の夜のパーティーの邪魔をするとあっては、人気者賞はもらえそうにないけど」

レオが部屋を出ていくと、イヴはスクリーンに見取り図を呼び出した。「彼のアパートメントです。われわれはまず彼を押さえ、パニックを起こしてベイアータを殺す機会がないように拘束しなければなりません。妹と甥も押さえましょう。共犯かもしれないし、彼を守ろうとするかもしれない。フィーニー、突入前にあのビルにいる全員の居場所を知りたいわ」

「それはこっちで手配しよう。熱源画像を出すよ」

「出入り口も封鎖しないと」イヴは続けた。「たくさんあるのよ。ドア、窓、非常口、屋上の出入り口。エレベーターは故障中。コルチョフが自分のアパートメントにいるなら、彼の身柄を確保する。いなければ、探し出しましょう。それに凶器も探すわ。短剣で、長さ十八センチ、たぶん先端が欠けている。ライネケ、ジェイコブスン、あなたたちはアパートメントを。バクスター、トゥルーハート、ピーボディ、わたしたちは地下階をやるわよ」イヴはロークに目をやった。「この民間人を連れていくわ」

　ドアが施錠されていたら、とイヴは思った。こちらに泥棒が——元泥棒が——いたほうが対処しやすいだろう。

「フィーニー、マクナブ、カレンダー、あなたたちは電子機器を調べて。居場所、動きが知りたい。容疑者、妹、甥を押さえたら、あなたたちも入ってきて」

　残りの任務を割り当てていき、作戦を一段階ずつ細かく詰めていった。

　これがわたしの仕事、と胸の中で言った。これは論理であり、直感であり、これまでの訓練の成果でもある。そしてもし彼女をせかす何かが身の内にいて、とにかくいそいでと懇願しても、耳を貸してはならない。

「全員、用心すること」とイヴはしめくくった。「この男には、少なくとも九人の女性を誘拐し、監禁し、おそらくは用がすんだら殺した容疑がかけられている。九十六歳の女性を真っ昼間に切り刻んだ容疑もかけられている。昔はタイツとバレエシューズを身につけていたからって、危険でないことにはならないから」

「非常に危険な可能性があるわ」マイラも同意した。「追いつめられ、自暴自棄になったときには。わたしはEDDの車に乗っていくわね」と言い添えた。「もし被害者の誰かが生きていたら、役に立てるかもしれない」

「助かります」イヴはモリスを見た。「それで、もし誰も生きていなかったら」

彼はうなずいた。「うん」

「それじゃ動きましょう。準備を整えて、成功させるわよ。ロペス神父、ちょっといいですか」

イヴは彼を部屋の横へ手まねきした。「いつもは作戦に司祭を呼び入れたりしないんだけど――」

「今回の事件ではそうしてくれてありがたく思っていますよ。わたしで役に立てることなら何でもしましょう」

「あなたはサボウが死んだとき、あそこにいましたよね。最後の秘跡っていうのをやってくれたでしょう。あのおばあさんがカトリックだったなら、ベイアータもたぶんそうだと思うんです。あなたとマイラがいればその範囲で何とかなるでしょう」

「思いやりがあるんですね」

イヴにはそうなのかわからなかった――彼を呼んだのが自分の思いつきだったのか、誰かに指図されたのかどうかわからなかった。

「調子はどうです、イヴ?」

「全然わからない、それにいまはそのことを考える時間があまりないんです」

「もしわたしが必要なら――」

「そこまでいかないことを願ってます。悪くとらないで」

ロペスはほほえんだ。「とりませんよ」

「安全が確認できるまで、マイラと一緒にEDDのバンにいてください」

「わかりました、たとえ何かの戦闘に参加できなくてがっかりしたとしても」

「この悪魔はわたしが相手です。マイラから離れないで」イヴはそう言ってロークのほうへ歩いていった。

「警部補がどうやって点をつなげたのかがわからないんですが」ピーボディが呼び止めた。

「地下階、失踪したあの女性たち、おだやかな話し方をするピアノ奏者。自分が二十個くらいステップを見逃したような気がします」

「いろんなことが本来の場所にはまりはじめただけよ。わたしはサボウのあとをついていっただけとしておくわ。彼女はもう犯人に迫っていたの。レオに確認して。もう令状をとったかどうか」

そのままロークのところへ行った。「ちょっと頼みたいことがあるんだけど」

「頼むのはきみの夫にかい、それとも民間人に？」

「あなたはその両方にみえるわ。わたしから離れないでいてほしいの。もしわたしが正気を失いだしたら――」

「そうはならないよ」

「もしもの話よ、あなたならわたしをつなぎとめられると思うの。彼女がここにいるのよ」

イヴは自分の胸に手をやった。「こいつはベイアータをさらい、サボウを殺した男よ。彼女は少々お返しをしたがるかもしれない。もしわたしがそっちのほうに行きそうになったら、止めて。あなたが止めて」

「僕はダラス警部補に全面的な信頼を置いているよ、でもそうしたほうがきみの気持ちが楽になるなら、あとで後悔するようなことは何ひとつさせない」

「よかった。でも、ほら、ほかの連中にわからないようにやってよね」

これにはロークも噴き出した。「きみは本当にきみだなあ。わかったよ、きみが死んだジプシーの復讐をしたりしないようにしながら、きみの威厳を保てるよう全力をつくす。これでどうだい？」

「いいわ」

イヴはビルに向かう道中でもう一度見取り図を検討し、チームと連絡をとり、仕事に集中した。

「わたしたちは正面から入って、主階段の前を通り、右手へ行ってまっすぐ地下階へのドアへ向かう。きっとロックされているでしょうね。マスターが使えなかったら、突入用破壊棒《バタリング・ラム》を使うわ、もしくは」——彼女はちらっとロークを見た——「別の手段を。フィーニーがそこの画像を拾ってくれたら、彼の指示に従う。そうでない場合は、ピーボディ、バクスター、トゥルーハートはこの区画をやって。ロークとわたしはこっちをやる。誰かがネズミがじっとしてるのを見たら、全員にそれが聞こえるようにすること。区画ごとに確認していくわよ。もしドアがロックされていたら、破って。必要なら応援を呼びなさい」

イヴは外側の映像に切り替えた。「カメラの位置にはハイライトがかかってる。夜のこの時間にこれを見ている人間はいないようだけど。でもこの見取り図に載っていないカメラがあると思うわ」

犯人のつもりで考えるのよ、とイヴは自分に命じた。頭のおかしなおばあさんみたいにじゃなくて。

「彼はベイアータを見張っていたいはずよ、同時に自分の領域は内側も外側も安全にしておきたい。誰かが偶然彼女に出くわしたりさせるわけにはいかないし、彼女に逃げ道を見つけさせるわけにもいかない。ライネケとジェイコブスンが彼を拘束すれば、もっと情報を引き出せるでしょう——でもあてにはしないでおくわ。ほかの連中も中へ入れて、地下階を一センチ刻みで調べる。

フィーニー」とイヴはマイクに向かって言った。「情報をちょうだい」

「容疑者の住居には何もなかった。もうひとつのアパートメントには二人いる。地上のほかの部屋はすべて確認ずみ。地下階には何も見つかっていないが、いくつか空白のところがあるんだ、ダラス、厚い壁のせいか、妨害器《ジャマー》か、はたまたセンサーブロックか」

「きっちり隠してあるのね」イヴはつぶやいた。「その空白の位置を教えて」

イヴはそれを入力し、アドレナリンが出はじめるのを感じた。「まずそこをあたるわ。彼が上の階にいなくて、散歩に出かけたのでなければ、いまは彼女と一緒にそこにいるのよ。準備完了。全チーム、準備完了。行動開始」

イヴは車の後ろから飛び出し、武器を抜いた。より深いレベルの防犯装置を見逃していないことを祈り、コルチョフがカメラを見ていないことを祈りながら、マスターを使って正面のドアをあけた。

警官たちが出入り口へ散り、階段をのぼり、すばやく静かに動くいっぽうで、イヴと彼女のチームは地下階のドアへ走った。

「マスターが使えないわ」

「一分くれ」ロークが言った。「突入用破壊棒《バタリング・ラム》じゃ乱暴だし、音がうるさい」

イヴはさがって彼に場所をあけ、部下たちがそれぞれの出入り口を固めたと報告してくるのを、頭の中で照合していった。

ロークの器用な道具と指がドアの錠をはずすと、イヴはピーボディに合図した。「高く左に」と言い、「それからまっすぐ下」

彼女は低く右へ踏みこみ――すぐに直感が正しかったことに気づいた。

天井には明かりが、薄暗くはあるがともっていた。古い金属の階段がコンクリートの床、分厚い壁、狭い廊下へ降りている。

ピーボディにチームを先導するよう合図し、ロークと反対方向へ向かった。

二人は古い家具、ランプ、布製品の積み上げられた、洞穴のような部屋を通り抜け、また別の薄暗い通路を進んだ。据え置き型の棚にきちんと工具がおさめられた作業室を抜けるとき、ビルの機械システムがカンカン、ブーンと鳴っているのが聞こえた。

「このエリアはメンテナンスが必要ね」イヴは低い声で言い、武器を構えて部屋の片側から反対側へと動かしていき、ロークも自分のポケットから出した武器で同じことをした。「コルチョフがどこに女性たちを入れているにせよ、防音設備があって、完璧に警備されているはずよ」

「ここの区画の空白は西側だ。そっちへ行こう」

イヴは曲がろうとして、すぐさましゃがみこみ、武器を上げた。体じゅうの筋肉が震えているのは、あのバレリーナが行く手をふさいでいたからだった。

「出られないの」女は言い、両手をさしだした。「わたしたちは出られない。助けてもらえる?」

「まだ待ってて」

「イヴ?」

「ヴァネッサ・ウォーリックがいるのよ」イヴは突然の冷気に肌を震わせながら、恐怖を追い払った。「あなたたちはもう少し待っていて」

「わたしはもう踊れなかった」ヴァネッサはきらきらする白いスカートを持ち上げた。「彼はわたしを殺すときに泣いていた」そして喉にぱっくりあいた切り口に手を触れた。「でももうわたしは踊れなかった」

「とにかく待ってて」歯を食いしばり、イヴはすがるようにうったえてくる女を通り抜けた。頭がくらくらしてしまい、バランスをとろうと手を伸ばした。

ロークが彼女をつかみ、支えた。「何てことだ。ここから動くんじゃない」

「これを終わらせなきゃならないのよ。わたしが終わらせなきゃならないってあなたもわかっているでしょ。これを止めなきゃならないの」イヴは振り返ってヴァネッサ・ウォーリックの目を見たが、後ろにほかの女たちが見えた。きらきら光るスカートとトウシューズをはいた美しい娘たち全員が。

全員のぱっくり口をあけた白い喉が。

「彼女は待ってるのよ。ウォーリックは待ってる——とらわれて。それに、ああ、彼女はひとりじゃない。わたしたち、進まなきゃ」

「必要なら僕につかまっておいで」

ロークが先に立ち、有無を言わせなかった。イヴはあとをついていきながら自分を落ち着かせ、チームの最新状況を聞きながら咳払いをした。

わたしの作戦よ、と自分に思い出させた。ここではわたしが指揮をとる。そうしなければならない。

ナターリャとアレクシーは拘束され、ピーボディが彼女の担当ぶんの空白のひとつめに到達していた。からっぽの部屋。サーシャのアパートメントの捜索は進行中だったが、彼も凶器もまだ見つかっていなかった。

ロークは手をあげ、彼女を止まらせた。「センサーだ」彼はつぶやいた。「僕たちの動きを読まれてしまう」

「だったら近づいてるってことね」

「センサーは彼のアパートメントに信号を送るんだろうが、彼がここへ降りてきているなら、本人に警告する可能性が高い。妨害するからちょっと時間をくれ」

「あなたって便利」

「みんな自分にできることをやるんだよ」ロークは見たところ無害そうな手《P》のひらサイズ《P》のコンピューター《C》を出し、さまざまなコードを打ちこんだ。「初歩的なやつだ」とイヴに言った。「単なる用心で、誰かがこっちへ来たら、彼に知らせるためのものだね」

「もしくは、彼の現在のバレリーナが逃げ出していないかどうかを。もう通れる？」

「通れるよ」

「ピーボディ、こっちでセンサーを見つけたわ。用心して。これから移動する」

また角を曲がり、また六メートルほど進み、そこでドアを見つけた。「防犯されたドアがある」イヴはマイクに言った。「解錠する」

ロークが作業にかかっているあいだに、イヴは肩をまわした。用意はできてる、と彼女は思った。わたしはわたし自身だ。

彼がうなずくと、二人は同時にドアの中へ入り、武器を構えて左右に動かした。

ここはいわゆる居間だろう、と彼女は思った——窓はないが、やわらかく色あせたカーペットに、ソファ、ランプがある。それから小さな監視ステーション。

彼は中へ入る前にここに座って、彼女を見るのかもしれない、とイヴは思いながら、何も映っていないモニターを、それから閉ざされた二つめのドアをじっと見た。あざやかな血の赤に塗られたドアを。

「赤いドア」彼女はつぶやいた。「赤いドアのむこうに閉じこめられている」

何も言わずロークはドアへ行き、セキュリティを調べた。イヴは深く、ゆっくりと呼吸をし、体の奥で早く、早く、早くと懇願する声と戦った。

「彼の隠れ家を見つけた」とピーボディに言った。「こちらの音声に集中して。二つめのドアと内部のセキュリティを抜けるところ。フィーニー、ここに監視ステーションがあるの。マクナブを寄こして。解錠した」ロークがうなずいたのでイヴはそう言った。「中へ入る」

イヴはロークを見て、彼が自分をこのまま集中させてくれると信じた。指を三本立て、閉じてこぶしを握り、それから一本、二本と立てていく。三本めで、二人はドアの中へ入った。

10

彼は自分の牢獄《ろうごく》に舞台をそなえ、その両横には薄く白いカーテンがかかり、響きわたる音楽のムードを照明が高めていた。その光で薔薇《ばら》が花びらを銀色に輝かせ、あたりにかぐわしい香りを放っていた。イヴはそのすべてを、それから別のドアを、一瞬で見てとったが、すぐに舞台とそこのダンサーたちを見つめた。

ベイアータは疲れきって顔が青ざめ、目には希望がなく、白く薄いスカートをはき、上半身には彼女の頭を飾っている輪に似た金色に輝くボディスをつけていた。

ほかのみんなとまったく同じ衣装だった。あの美しいダンサーたちと。

ベイアータは水のようになめらかに立ち上がり、つまさき立ち《アン・ポワント》からアラベスクのポーズに移り、それからくるりと回って悪魔の腕に入った。

彼はベイアータのウェストをつかんで、彼女を高くリフトし、仮面の穴ごしに目を輝かせていた。彼女を頭から床へ下げると、彼のケープが肩から流れるように垂れた。

イヴは手の中で武器が燃えているような気がした。撃ちたかった、撃ちたくてたまらず、心臓が胸の中で荒れ狂っていた。そして頭の中でとどろいている言葉は、思いは、ロマニー語だった。

ロークは彼女の背中のくぼみに触れた、わずかに指がかすするくらいに。「きみの出番だ、警部補さん」彼は高まる音楽に隠れてささやいた。

わたしの出番、とイヴは思い、ダンサーたちが別々の方向へ飛んだときに行動に出た。

「見事なジャンプだったわ」彼女は声をあげ、武器をサーシャにむけた。「動かないで、さもないとそのキラキラしてる足元から倒れることになるわよ」

ベイアータの叫び声が聞こえ、それが魂に切りつけてくるのをたしかに感じたが、目はサーシャから離さなかった。

「きみたちは公演の邪魔をしている」彼は少し怒った声で言った——道で知らない人間にひどくぶつかられたときに誰でもするように。

「ショーは中止よ」

「馬鹿なことを言うな」彼は手を振ってイヴの言葉をしりぞけ、その手をパートナーに伸ばした。ロークがすでに動いており、二人のあいだに飛びこんだ。

サーシャはベルトから短剣を抜いた。「彼女に手をふれたら殺してやる」

「やってみたらいい、それにあんたが地獄へ行ってはね返ってくるくらい殴ってやったら楽しいだろうが、あんたが一歩でもこの女性に近づいたら、警部補が本当にあんたを撃ち倒すぞ」

「彼女はわたしのものだ」サーシャはさっとイヴを振り返った。「誰にも奪わせない。彼女はわたしの〝天使〟なんだ、彼女はここで永遠に生きるんだ」

「わたしはベイアータ・ヴァーガよ」ベイアータは頭から王冠をむしりとって、投げ捨てた。「あんたの〝天使〟じゃない、あんたなんか地獄に堕ちればいい」

サーシャが彼女のほうへ突進し、ロークは攻撃にそなえて身構えたが、イヴは約束を守った。サーシャを撃つと、彼の体は力を失って震え、舞台中央に倒れた。

彼が倒れると、ベイアータは両手で顔をおおって、きらめくライトの端で床にくずおれた。「誰かが来てくれるってわかってた。誰かが来てくれるってわかってたわ」

イヴが前へ進み、膝をついて、ベイアータに両腕をまわしたところで、ピーボディのチームが駆けこんできた。

もう一度、ロークはそのあいだに進み出た。「きみたちの容疑者が回復してしまう前に拘束して、外へ出したほうがいいんじゃないか。ベイアータは少し待ってあげてくれ」彼はさっきの短剣を舞台のむこうへかるく蹴った。「それとこれが凶器だよ」

「ええ」もしピーボディが、自分のパートナーが泣いている若い娘をあやしているのを見て妙なことだと思ったとしても、彼女は何も言わなかった。「彼は外へ連れていきますよ、それからロペス神父とドクター・マイラに待機してもらうよう伝えます」

「イカレ野郎が」バクスターがサーシャに拘束具をつけながら、部屋を見まわした。「こいつの世界は全部、気味の悪い舞台じゃないか。トゥルーハートが医療員を呼んだよ。彼女を診てもらえるように」そう付け加え、トゥルーハートの手を借りてサーシャを立たせた。

イヴは後ろで警官たちにいつもの仕事をさせておいた――統制できている、と彼女は思い、ベイアータに気持ちを集中した。「怪我《けが》はしてない？　彼は危害を加えた？」

「してないわ、たいしたことない。どれくらいたったの？　わたしはどれだけここにいたの？　あの人にときどき何かで眠らされて、時間がわからなくなったの」

「あなたはもう大丈夫。肝心なのはそこよ」

「あの人に閉じ込められたの。そこに」ベイアータはまだ震えていたが、内ドアのほうを顎で示した。「その恐ろしくて、美しい部屋。あの人はわたしに花やチョコレートや、ああうきれいな服を持ってきた。あの人、正気じゃないのよ、おかしいの」彼女はまたイヴの肩に頭をつけた。

「彼にさわられたの？　ベイアータ」イヴは彼女の体を引き離した。

「違う、違う、違う。そういう意味じゃないわ。あの人にレイプされて、殺されるんだと思ったけど、あの人がしたいのはそういうことじゃなかった」

ベイアータはイヴの手の下で震えつづけていたが、その目は涙であふれていても、怒りをたたえていた。

「あの人はわたしたちが永遠に一緒にいるんだ、わたしが生まれながらに定められていたことをやるんだと言ったの。踊ることよ。いつも踊ることだった。毎晩毎晩、あの人はやってきて衣装をつけた。わたしが自分の衣装をつけないと、わたしに薬を盛って、目がさめたらそれを着ていたわ。だから彼にさわられるより、自分で着たの。そして踊った、だって拒んだり逆らったりしたら、あの人に縛られて暗闇の中に置き去りにされたから」

「あなたはするべきことをしたのよ」イヴは彼女に言った。「本当に正しいことをしたの」

「声をあげた、でも誰にも聞こえなかった、だからあのドアをやぶろうとした、でもできなかった。だめだった。できなかった」

「大丈夫よ。もう大丈夫」

「毎日逃げ道を見つけようとした、でもなかった。自分がどこにいるのかわからない。どうやって見つけてくれたの？」

「クラスを受けていたスクールの地下にいるのよ。あとですっかり教えてあげる。いまはここからあなたを連れ出すから」

「うちの家族は」

「連絡できるわ」イヴはベイアータの頬に手をやった。「家族はいつもあなたと一緒よ、あなたがどこにいようと、どこへ行こうと」

ベイアータはイヴの手首をつかみ、彼女の手に頭をのせた。「わたしが悲しいときや怖がったとき、おばあちゃんがいつもそう言ってくれたわ」

知ってる、とイヴは思い、ベイアータに手を貸して立たせた。「いまはこの警官たちと一緒に行って。彼らが外へ連れていってくれる」

「一緒に来てくれないの?」

「じきに行くわ。やらなきゃならないことがあるの。ベイアータ、あの人たちは知っていたの?　この片棒をかついでたの?　ナターリャとアレクシーのことよ」

「いいえ。彼はわたしたちだけだと言ってたわ、わたしたちだけの秘密だって――あの二人は彼を落ち着かせて、現実を受け入れさせて、わたしなしで生きていかせようとするんだって。彼女のこと、エアリエルのことよ、彼はその名前でわたしを呼んでいた。でもそんなことをするつもりはないって。あの二人とも、世界とも、わたしを分かち合う気はないって。

今度こそわたしを失ったりしないって。何度もそう言っていた」

「オーケイ、さあ行って。外へ出るのよ。外の空気を吸いにいってきなさい」

イヴは監禁されることが、とらわれて無力であることがどんなものか知っていた。自由に息がしたいということも。

レコーダーを止めて、ロークを見た。「まだ終わってないわ。願ってはいたんだけど、彼女を見つけたら、って……ほかの被害者たちも見つけなきゃならないわね。どこにいるかはわかってる」と、ロークが答える前に言った。「彼女たちがせっついてるの。死んだ人たちが。彼女たちがどこにいるかはわかってる、だから思うの――願ってるの――何をするべきかわたしにはわかっているって」

「それじゃ彼女たちを探しにいこう」

イヴはふたたびレコーダーをオンにし、マイクを作動させた。「班をひとつ、工具を持ってここに降りてこさせて。壁を壊さなきゃならないから。それからモリスにもいてもらわないと。いま移動中なの。わたしがそこに着いたら、その位置に集中して、このクソ監獄を調べるためにチームをひとつ寄こして。

行きましょう」とロークに言った。

彼に手をつないでくれと、薄暗い通路を歩いていくあいだそばを離れないでくれと、あるいは静かな声で、落ち着くように話しかけてくれと頼む必要はなかった。

「あいつは何年も前にこの場所をつくったのね」と彼女は言った。「そしてどんどん設備を新しくして、ととのえていった――このビルの奥深くにあるここを。さっきわたしたちが通ってきた作業室には、工具があったでしょ。大型ハンマーや――」

「何かとってこよう」イヴがまた青ざめている、とロークは思った。また体が熱くなっている。もう終わらせなければ。「ひとりで大丈夫かい？」

「ひとりってわけじゃないけどね、でも大丈夫」

ロークが引き返していくあいだに、イヴはまっすぐ空白へ、ピーボディが報告してきたからっぽの部屋へ行き、目を――目が乾いて熱い――反対側の壁にじっと向けた。古い木材、古いレンガ、つぎはぎで、修理をほどこし、とくに変わったところはないようにみえた。だがイヴは打ちひしがれた気持ちを、恐怖を感じ、素手でそれに飛びかかっていかないよう自分を抑えなければならなかった。

モリスが後ろから入ってきた。「ロークとすれ違ったよ。これを持っていってくれと言われた」

イヴは彼の手からバールをとり、板やねじや釘を引っぱりはじめた。

「ダラス――」

「この奥にいるのよ。そこにとらわれている」

「誰が？」

「ほかの人たち。ほかの人たち全員。出てこられない、むこうの世界へ行けないの。目にしてあげなきゃいけない、目に見えるようにしてあげなきゃいけない」力をこめた筋肉が震え、板が裂けた。「みんな助けてあげなきゃ」

「さがって」ロークが入ってきながら言った。「イヴ、さがってくれ」

彼は持ってきた大型ハンマーをレンガに打ちつけ、粉塵《ふんじん》とかけらが飛び散った。彼がもう一度、もう一度と叩く間に、イヴは彼のハンマーがえがく弧から離れて壁に近づき、板を割り、こじあけはじめた。

あのにおいがしみだしてきた、彼女の知りすぎているにおい。死が部屋の中へはいってきた。

「彼女が見える」イヴはベルトの懐中電灯をつかんだ。「彼女――ほかにもいる。三人よ、たぶん。ビニールにくるまれてる」

イヴがそう言うあいだに、ロークはまたハンマーを打ちつけた。彼のつくった隙間から、骨になった手が一本、手のひらを上にして、嘆願しているかのように伸ばされているのが見えた。

「慎重に」モリスはイヴの肩に手を置いた。「ここからは慎重にやらないと。これはわたしのチームと法医学の仕事だよ」

「懐中電灯を貸してくれ」ロークはイヴからそれを受け取り、隙間を照らした。「何てことだ。彼は被害者をここに詰めこんでいたんだ、列車の寝台みたいに」

「それで、レンガが面倒になったか、持っていたぶんがなくなったかしたときに、板に切り替えたのよ。何人いるかわかる？」イヴはきいた。

「五人かな。たしかじゃないが」

「ここでいったんやめておきましょう。もうじゅうぶん」イヴはコミュニケーターを出した。「ピーボディ、遺体を見つけたわ。八体、もしかしたらもっと。発掘チームをひとつと、遺留物採取班を呼んで。モリスも自分のところの人間を呼んでいるところだから」

「了解しました。驚きですよ、ダラス、八人ですか？」

「もっとかも。彼女たちはやっと見つけてもらえたのよ。それとピーボディ、ロペス神父をよこして」

イヴは通信を切り、ロークがバールを手にして、ゆるんだレンガを慎重に叩き落としていくあいだ、何も言わなかった。そのかわり、内側へ手を入れ、ヴァネッサ・ウォーリックの朽ちた亡骸《なきがら》をおおっているビニールに手を置いた。

やっと見つけてもらえたわね、とイヴは思った。やっと解放されたのよ。

部屋の外へ出て、悲しみの波にあらがいながら壁にもたれた。

するとあの老女が近づいてきて、言った。

「ベイアータを見つけてくれたのね」

「自分のやり方でもいずれ見つけました。自分のやり方でもこんなことはいずれ止めていました」

「たぶんそうでしょう。でもあの子はわたしにとって本当に大切なの、危険を冒すわけにはいかないでしょう？　わたしはあなたへ導かれた、あるいはあなたがわたしへ導かれた、わたしがあいだにいたときに。わかる人がいるかしら？」

「いまならあなたにはわかるんじゃないですか。死が訪れるときにはいくつも答えを持っているはずでしょう」

やっとジジがほほえんだ。「たぶんそうね。あなたは彼を殺さなかった」

「そういう仕事のやり方はしてないんです」

「わたしならやっていたわ」ジジはあっさりと言った。「でもあなたのやり方でもじゅうぶんでしょう。あなたは戦士。その力《ギフト》を置いていってあげてもいいけど」

「いりません。ほんとに」

「それならわたしと一緒になくなるわ。わたしは充実した、長い人生を送った、でも彼にそれを終わらせる権利はなかった。あなたならバランスをとってくれるでしょう」

「彼は償いをすることになります、今度のことすべての」イヴはためらったが、やがて以前ロペスに尋ねたことを、自分自身に問いかけたことを尋ねた。「これでじゅうぶんですか？」

「今回はね。ほかの人たちにとっては？」ジジは肩をすくめ、また落とした。「誰にもわからないんじゃない？」

「それじゃ今回のことにしましょう。わたしは最後までやらないと。わたしのやり方でやらなければなりません」

「そうね。わたしと同じように。あなたは彼女たちを解放してくれた。今度はわたしがみんなをむこう側へ導いていくわ、そこには光と平穏があるでしょう。わたしたちがまた呼ばれるまでは。パ・シア・トゥカ、イヴ・ダラス」

「ニ・イヴ・トゥカ」イヴは頭を振った。「どういたしまして」と言いなおした。

あの光がまた見えたが、今度は目がくらむほどではなく、あたたかかった。イヴはただ目を閉じ、そのあいだに熱が体を流れ、また出ていった。やがて目をあけると、そこには薄暗い通路と近づいてくる足音しかなかった。

壁から離れ、警官たちと鑑識員に指示するために歩きだした。自分の職務を果たすために。「彼女たちは中にいます」ロペスにそう言った。「たぶんあなたならできるでしょう……いつもやっていることを」

「ええ。あの娘さんが、ベイアータが、あなたを待っていますよ。あなたと話をするまでここを離れようとしないんです」

「上に行きます」

「本当にたいへんな一日でしたね」と彼は言った。「それにまだ……」

「ええ」ロークが出てきたので彼女は手を伸ばし、彼のシャツから漆喰《しっくい》やレンガの粉をはらった。「上に行きましょう」

「具合はどうだい」

「見せるわ」イヴは立ち止まり、ズボンの片脚を引っぱりあげた。予備の武器が、何のしるしもない足首に留められていた。「タトゥーはもうなくなった。ここもずっとすっきりした」イヴは自分の頭を叩いた。「ロシア語で何か言ってみて」

「僕もいくつかのフレーズしか知らないんだが、これはちょうどいいんじゃないかな。ヤー・リュブリュー・チェビャ」

イヴは彼ににっこり笑い、ここ何時間もなかった明るい気分を感じた。「何を言ってるのかさっぱりよ。ああよかった」

ロークはイヴをつかみ、強く抱きしめた。それから彼女の顔を上向け、彼女の唇に激しく唇を重ねた。

「作戦中よ」イヴは文句を言ったが、体を引く前にキスを返した。

手をつないで、二人はさらに通路を進んだ。「きみを愛していると言ったんだよ――どの言語でもそれは本当だ」

「すてき。でもとうぶんは英語だけにしておきましょうよ。ああ、またお腹《なか》が減ってきた」

イヴは手で腹を押さえた。「いずれにしても、手を貸してくれてありがとう。あそこでもどこでも」

「たいしたことじゃないさ。でも次にバーベキューをやるときにはね、警部補さん、僕たち二人とも家から出ないでおこう」

「決まりね」

上の階でイヴは立ち止まり、ナターリャとアレクシーが階段に腰かけているところへ行き、そばに立っていた警官にうなずいた。ナターリャが顔を上げると、その目に涙があふれていた。

「あの人たちが言っていたわ――聞こえてきたの――遺体があったって」

「そうです」

「兄さん」声が割れ、ナターリャは息子の胸に顔を押しつけた。「兄さんは怪我をした、でも治療を受けた。わたしたちはどうにかやってきた――二人ともどうにかやってきたのに。兄さんは何をしたの？　お願い、兄さんは何をしてしまったの？」

「母は知らなかったんだ」アレクシーが泣きじゃくる母親を抱きよせて言った。「僕たちは知らなかったんだ、誓うよ。おじさんは、あの人は本当におだやかな人なんだ。本当におだやかなんだ。ベイアータは？　あの子は無事なの？」

「彼女は大丈夫でしょう。これからあなたとお母さんをセントラルへ連れていかなければなりません。話を聞く必要があるので」

アレクシーはただうなずき、母親の髪を撫でた。「僕たちは知らなかったんだ」

「あなたを信じますよ」

「あの二人にとっては悪夢だな」外のあたたかな夜の中へ出ていくと、ロークが言った。

「すぐには終わりそうにない悪夢ね」

野次馬たちが柵《さく》のむこうに押し寄せていた。警官たちがそこらじゅうにいて、ライトが輝き、あたりは人の声やコミュニケーターで騒がしかった。取材に駆けつけたレポーターたちが、声をはりあげて質問してきた。

イヴはそのすべてを無視した、ベイアータがマイラから離れてこちらへ走ってきたからだ。

「マモカが死んだって言われたの。サーシャが殺したって——わたしのひいおばあちゃんを」

「ええ。お気の毒だったわ」

ベイアータの発した声は深く、暗い悲しみだった。「マモカ。わたしのために、わたしを探しにきてくれたのね。それであいつに殺されたんだ」

「彼はその報いを受けるわ、このことすべての報いを」そして今回は、とイヴは自分に言い聞かせた、それでじゅうぶん。「おばあさんはあなたを見つけた、おばあさんにとっていちばん大事なことはそれだった。わたしにあなたの名前を教えてくれたわ。あの人は……わたしに道を示してくれたの」

「おばあちゃんはあなたと話したの？」

「そうよ。それにおばあさんがもう大丈夫なのはわかっている、だってあなたが大丈夫だから。おばあさんにはあした会えるわ。手配をしておく。でもいまは、医療センターに行って、診察してもらわなければだめ。ドクター・マイラの言うことをきくのよ。いずれまた話しましょう」

「ほかの人たちもいたわ」顔をこわばらせて、ベイアータは輝く窓の古いビルを見つめた。

「聞こえたの――」

「いずれまた話しましょう」イヴは言った。

ベイアータは手で目を押さえ、うなずき、それから手をおろした。「ごめんなさい。まだお名前をきいていなかった」

「わたしはダラス」百パーセントそうなった、と彼女は思った。出たり入ったりいろいろあったけど。「イヴ・ダラス警部補よ」

「感謝します、ダラス警部補」ベイアータが手をさしだした。「残りの人生のあいだ毎日」

「実りある日々にしてね」イヴは彼女の手を握り、それからベイアータをマイラのところへ返した。

息を吸い、それから光に、雑多な音に、動きに、気持ちを向けた。わたしの世界、と思い、ロークのところへ戻った。

「片づけなきゃならないことがいろいろ」と彼に言った。「報告書を出したり、殺人者たちを尋問したり」

「そうするのがうれしそうだが」

「概して言えば、そうね。でもあしたはどうかな？　二人で家にいて、古い映画を見てジャンクフードを食べましょうよ、ワインをがぶがぶ飲んで、半分酔っ払ってセックスとか？」

「すばらしいプランだね。のった」

「最高。わたしはむこうへ戻らなきゃ。あなたはここで待ってても、家に帰ってもいいわよ」

「警部補さん」ロークはもう一度彼女の手をとった。「僕はきみといるよ」

「そうね、あなたがいると便利だし」とイヴは言い、またにっこり笑った。

イヴは任務を果たしに、彼と一緒にまたあのビルへ歩きだした。疲れて、猛烈に腹がすいていて、すべていつもどおりの自分だった。

ドクター・カオスの惨劇

人の心にどんな悪がひそんでいるものか、誰に知りえよう？

――影《ザ・シャドウ》

われわれがこの世という畑で知っている善と悪は、
ほとんど分かちがたく結びつき、ともに育つ。

――ジョン・ミルトン

1

彼は死の中に生を見つけた。そして嵐のような恐怖と戦慄《せんりつ》の中に喜びを。狩ること、光を、命を、血を、魂を盗むこと。そう、自分はそのために生まれたのだ。

みずからの創造した狂気のまわりで踊り、ケープをひるがえして――こいつはすばらしい感触じゃないか――両脚が浮かれたジグのステップを繰り出すと、声をあげて笑ってしまった。

自分の笑い声までが、深くゆたかで自由な響きでぞくぞくし、彼はいっそう激しく笑った。

俺は生きている。

「おまえらは違う！」

彼はぴょんぴょん飛び、スキップし、床に配置した三つの死体を飛び越えた。頭をかしげ、自分の手並みに笑みを浮かべる。彼らが座って――まぁ、だらんとはしているが、おまえたちにはたいしたことじゃない――並んで壁にもたれているかのように置いたのだ。

哀れの見本どもだ、まったく、抵抗するだけの気転も意志もほとんどなかった、この三人組のジャンキーは。しかし誰しもどこかから始めなければならない。とはいえ、彼らの恐怖はいまや彼のものであり、彼らの涙、叫び、懇願も――すべて彼のものだった。

その美味なること。

もちろん、彼はもっと味わいたかった、もっともっと。だがスタートとしては最高だった。もうルールに従ってプレーすることはない、ございいいませんとも！　ミスター・いい人《グッドガイ》はもうやめだ。

退屈な男は。

自分の胸を叩いた。「生まれ変わった気分だ」

ほくそえみ、彼は血まみれの外科メス、ガラス壜《びん》、すてきな標本を全部、道具カバンの中に入れた。そこですばらしいことを思いついた。

月並みかな？　自分に問いかけ、頭を左右に傾けて、歓喜と狂気で飛び出した赤い目をぎらつかせながら、部屋を、死体を、壁を見まわした。そうかもしれない、そうかもしれない、だが我慢できない！

固まってきた血だまりに手袋の指をひたすと、薄汚れた壁にメッセージを書いた。血の泉に――ハハハ――また何度も指を入れなければならなかったが、その時間にはそれだけの価値がたっぷりあった。

関係者各位、

このごみを片づけてくれたまえ。正しくリサイクルするのを忘れずに！

ああ、笑いすぎて腹が痛い。彼は手で腹を押さえ、手袋から突き出した長くとがった爪を引っかけそうになった。それから名前をサインする前にためらっている自分に気づいた。自分の名前はわかっている。もちろんだ、もちろんわかっている。しばしのあいだ、歓喜は怒りへ、笑い声はしわがれたうなりへとぶれた。

やがてすべてが正しい場所へ戻った。彼はまた短いジグを踊り、指をひたした。

本件のご清聴ありがとう。

ドクター・混沌《カオス》

完璧だ。無意識に、指についた血と汚れをなめ、メッセージを二度読んだ。引き上げるときだ、と判断した。しなければならないことがある。それにものすごく腹がすいた。

道具カバンをとり、腕をあげて敬礼した。

「さらばだ《アデュー》、友よ《メザミ》!」

最後にけらけら笑うと、彼はくるりとまわり、ケープをひるがえして——そうするのが本当に気に入ったのだ——飛びはねるようにして奥の部屋へ行き、窓から出た。

こんなにも楽しかったことははじめてだ。

また一《いち》から同じことをするのが待ちきれなかった。

イヴ・ダラス警部補は現場をじっくり見た。警官というものはすべてを見つくしている、しかし常に新しいものが、新たな暴力が生まれ、二〇六〇年の晩夏にもすべての境界線を広げようとしていた。

室内は血の——大量の血の——それから死の、新しいゲロと小便のにおいがした。血は、一角に押しこまれたボール紙並みに薄いマットレスの一枚にしみこんでいた。三人の被害者のひとりがそこで死んだのだ、と彼女は思った。真ん中の人物、と判断した。黒人男性、年齢はまだ未確認、多数の刺し傷があり左耳がなくなっている。

イヴの横では、パートナーが歯のあいだからゆっくり息を吐いたり吸ったりしていた。

「吐くなら外でやってよ、ピーボディ」

「吐きません」だがその言葉は宣言というより嘆願に聞こえた。

イヴは視線を転じ、ピーボディを見た。褐色の髪をまとめた短くてしゃれた、先広がりのポニーテールは、肌がかすかに緑色を帯びているいま、きわだって場違いにみえる。褐色の目はわずかに焦点がぼやけ、視線は遺体の少し上のところに保たれていた。

「いろいろ落ち着かせるのに一分だけください」

「ここは何だったの？」イヴはきいた。

「小売店舗でした」ピーボディは手のひらサイズのPC《PPC》を持ったままで、その手はじゅうぶんしっかりしていた。「上はアパートメントです、三つの階。改修の予定」彼女は一分間目を閉じた。

「所有者は誰で、いつから閉鎖しているのか調べて。外でやりなさい。そのデータがいるの」イヴはピーボディが反論する前に言った。「データをとって」

うなずくと、ピーボディはドアを出て、九一一に対応した制服警官たちが歩道を遮断しているところへ行った。

両手両足にはすでにコート剤をつけ、レコーダーを稼動させたイヴは、割れた壜のかけら、散らばった服、ごみ、壊れた椅子をよけたりまたいだりして、遺体に近づいた。

ゴールデンブラウンの目は焦点をぼやかすこともなく、警官らしく冷静だった。「被害者は三名、男性が二名、女性が一名、念入りに手をかけて座らされ、正面の壁に背中をつけている。黒人男性、中央、多数の刺し傷、上半身、両肩、両腕、両脚、首、顔。左耳が取り去られている。左側の白人女性は絞殺されたようにみえる。混合人種男性、右側、殴打されている。左目が取り去られている」

何てパーティーだ、とイヴは思い、ふーっと吐いた息で茶色いショートカットの前髪が揺れた。

「マットレス三つ、いくつかの寝具、服、小型冷蔵庫、電池式のランプ、椅子二脚、テーブル二台。三人の被害者全員がここで寝泊まりしていたらしい。金が周囲に散らばっており、千ドルほどあるようにみえる。したがって強盗は除外。現場に最初に到着した警官は、地上階、ビルの裏で、窓がこじあけられていることを確認した。おそらく侵入口」

イヴは女性被害者を最初に見ることにして、長い脚を折ってしゃがみ、捜査キットをあけた。「女性被害者も顔、両膝を殴られている。両膝に激しい打撃」とつぶやいた。「パイプか、バットか、板で——彼女を倒れさせ——二度強打。手で首を絞めている」

被害者の指紋を照合した。

「女性はジェニファー・ダーネル、年齢二十四と確認。現住所は西十六丁目で登録されている。前科あり、未成年犯罪を含む。おもに違法薬物がらみの逮捕」

ピーボディが戻ってきた。「ホイットウッド・グループが七か月前にこの不動産を購入しています」と言った。「わかったかぎりでは、この建物は一年あまり前に使用禁止になっています。改修の許可待ち中」

「オーケイ。それで殺人者もしくは殺人者たちは彼の耳、彼の目を持ち去った。何かことわざがあったわよね——何だっけ？　聞かざる、見ざる……」慎重に、イヴはジェニファー・ダーネルの口をあけた。「そうよ、言わざる。犯人は彼女の舌を切り取ってる」

「うわ」

「〝見ざる〟の男を検分して、ピーボディ。ＩＤと死亡時刻が知りたい」イヴは顕微《マイクロ》ゴーグルをかけ、そのライトで被害者の口の中を照らした。「きれいに切れてる、すっぱりと。彼女は舌を切られたときすでに死んでいた、もしくは意識がなかった、それに犯人は器用でしっかりした手の持ち主」

自分の手もいつものように器用にしっかりさせようと懸命につとめながら、ピーボディも捜査キットをあけた。「体の一部を、とくに今回のような部分をとっていったのは、宗教儀式的なものだと思いますか？」

「可能性はある」イヴは壁のメッセージを見上げた。「でもおもなところは、犯人がジョーク好きなんだと思う。ほんとにおかしなやつ。彼はやりたいことをやり、ほしいものを持っていき、あげくわたしたちにこのひどい状態を片づけろと言っている。ドクター・混沌《カオス》か」

イヴは部屋を見まわした。「これはまさに混沌《こんとん》ね。真ん中の男性は？　殺人者は彼がいまいるところで殺した。ナイフ、もしくは外科メスを使って。でもほかの二人には使ってない、切除以外では。もうひとりの男性に対しては、刃物はやめて殴っている」

「コービー・ヴィックス、年齢二十六」ピーボディが報告した。「犯人は二人いなきゃ無理ですよ、三人かも。被害者ひとりにつきひとりとか？」

「かもね。ひとりの人間がやるには重労働だわ。でも功績もひとりじめよ？」

イヴがしたように、ピーボディは血のメッセージをじっくり見た。「ドクター・カオス。グループの名前ってこともありえます」

イヴは計測器を使うあいだそのことを考えてみた。「ええ、ありうるわね。ダーネルの死亡時刻、〇二三八時」

「もしひとりだけだったなら、なぜ彼女は犯人がそっちの男性を刺しまくったり、ヴィックスをボコボコにしてるあいだに、さっさと逃げなかったんです？」

「犯人が逃げられなくしたのよ、両膝を殴って。膝の皿を割ったの。でもそうね、ひとりだけじゃなかった可能性はある。殺害方法もそれぞれ別の三種類だし」

「ヴィックス、死亡時刻は〇二二〇時です」

「ということは、犯人はダーネルに少々時間をかけたわけか。レイプするにはじゅうぶんね」イヴは短いナイトシャツの裾を持ち上げた。「目視できる打撲傷、出血、裂傷はなし、だが性的暴行の判断は検死官がすること」イヴはダーネルのあざのついた首にかかっている、安物の細いチェーンを手にとった。「彼女、〈ヤクをやめよう《ゲット・ストレート》〉の九十日チップをつけてる」

「ヴィックスのは六十日ですよ」ピーボディがチップを上げてみせた。

うなずくと、イヴは立ち上がって真ん中の被害者のところへ行った。「〝聞かざる〟のは三十日だわ。ウィルソン・ビックフォード」指紋を調べて言った。「年齢二十二。同じ正確さで、外科医のように耳を切除。ドクター・カオスは本当に医者かもね、あるいは少なくとも医療の訓練を受けている。ふむ、死亡時刻は〇二三〇時。死んだのは最初じゃない」

イヴはしゃがみこみ、犯行場面を思い浮かべようとした。

「彼は三人の中でいちばん体が大きい。犯人は最初に彼を襲った」そして続けた。「犯人がそうしたことにあなたのお尻を賭《か》ける」

「ちょっと、賭けるなら自分のお尻にしてくださいよ」

「防御創、両手、両腕。ビックフォードは抗戦した。ふた通り考えてみて。殺人者が三人、被害者ひとりにつきひとりずつとすると。チームワークね。ひとりが刺す、ひとりが殴る、ひとりが首を絞める。でもこれはチームワークにはみえない」イヴは言い、もう一度部屋を見た。「これはまるで……」壁のメッセージをさした。

「混沌《カオス》」

「ええ。そのチームは単にここで浮かれ騒いだだけなのかも。でも血ぞめの足跡はひとつのタイプしか見あたらないし、全員が同じサイズで同じ型の靴をはいていたとは思えない」

「それは見落としてました」

「もっとあるかもよ、そしてわたしも見落としてるのかもしれない。あるいはほかの犯人たちはもっと慎重だったのかも」

「でも警部補はそう思ってないんでしょう」

「わたしが思ってるのは、死亡時刻のあいだの開きが面白いってこと。三つの切除をやったのは同じ手だと思うわ、経験を積んだ、しっかりした手。男性二人はかなりの過剰殺傷で、手による絞殺は――つまり直接的で親密な方法は――女性にだけなされている。現場の荒らしようは度を越している、そしてそれは怒りだと読める。でもメッセージはジョークっぽい、そこには自制心と知性が見てとれる。ひとりだけじゃなかったのかもね。ひとりは冷静な頭を持ち、ひとりは狂いに狂っている。

被害者たちを袋に入れて、タグをつけて、搬送しましょう。九一一の通報者に話をききたい」

カトリーナ・チュウはパトカーの後部座席で背中を丸め、顔は死んだように蒼白《そうはく》、目は泣いたせいで腫《は》れぼったかった。制服のひとりが彼女に水を持ってきていた。飲みこむたびに喉がごくんと鳴る。しかしイヴがほっとしたことに、カトリーナは泣き果ててしまったようだった。腫れた淡い緑の目は乾いたままで、イヴに焦点を合わせていた。

「何があったのか話してください」イヴはそう言って始めた。

「ジェンが仕事に来なかったんです。彼女は〈ゲット・ストレート〉で朝食シフトのボランティアをしています。キャナル・ストリートのそばのです。それで彼女とコービーとウィルは、いつもそのあとで集会に行くんです」

「あなたは彼女と一緒に働いていたんですか？」

「わたしは彼女の保証人です。キャナル・ストリートの無料クリニックで働いています」

「ルイーズ・ディマットのクリニック？」

「はい。ドクター・ディマットをご存じなんですか？」

「ええ」

そのつながりがカトリーナを安心させたようだった。「わたしはあそこで助手をしています。看護師になりたくて勉強中なんです。ジェンは二か月前に〈ゲット・ストレート〉に入ってきました、それでわたしが保証人になると申し出たんです。わたしたちはうまくやっていました。彼女は本当に努力していたんですよ、わかります？　本当に懸命にがんばって。コービーも連れてきました。彼らは人生を立て直したかったんです」

「彼女の住所は西十六町目になっていますね」

「家賃が払えなかったんです。二人は二週間前、ここにこっそり住みはじめました。三週間かもしれません。ここは誰も使っていませんでしたし、彼女はミスター・ローゼンタールが二、三週間ならいいだろうと言ったと話していました」

「ドクター・ローゼンタール？」

「彼とドクター・ディマットは〈ゲット・ストレート〉に時間を割いてくれているんです。彼とアリアンナが基本的に組織の資金を出しています」

「アリアンナ」

「ホイットウッドです。お二人は婚約中なんです。アリアンナとドクター・ローゼンタールは。彼女はセラピストです。やはり時間を割いてくれています。ジェンですが、彼女はクリーンになろう、クリーンでいようとしていました。朝の集会を欠かしたことはありません。それに〈スライス〉で――ピザ店です――二か月ほど前に働きはじめました。朝食を出すのを手伝い、集会に出て、そのあと一、二時間勉強して――アリアンナがオンラインのビジネスコースをとらせたんです――それからランチのシフトに入っていたら〈スライス〉へ行き、夕食のシフトに入っていたらセンターへ――ホイットウッド・センターへ――行っていました。でも彼女はあらわれなかったんです、朝食を出すのにも、集会にも。リンクにも出ませんでした。コービーもウィルも。わたしは心配になりました」

とうとう、涙がにじみ出た。「彼らが挫折《ざせつ》してしまったのかもしれないと思ったんです。よくあることなんですよ。そんなこと考えたくなかった。彼女は困ったことになったら連絡をくれるはずだと、本当に信じていました。でもそう考えてしまったんです、だから出勤する途中に立ち寄って、彼女の様子をみようとしました。ノックしました。窓から中は見えませんでした。板張りされていたり格子が入っていたりで、でもジェンから鍵をもらっていたので、ドアをあけたら……見えたんです」

「彼女、コービー、あるいはウィルに危害を加えたがるような人物を知っていますか？」

「いいえ」カトリーナは唇を結び、首を振った。「一度ジャンキーだったなら、と考える人たちがいるのはわかっています、でも彼らはがんばっていたんです。クリーンでしたし、ずっとクリーンでいようとしていました」

「彼らがドラッグを使っていた頃に付き合っていた人間についてはどうです？」

「知りません。ジェンはトラブルがあるとは一度も言ってませんでした、その種のことは。彼女は幸せそうでした。わたしはゆうべテイクアウトを買いに〈スライス〉へ行き、しばらくおしゃべりしたんですよ。彼女は幸せそうでした。コービーはあそこで配達の仕事について、ウィルは二ブロック離れた年中無休《24/7》の店で在庫係として働いていました。彼らは一緒にお金を貯《た》めて、家を借りようとしていたんです。ゆうべ彼女は家賃用の貯金が二千ドル近く貯まったから、家を探すつもりだと言っていました。

彼女は幸せそうでした」

2

「ローゼンタールとホイットウッドを調べて」イヴはピーボディに言った。「それからキャナル・ストリートの〈ゲット・ストレート〉について、つかめるだけつかんで」

「もうやってます。それと、遺留物採取班がこっちに向かってますよ」

「わかった」イヴはビルの中へ戻った。「このめちゃくちゃな中を調べるにはちょっとかかりそうね」少しかきわけてみた。「クレジット、キャッシュ、小銭まである。リンクはひとつもない」

「三人ともたぶん持っていたでしょうね――持ってない人間なんています？――ということはおそらく犯人が持っていった」

「リンクは持っていくのに、殴り書きは残していく。彼、もしくは彼らは、金には無関心だった。ただ殺しだけ。そしてもし犯人がリンクを持っていったのなら、彼はリンクで三人とていたかね」

接触したことがあったか、三人が内輪で、またはほかの誰かと彼のことを話していたと思っ

「残念ですね」ピーボディがつぶやいた。「三人は若かったし、人生を立て直そうとがんばっていたのに。成功する可能性だって高かった。床もきれいだし」

「きゅうにあなたの清潔さの基準が疑わしくなったわ」

「血や散乱したものをのぞけばってことです。ほこりや汚れはありません。彼らは床をきれいにしていたんですよ。それにほら、この椅子は誰かが修理して塗装しています。あまりうまくなかったですけど」ピーボディは壊れた脚のひとつを持ち上げて言った。「でも彼らは努力していたんです。それにバスルームを調べたんですが、あれは従業員用の洗面所ですね。いずれにしろ、あそこはきれいでした。犯人たちは使わなかったに違いありません。でも被害者たちは、彼らはきれいにしていました」

「警部補?」制服のひとりが入ってきた。「裏のリサイクル機でこれを見つけました」

彼は透明の防護コートを持ち上げてみせた。血にまみれており、イヴは同じようなものを数え切れないほどの医者たちが着ているのを目にしてきた。「一着だけ?」

「いまのところは」

「探しつづけて。聞きこみからは何か出た?」

「まだです」

「そっちも続けて。それは遺留物採取班用に袋に入れて。彼らはこっちへ向かってる。ローゼンタールは、ピーボディ」

「ドクター・ジャスティン・ローゼンタール、三十八歳。専門は薬物依存——ホイットウッド・グループから助成金を受け取っています、その——目的のために、つまり治療ですね。おもにホイットウッド・センターで仕事をしています、薬物依存の研究施設で、医療センターと来訪者用の宿泊施設が併設されています。犯罪歴なし」

「ドクターが出勤しているかたしかめにいきましょう」

「彼、すごいイケメンですよ」ピーボディはそう付け加え、携帯機で作業をつづけながらイヴと車へ歩いた。「専門の分野における奉仕と革新に対して、たくさんの賞をもらってます。キャナル・ストリート・クリニック、〈ゲット・ストレート〉、その他で無料奉仕」

ピーボディが車に乗ると同時に、イヴが運転席に座った。「ゴシップと社交のページにたくさん記事がありましたよ。彼とアリアンナはすごい噂のカップルになってます。彼女は美人ですねえ。それに本当に、本当にお金持ち。ロークほどお金持ちじゃありませんけど」

と、ピーボディはイヴの夫を引き合いに出した。「でも上のほうにいますよ。というか、ホイットウッド・グループ——彼女の両親が率いているんです——はそうです。彼女は三十四歳、セラピストで、やはり薬物依存が専門。いまわたしが目を通しているゴシップ記事からすると、二人は四年前に出会い、この前の秋に婚約しました。結婚式は来月に予定されていて、今年最大の結婚式だと言われていますよ。それから……ああ、彼女には兄がいたんですね。チェイス、十九歳で死亡。ドラッグの過剰摂取。彼女は十六歳でした。ホイットウッド・センターはその三年後に開設されています。

おっと、これを聞いてください。ローゼンタールにも妹がいました。こちらは二十二歳まで生きましたが、過剰摂取で亡くなっています。彼は一流の心臓外科医になる道を歩んでいました。妹の死後、目標を変えたんですね」

「外科医か。それをあきらめた」とイヴは言った。「そしてジャンキー相手の仕事をしている。自分の妹のような、フィアンセの兄のような。昼も夜も、そういう人間たちに会い、話に耳を傾け、治療し、たわごとを聞かされて。何かがぱちんとはじけたのかも」

「冷笑家警報発令。本当に、ダラス、わたしがここで読んでいることからすると、この人はまるで聖人ですよ。イケメンの聖人。聖イケメンのローゼンタール」

「聖人はどうしてみんな死んでるか知ってる?」

「どうしてですか?」

「死んでることこそが唯一、聖人になれる方法だから。生きることは混乱だらけよ、それに生きてる人間は誰しも汚《よご》れた小さな秘密を持ってる。だからわたしたちに仕事があるわけ」

「汚れた小さな秘密のせいで、名高いイケメンドクターが、治療中の依存症三人を惨殺したと?」

「誰かがやったのよ。彼にはつながりがあり、技術があり、情報源によれば三人にあそこに住むのを許可した人物でしょ。もし彼がそんなに聖人じみてるなら、どうして二か月ばかりの家賃を貸してやらなかったの?」

「それはいい質問ですね」

「これから彼にきいてみるわ」


ホイットウッド・センターが入っているのは、古く歳月に色あせたレンガの建物だった。これ見よがしなところはなし、とイヴは思った。つくろった体裁もなし――少なくとも外観にはない――そんなわけでその建物は旧ミートパッキング地区にすんなりおさまっていた。

ピーボディを連れ、正面入口へ入った。ロビーエリアは広く、落ち着いたしつらいだった。受付カウンターには二人の人間がいたけれども、座り心地のよさそうな椅子、シンプルなアート、いくらかの緑が、待合室というよりはリビングエリアの雰囲気をかもしだしていた。

カウンターの男は三十代前半で、コンピューターで作業を続けており、女のほうは何歳か若く、きれいな顔と心から歓迎する目で、イヴたちのほうに笑顔を向けてきた。

「おはようございます。どういったご用件ですか?」

イヴはカウンターに近づき、そこにバッジを置いた。「ドクター・ローゼンタールと話がしたいんですが」

「わかりました」女はバッジを見てもまばたきもしなかった。「ドクターはあなた方がいらっしゃることをご存じですか?」

「どうかしら」

「ドクターのオフィスは二階の東側です。インターンか助手の誰かがご案内すると思います」

「オーケイ」

「階段は左手、エレベーターは右手です」

イヴが左を向くと、女は続けた。「右手の廊下を行って、庭園の渡り廊下を渡って、それから最初の角を左へ行くといいですよ」

「ありがとう」

「いい仕事をしてますねえ」歩きだすと、ピーボディが言った。「この古い建物にされた仕事ですよ。個性を残していて。居心地よくて、しかも声高に主張している感じじゃない。〝われわれは本当に金持ちの慈善家です〟って」

二階にあがり、二人はいくつかのドアを通りすぎたが、どれも用心深く閉められていて、部屋の用途やドクターの名前がプレートに記されていた。

すれ違う人々の服装は白衣や街着、ぴしっとしたスーツ、ダメージパンツ。イヴは防犯カメラや、いくつかのドアに付けられたカードスロットや掌紋《パーム》プレートに気がついた。二人はナースステーションとそのむかいの待合エリアを通りすぎた。

やがて庭園の渡り廊下に出た。下には、加工ガラスごしに、幻想のように咲き乱れている草、低木、樹木の真ん中で、噴水が水音を立てて流れているのが見えた。白い石のベンチが座り場所を提供し、レンガ敷きの小道が散歩をしましょうとばかりにカーブをえがいている。

「あっちは言ってるわよ、〝われわれは本当に金持ちの慈善家です〟って」とイヴは言った。

「でもすごくきれいな言い方じゃないですか」

二人は左へ曲がって、青とクリーム色の小さな受付エリアに出た。カウンターのむこうの女がイヤフォンをタップし、ハイテクのスクリーンから目を離した。イヴは彼女がそこで複雑なスケジュールを更新しているのだろうと思った。

「どのようなご用件ですか？」

「ダラス警部補とピーボディ捜査官です」イヴはバッジを見せた。「ドクター・ローゼンタールとお話がしたいんですが」

「何か問題でもあったんでしょうか？」

「問題はたいていいつもありますよ」

女はその答えに不満そうで、イヴはドクター・マイラの業務管理役を思い出した。ニュー《N》ヨーク《Y》市警察《P》治安《S》本部《D》の精神科医にして一流プロファイラーの門を守るドラゴン。

「ドクター・ローゼンタールは今日の午前中はご自分の研究室にいます」

「彼の研究室はどこに？」

「ドクターの邪魔をする前に、ご用件を言っていただきます」

「彼の研究室に案内していただくわ」イヴはバッジを叩いた。「それにあなたよりこれのほうがずっと強制力があるのよ、警察の捜査妨害であなたを逮捕することもできるんだから」

「ドクターにおききしてみます」その言葉は女の表情と同じくらいつんけんしていた。彼女はまたイヤフォンをタップした。「ええ、パーク、ドクター・ローゼンタールに、警官が二人ここに来て、彼と話をすると言ってきかないんだと伝えてもらえるかしら。ええ。いいえ、言わないの。ありがとう」女は少し間を置き、突き刺すような目でイヴを見ていた。それから顔をしかめた。「わかった」

そしてもう一度イヤフォンを叩くと、イヴに言った。「ドクターの研究室の助手が来て、ご案内するそうです。ドクターがお会いになります」

彼女はつんと鼻を上に向けて、スクリーンに向き直った。

しばらくすると横のドアが開いた。出てきた男はディープブラウンの肌で、大きくてまぶたの重たげな目は、頭頂部の巻き毛とほぼ同じくらい黒かった。着ているありきたりの白衣の下はジーンズと赤いTシャツで、そのTシャツは〝僕のペトリ皿、それともきみの？〟と問いかけていた。

「お巡りさん？」

「ダラス警部補とピーボディ捜査官です」

「あ。ええと……」彼は真っ白な歯を見せて笑った。「こちらへ来てもらえますか？」

ドアを抜けるとそこは迷路で、何本もの斜めの廊下にウサギの飼育場のごとく部屋が並んでいた。研究室助手はジェルサンダルをぺたぺた鳴らしながらそこを進んでいった。そしてスチールの両開きドアのところで止まると、自分のカードをスワイプし、名前を言った。

「パーチャイ・グプタ」

セキュリティライトが承認のグリーンにまたたき、ドアが横に開くと広い研究室があった。その清潔な赤と白の部屋では、友達のメイヴィスの声が激しい愛について泣き叫んでいて、イヴは不思議な取り合わせだと思った。壁面スクリーンのひとつには、見たこともない方程式や記号が静止し、かたや熱せられたビーカーでは何かが青く泡立っている。短くつややかな赤毛の女が顕微鏡にかがみこみ、メイヴィスのきしむようなビートにのせて足をトントンやっていた。また別の白衣は、長く白いカウンターで二台のコンピューターを熱心に操作していた。彼は短い切り株みたいなポニーテールで、破れたスキッズをはいていた。

その真ん中、とぐろを巻いたチューブ、チカチカする電子機器、せわしないスクリーン、試験管やビーカーや試料皿の森の中に、ジャスティン・ローゼンタールが立っていた。

彼はほかの人間がタキシードを着るように白衣を着ており、それは完璧に体にフィットして、どういうわけかエレガントですらあった。金のたてがみのような髪がまぶしい照明の下で輝いている。映画スターなみにハンサム、詩にでも出てきそうな色白の彼は、ヒーターからトングでビーカーをとり、ためてあった水に入れた。蒸気がしゅーっとあがって渦を巻いた。

その薄いカーテンごしに、イヴには彼の目がライオンの目のように黄褐色で、何かの計器をいっしょに見つめているのが見えた。

「彼は何に取り組んでいるんです?」案内役にきいてみた。

「解毒剤です」

「何の？」

「悪の」イヴが眉を上げると、パーチャイは赤くなり、肩をすくめた。

低い電子音が聞こえた。ジャスティンはもう一度ビーカーを持ち上げ、容器に入れて封をし、別の計器をセットした。

そこでやっと後ろにさがり、目を上げた。

「すみません」彼がイヴたちのほうへやってくるときの笑みや物腰には、心ここにあらずといった感じの魅力があった。「タイミングが大事でしてね。あなた方が警察の方ですか？」

「ダラス警部補、ピーボディ捜査官、NYPSDです」

「ああそうだ、ロークの奥様ですね」あたたかくなった笑顔で手をさしだした。「やっとお会いできてうれしいですよ。ロークはどうしていますか？　彼に会ったのはもう……たぶん一年たってしまいましたね。それ以上かな」

「彼は元気です。これは社交上の訪問ではありません、ドクター・ローゼンタール」

「ジャスティンで。ええ、もちろんそうでしょう。すみません。どういったご用ですか？」

「ジェニファー・ダーネル、コービー・ヴィックス、ウィルソン・ビックフォードをご存じですね」

「ええ」笑みが消えた。「彼らに何かあったのですか？　三人とも依存症と戦おうと一生懸命やっているのは保証します。厳しい道のりですし、つまずくこともあるでしょう、でも――」

「彼らは今朝早く殺害されました」

イヴの後ろで、パーチャイが喉を絞められたような声をもらし、ジャスティンはただ彼女を見つめた。「は？　すみません、何と？」

「彼らは今朝の二時から二時四十分のあいだに、不法居住していた建物の中で殺害されました」

「死んだ？　殺された？　みんな？　みんな？」

「どうして？」パーチャイがイヴの腕をつかみ、すぐに放した。彼の目が真っ黒なまつげの下であふれる液状のオニキスになる。ジャスティンが彼の肩に手を置くと、その目がいっそう揺れた。

「パーク、座ろう」

「いいえ。いいえ。すみません、でもどうしてみんなが殺されるなんてことがあるんです？　ついきのう会ったばかりなのに」

「いつです？」

「パーク」ジャスティンがやさしく繰り返した。「音楽停止」と彼は命じた。メイヴィスが泣き叫ぶのをやめると、赤毛が抗議の声をあげた。

「いまはだめなんだ、マーティー」ジャスティンはこめかみをさすった。「間違いはないんですね？」

「ええ。最後に彼らに会ったのはいつでした？」イヴはパーチャイにきいた。

彼の唇は震え、まぶたの垂れ下がった目から涙があふれつづけた。「ジェンとコービーが仕事に行く前、ウィルが出かけたあとです。みんなでコーヒーを飲みました。たいてい毎日、みんなでコーヒーを飲むんです」

「あなた方は友人だったんですね？」

「はい。僕らは――僕は――理解できません」

「わたしもだよ」ジャスティンが言った。「何があったんですか？」

短いポニーテールの研究室員は顔をこちらに向け、赤毛と同様、じっと見ていた。

「今朝早く、ウィルソン・ビックフォードは刺殺、コービー・ヴィックスは撲殺、ジェニファー・ダーネルは絞殺されました」

パーチャイが泣きはじめ、その激しいすすり泣きのせいで彼は床に崩れ、両手で顔をおおった。

ジャスティンは蒼白になった。赤毛は自分の持ち場で微動だにせず、イヴが古代の外国語をしゃべったかのように彼女を見つめていた。もうひとりの男は椅子に座ったままがっくりと背にもたれ、身震いし、それから目を閉じて頭《こうべ》を垂れた。

誰ひとりしゃべらなかった。

3

沈黙の中、イヴはピーボディに合図し、それに応《こた》えてピーボディはパーチャイのところへ行った。「お気の毒でした」彼女は、いつもうまく使っている、人の気持ちをなだめる声で言った。「手を貸します。立ち上がるのを手伝いますよ。そこに行って座りましょう」

「どうして――そんな――申し訳ない」ジャスティンが言った。「何も考えられなくて。みんなは襲われたんですか？　西十二丁目のあの建物で？」

「そうです」

「でもなぜです、いったい？　誰もギャングの仲間じゃなかったし、これといった値打ちのあるものも持っていなかった。ただの無差別殺人だったのですか？」

「誰か彼らに――その中のひとりにでも――危害を加えたがるような人間に心当たりはありますか？」

「いいえ。いいえ、ありません。みんな生活を立て直そうとしていました、それにあの三人は強い絆《きずな》を築いていた。自分たち自身の小さなサポートグループを」

「依存症だったんでしょう」

「回復治療中でした」ジャスティンはすぐさま言った。

「彼らが――やはりその中のひとりが――回復治療する前に付き合っていた人間で、彼らがクリーンになったり、クリーンでいつづけることを快く思わなかった者はいましたか？」

「わかりません、でもいたとしても、彼らはわたしには言いませんでした。いたとしたら、何かあったとしたら、三人の誰かがアリアンナに言ったかもしれません。アリアンナ・ホイットウッドです。彼女は三人全員の登録セラピストです」

「あなたのフィアンセですね」

「ええ」彼は顔をそらし、指で目を押さえた。「何てことだ、みんなあんなに若かったのに、あんなに希望を持っていたのに」

「あなたがあの建物に不法居住する許可を与えたとか」

「そうです。彼らはジェンのアパートメントの家賃を工面できなかったので。彼女は回復治療を誓約する前に滞納してしまっていたんです。わたしはパーチャイから彼らが路上で寝ていることを聞きました。それで思ったんです……あそこなら家を見つけるまでの住まいになるだろうと」

「彼らに好意を持っていたんですね？」

「ジェンにです、それから彼女を通じてコービーとウィルにも。彼女は固く決心していました、彼女に光が戻ってきていたのは誰にでもわかったでしょう。彼女が平穏を見出したのがわかったでしょう。あれはうれしいものでした。こちらまで勇気づけられるほど」

「なぜ彼らに家賃を貸さなかったのか知りたいですね」

「貸してあげられたらよかったんですが」唇を結び、ジャスティンはピーボディがパーチャイにささやきかけているほうへ目を向けた。「ここのプログラムには誰にも金を貸さない、しかし別の援助方法を探し、彼らが自力で解決するよう指導するという方針があるんです。想像もしませんでした……三人一緒にいれば安全だと思ったんです。本当に、三人ともストリートでの経験があり、うまく対処してきたのに」

「今朝一時から四時のあいだどちらにいらしたか、おききしなければならないんですが」

「ええ。わたしは……ええと、ここです。ここにいました」

「ずいぶん遅くまで仕事をしてらしたんですね」

「いま取り組んでいるものが、それが——おそらく——山場にさしかかっているところなんです。二時すぎまで仕事をして、そのあとは自分のオフィスのソファで横になりました」

「そのあいだ誰かに会ったり、話をしたりしましたか?」

「いいえ。ケンとパーチャイは十一時頃に帰らせました、たしか。彼らにきくか、退出記録を見てもらってかまいません。マーティーはもっと早く帰りました。わたしはアリアンナと話をして……どうだったかな、リンクのログを見てみないと。たぶん十時か十時半で、ケンたちを家に帰す前です」

「いまは何に取り組んでいるんですか?」

「深刻かつ長年にわたる依存症および薬物乱用を解毒する血清です。肉体と精神の両方のレベルで薬への渇望を治療し、禁断症状中とその後の欲求の激しさをやわらげるんです」

「そのための薬剤ならもうあるでしょう」

「薬剤は基本的に、ある化学物質が別の物質の代用をするものです。わたしは自然の材料をもとに取り組んでいて、それは脳と体の内部に化学反応を起こさせ、依存症以前の水準に戻すものなんです。平衡回復、とでも言いましょうか」

ジャスティンはまたこめかみをさすり、同じ二本の指が同じ場所で同じ円をえがいた。

「何かわたしが――わたしたちが――いまあの三人にしてやれることはありますか? ご家族に連絡するとか? 詳しいことは思い出せませんが、アリアンナが探してくれるでしょう。埋葬や、葬儀は? 何かありませんか?」

「最近親者にはわれわれから連絡します。ミズ・ホイットウッドともお話ししたいですね、できるだけ早く。まずはあなたのほかの助手の方たちと話がしたいのですが」

「インターンです」ジャスティンが反射的に訂正した。「マーティー・フランクとケン・ディカソンはインターン奨学金でここにいます。すみません、関係ないことですね。アリに直接、顔を合わせて話したいんですが、リンクではなく。われわれは患者を失うものなんです、警部補。彼らの依存症のため、それがたびたび生み出す暴力のため、あるいはそれがもたらす肉体の酷使のために。でも今回のことは？　これはとても、とてもこたえます」

「彼女はいまセンターにいるんですか？」

「ええ、いまは面談中でしょう。わたしが行って、話してきます」

「われわれが帰る前に彼女と話したがっていると伝えていただければ助かります」

「わかりました。こんなかたちでお会いすることになって残念です。本当に……残念です」

イヴは彼を解放し、まず赤毛から始めることにした。

「話は聞きましたね」イヴはそう言った。

「ええ。本当にひどい話」

「被害者たちとは親しかったんですか？」

「その言葉は嫌い。被害者なんて」彼女は膝に置いた両手を、じっとさせようとしているように組んでいた。「使われすぎよ」

「仕事で必要なので」

「ええ、そうなんでしょうね。特別親しくはなかったわ。好きだったけど。とくにジェンが。彼女はとっても人に好かれるたちだったの」

「あなたはこの研究室で働いているんですよね。プログラムに参加するたくさんの人たちと親しくなるんですか？」

「交流があるの。それもプログラムの一環なのよ。センター内に共同の食堂があるので、スタッフはよく患者や回復治療中の人たちと食事をする。仕事が許せば、わたしたちも面談やレクチャーに参加するよう奨励されているの。そっちのほうが研究室の仕事より大事なのよ、とくにジャスティンにとっては。それがここの核なの、それにわたしたちが誰の、何のために仕事をしているか理解していることが。いずれわかるわ」と彼女は付け加えた。「事件の捜査がどういうものかは知ってる。兄がジャンキーだったの、ゼウスを入れたジャズがお気に入りだった。あんまり気に入ったものだから、とうとう過剰摂取よ。兄のおかげでわたしの人生も、母の人生も、父の人生も地獄だった。ドラッグは大嫌い、だからジャンキーを嫌うのをやめるまでにずいぶんかかったわ」

マーティーは肩ごしに振り返った。「ケンの場合はお父さんだった。依存症になるのは遅かった、と言ってもいいでしょうね。自動車事故のあとの処方薬が始まりで、どんどん進んでいって結婚生活は壊れ、奥さんとケンを殴って刑務所入り、とうとう十二ドルと腕時計《リスト・ユニット》のために街なかで人を刺し殺した。刑務所で誰かに仕返しされて死んだそうよ」

イヴは事実をつなぎあわせた。「ではパーチャイは?」

「幼なじみ。仲がよくて、兄弟みたいだったって。その友達は気晴らしでドラッグに手を出して、それが好きになりすぎてアップスやバウンスで飛んじゃうようになり、チルまで落ちた。やがてただのありふれた過剰摂取をして、死んでいるのをパーチャイが発見したの――死後二日で。ジャスティンは自分のところで働く人間には時間や労力を惜しまない者を望むのよ、あらゆる面、あらゆる段階を知っていて、ここにいる理由のある者を」

「ドクターは自分のこととして感じてもらいたいんですね」

「ええ、それに実際にそうなの」マーティーはパーチャイに目を向け、それから自分の組んだ手に目を落とした。「いまジェンとほかの人たち、真面目に回復治療に取り組んでいた人たち、必死にがんばっていた人たちに起きたことは? それだって自分のこととして感じているわ。わたしたち全員」

「わかりました。事件捜査がどういうものか知っているなら、わたしが質問しなければならないこともわかっていますよね。今朝の一時から四時までどこにいました?」

「ベッドの中」マーティーの視線が上がり、イヴの視線と合った。「ひとりで眠っていたわ。デートがあったんだけど、うまくいかなかったの。真夜中すぎに家に帰った。ルームメイトがいるけど、彼女もデートで、そっちはうまくいったんでしょう。今朝六時まで帰ってこなかったから」

マーティーは怒りのこもった目をイヴに向けた。「いずれにしても、あなたの言ったこと、彼らの殺され方からすると？　わたしたち三人が悪党の一味みたいに連れだって、あの建物に押し入って、彼らを殺したに違いないってわけかしら」

「それはいい推理ですねえ。忙しいところをどうも。何か思いついたら、わたしかパートナーに連絡してください」

イヴは最後のひとりのところへ行った。

「ケン・ディカソンです」と彼は言った。「三人は街なかで襲われたんじゃありませんか？」ケンは恐怖と希望を浮かべてイヴを見た。その顔は青ざめてやつれ、疲労の徴候がみえた。「みんなは逃げたのかも」彼は泣くのをこらえようとひくつく声で続けた。「それで襲った連中が、みんながあの建物まで行ったところで襲撃したんじゃ」

「違います」

「全然現実のことと思えないんです」彼はうるんで疲れた目をこすりながら小さく言った。

「目をさましたらこんなことは何も起きてないような気がして」

「被害者たちとはどれくらいの知り合いだったんですか？」

「僕は……ああ。わかりません。おしゃべりはしました。パークみたいにじゃないけれど、二、三度一緒にぶらぶらしましたよ。僕のおじが〈スライス〉って店を経営しているので、ジェンと、それからコービーが、そこで仕事を得られるよう手伝いました。つまり、二人を使ってみてくれないかとおじに頼んだんです。おじは人にチャンスをあげるのが上手なんですよ」

「彼らが寝泊まりしていた建物に行ったことはありますか？」

「一度だけ。レストランが僕の住んでいるところのそばなんで、店にはよく行くんです。いつかの晩、ジェンとコービーと歩いて行きました。おじが二人に食べるものをくれたんです。それで一緒にだべりました」彼は少し笑った。「楽しかった」

「彼らは自分のリンクを持っていましたか？」

ケンはとまどったようにまばたきした。「もちろん。誰だってひとつは持っているでしょう」

「彼らに危害を加えそうな人物に心当たりは？」

「そんなことをする理由がわかりませんよ。みんな無害な人間だった。何も持っていなかったし、誰かを傷つけもしなかった。ジェンは秘書の仕事ができるように勉強していました。どこかの会社で働きたかったんです。そんなに高望みじゃないでしょう」

ええ、とイヴは思った。高望みじゃない。

ジャスティンが戻ってきたが、疲れ切った様子だった。「アリアンナは、あと数分いただければ〝瞑想《めいそう》の庭〟でお会いするそうです」

「わかりました」

「何かほかにお手伝いできることはありますか?」

「いまの時点ではありませんね」

「今後もわたしに――わたしたちに――状況を連絡してもらえますか?」

「そうしましょう。何か思い出したら、何でもいいですから、知らせてください」イヴがピーボディに合図すると、彼女はパーチャイの肩に手を置いてから立ち上がった。

「アリアンナ・ホイットウッド、下の庭」とイヴは知らせた。「何かわかった?」

「彼はダーネルにぞっこんでした」ピーボディは一緒にまた下へ向かいながら言った。「ためらいもせずにそう言いましたよ、というか、彼女も何かこたえる気持ちがあったんじゃないかと思っていたと。アリバイはなし、でも彼にはそういうやさしい、甘い雰囲気みたいなものがありますよ。三人を虐殺しているところは思い浮かびません」

「そのいっぽうで、彼やあの研究室の全員が三人の被害者すべてと知り合いで、彼らが不法居住していた場所も知っていた。研究室の人間のうち少なくとも二人が――それにローゼンタールも三人めとして追加しましょう――そこに行ったことがあり、間取りを知っていた。それは重要よ。ほかにも彼らと知り合いで間取りも知っていた人間が、〈ゲット・ストレート〉や〈スライス〉にいるでしょうね。今回の件は無差別殺人じゃない」

「ええ。無差別はあてはまりません」

「理由は？」

「おっと、クイズですか。裏手からわざわざ押し入っていること、それからほかの犯人たち――わたしはひとりの犯行とはみてませんので――が正面側へ行き、冷酷だけれど効率的な方法で彼らを襲っていること。現場はめちゃめちゃにされていますが、われわれの知るかぎりで盗られたものは彼らのリンクだけ――そして犯人のうち少なくともひとりは防護服を着ていて、そのおかげで犯人の――もしくは犯人たちの――服には血がつかなかった。いちばん可能性があるのは、犯人たちが武器を――ナイフ、外科メス、それから何か殴る道具――を持ってきたということですね。準備し、計画し、ターゲットも明確。

合格ですか？」

「悪くないわ」二人はメインレベルのアトリウムを通り抜け、芽吹きはじめた庭園へ入った。「まったく悪くない」イヴはまわりを見ながら言った。

「すごくすてきですよ。落ち着いていて。禅っぽいですね。ほら、蝶《ちょう》が」ピーボディの顔に笑みが浮かんだ。「蝶を見るとほんとに幸せな気分になりますよね」

「蝶なんて変な体にあの薄気味悪いちっちゃな触角がついてるじゃない。みんながそのことを考えないのは、羽に目をそらされてるからよ。あいつらには歯があるんじゃないかっていつも思うわ。きっと小さくて、鋭い歯があるのよ」

「わたしの幸せを壊さないでください」

イヴは〝瞑想の庭〟とある道をたどり、咲き乱れた花と蝶のあいだを抜けていった。石のベンチのひとつにアリアンナが座っているのが見え、左手のダイヤモンドが陽光を受けて炎のようだった。彼女は泡のようなレースのついたリーフグリーンのスーツに、長い脚をきわだたせる同色の極細のハイヒールという姿だった。髪はゆたかなナッツブラウン色で、複雑なツイストに結い上げてあり、その並はずれて美しい顔を額縁なしでさらしていた。彼女のすべてが一流であることと気品を物語っており、イヴはマイラを思い出した。

二人が近づいていくと、アリアンナがこちらを向いた。その目は緑と茶色のあいだのどこかをとらえて表現した色で、怒りに燃えていた。

彼女は立ち上がった。

「ダラス警部補。ずっとお会いしたいと思っていました、でもこんなかたちでではありません。ピーボディ捜査官。座りませんか?」アリアンナは腰をおろし、また手を組んだ。「ここでお話ししたかったんです。ここなら少しは落ち着けるのではないかと思って。でもまだだめです」

「三人全員のセラピストだったんですね」イヴはそう話を始めた。

「ええ。彼らはやりとげたはずでした。そう信じています。専門家としても、個人としても、コービーとウィルはやりとげただろうと信じています。ジェンがやりとげることはわかっています。こんなに短期間であそこまで来たんですから。彼女は平穏を見出《みいだ》していました」

「ドクター・ローゼンタールもその言葉を使っていました。〝平穏〟と」

「ええ、わたしもたぶん彼から借りてきたんだと思います」アリアンナは心臓のところに手をやった。「薬物依存は平穏になることがないんです。暴力的か、ずるいか、誘惑的。その三つ全部であることもたびたび。でもジェンは自分の平穏と強さを見出し、コービーやウィルも彼らの平穏と強さを見つけられるよう助けていました」

「ほかの依存症患者で、それほど進歩をとげられない者は、彼らの進歩が気に入らなかったかもしれませんね」

「たしかに。誰かが強要したり、おどしたりしてきたなら、彼らはわたしに話したでしょう。ジェンはヘロインの依存症で、ストリートではチルと呼ばれている混合ドラッグで摂取するのが好きでした。ドラッグと自分の体を引き換えにすることもたびたびあったそうです。母親も同じで、父親は母親の売人でした——彼女はそう思っています」

「システムの中で過ごした期間もありましたね」イヴは付け加えた。「少年院、グループホーム、里親家庭」

「ええ。彼女は問題の多い、むずかしい子ども時代を過ごしたんです。十六のときに逃げ出し、その問題が多くてむずかしい生活を続けたあげく、ほぼ四か月前、ある浮かれ騒ぎのあとに目をさましました。三日間がすぎていて、われに返ったときには切り傷とあざだらけ、汚物や自分自身の吐いたものにまみれてどこか地下の安宿にいて、どうやってそこに来たのかまったくおぼえていなかったそうです。彼女はそこを出て、歩きはじめました。次の一発のことを考え、ただ命を絶つことを考え、そして〈ゲット・ストレート〉にたどりつきました。そのまま歩きつづけ、次の一発を手に入れようとしたり、命を絶ったりするかわりに、中へ入ったんです」

「彼女が治療を試みたのはそれがはじめてではないでしょう」

「ええ」アリアンナは頭を向けてイヴと目を合わせた。「彼女は裁判所から治療を命じられたことが三度ありましたが、どれも受けていませんでした。でも今度は、自分で選んだんです。ひとりで入ってきたんです。助けてもらう覚悟ができていましたし、みんなも彼女を助けました。ジャスティンとわたしはその日、そこにいたんです。彼女はよく、あれが自分にとっての始まりだったと言っていました。わたしたちが出会ったときが」

声がかすれ、アリアンナはまた顔をそむけた。

「禁断症状はつらくて苦しいものです、でもジェンは決してあきらめませんでした。そしてコービーを連れてきました。わたしたちは治療中の人が、その人の依存症にかかわっていた人間との関係を断つよう説いているんですが、彼女は聞こうとしませんでした。彼女はコービーを救いました、単純に彼のこともあきらめなかったからです、それから次はウィルも。彼らはジェンを愛していました、そして彼女やおたがいへの愛情が、依存症より強いことを証明したんです。あれは一種の奇跡でした。なのに……」

「彼らは誰かのことで困っているとか、いやな思いをさせられたとか、またドラッグを使うよう迫られたと言っていましたか？」

「いいえ。三人とも家族はいませんでしたし、親しかったとか連絡をとっていたという人もいませんでした、長期間にわたっては。三人はセンターで、それから〈ゲット・ストレート〉で友情を、結びつきを築いたんです。まだハネムーン的な段階にいて、自分たちがいまいる場所にいることを本当に喜び、おたがいがいることを本当に喜んでいました」

「彼らは親密な関係だったんですか？」

「いいえ、性的な意味では違います。ジェンとコービーは以前はそうでした、それが親密と呼べるものならですが、二人ともまだ使っていた時期に。彼らが今度築いたものは家族だったんです、だからそういうふうに暮らしていました。ジェンにとって、セックスは物々交換の道具、もしくは別の依存症の人間とするものでした。セックスには無関心になっていたんです。彼女は普通で自然な欲求を感じはじめていたんだと思います。パーク――パーチャイ・グプタ――に惹《ひ》かれていました、そして彼もジェンに。でもどちらも踏み出してはいませんでした」

「なぜわかるんです？」

「もしそうなら彼女が話してくれたはずだからです。正直であることは、彼女が治療するなかで重要な手段になっていましたし、彼女はわたしを信頼してくれていました。彼らは誓いを立てたんですよ――ジェンと、コービーと、ウィルは――六か月間禁欲し、個人として自分自身のことに集中すると。コービーはそれをジョークにしていました。彼は面白くて、頭の切れる人でした。その魅力とウィットを使って、ストリートで生き抜いてきたんです。今度はそれを、自分自身と友人たちがぶれないようにするために使っていました。ウィルはもっとスピリチュアルな道をとりました。彼はひいお祖母《ばあ》さんが亡くなるまで一緒に住んでいて、彼女はウィルを教会に連れていっていたんです。ウィルはまた行くようになりました。ジェンとコービーも何度か一緒に行きましたが、興味があるというより、友情からでした」

「どこの教会です？」

「ええと……チェルシー浸礼教会です」

「彼らがほかに日常的に行っていたところ、やっていたことは？」

「〈トウェルフス・ストリート・ダイナー〉でぶらぶらして、コーヒーを飲んで、おしゃべりするのが好きでした。三人とも〈ゲット・ストレート〉に時間を割き、集会に出席し、仕事を引き受けていました――掃除や片づけの労力提供です――それはプログラムの一環なんです。彼らはあそこでのグループにも、ここと同様、参加していました。ときどき映画を見ていましたが、だいたいは仕事をして――住む場所を見つけるのに向けてお金を貯めて――プログラムに取り組んで、勉強をしていました。というか、ジェンはしていました。彼女はビジネスの授業をとっていたんです」

「あなたが彼らにあの建物に住むことを許可したんでしたね？」

「ええ。ジャスティンが頼んできて、それでわたしたちはそうすれば彼らも息抜きができ、自分たちだけの力で生活し、お金を貯め、センターからも離れずにいられると思ったんです。条件はあの場所を、それから自分たちのことも、清潔に保つこと。彼らは守りました」

「あそこへ訪ねていったんですね?」

「週に一度、ジャスティンかわたしが立ち寄っていました。抜き打ち検査です」はじめてかすかな笑みを浮かべて言った。「わたしたちは彼らを信じていました。でも依存症というものを信じるわけにはいかないんです」

「アリアンナ!」

鋭い呼び声が静かな庭を切り裂いた。背が高く、黒い髪を短く刈った日焼け顔の男が、イヴたちのほうへ急ぎ足でやってきた。声と同じくらい鋭い緑の目は、アリアンナだけに向いていた。イヴとピーボディには目もくれず、男は彼女の両手をとり、両膝をついた。

「何があったか聞いたよ。僕にできることはあるかい?」

「イートン」彼女の目で涙が光った。イヴは彼女がそれをこらえるのに気づいた。「わたしの口から話すつもりだったのよ、でも警察と話をしなければならなかったの。ダラス警部補、ピーボディ捜査官、同僚のイートン・ビリングズリーです」

「警察だって」彼はイヴに嫌悪の目を向けた。「こんなときに?」

「殺人事件となれば警官が出てくるものなんです」

「アリアンナを尋問する必要なんかないだろう、それも彼女が状況を受け止めるひまもないうちに」

「オーケイ。ではあなたを尋問しましょう。今朝一時から四時のあいだはどこにいました？」

イートンは空いばりに出た。彼がさっと立ち上がって発した声や表情に、イヴはそれ以外の表現を思いつかなかった。「おまえらの侮辱的な質問にはいっさい答えないぞ、アリアンナもだ」

「あら、答えることになりますよ」イヴは訂正してやった。「ここか、もしくはデカ本署《コップ・セントラル》か。お好きなほうをどうぞ」

「イートン」アリアンナも立ち上がった。「もうやめて。あなたは動揺しているのよ。警察の方たちはジェンとあの青年たちが誰に、どうして危害を加えられたのか、突き止めようとしているの」

「ここできみを相手にしたってわかるものか」イートンはまたしても彼女の両手をとった。

「ジャスティンがこんなことをさせるからいけないんだ」

「ジャスティンは何もさせやしないわ」そっと、しかし意志を持って、アリアンナは両手を引っこめた。

「きみの言うとおりだよ、もちろん。でもこんなつらいことからきみを守りたいと思うのは当然だろう。その治療中の者たちにきみがどれだけ尽力したか、僕は知っているんだから」

「まだ答えをいただいてませんよ、ミスター・ビリングズリー」

「ドクター、、、・ビリングズリーだ」彼はイヴにかみついた。「それから今朝のその時間には、家でベッドの中だったよ」

「ひとりで?」

「そうだ」

「被害者たちとはどういう関係だったんですか?」

彼の顔が朱に染まったためだろう、アリアンナがかわりに答えた。「イートンはうちの心理学者のひとりです。専門は催眠療法です。それによって治療中の人に禁断症状を乗り越えさせ、目標を与えることができ、ときには依存症の原因を表面に引き出す助けにもなるんです」

「それじゃ、今回の被害者たちにも〝あなたはだんだん眠くなる〟をやったんですか?」イヴは彼に尋ねた。

「そうだ」

「それで?」

「アリアンナからも話してもらえるだろうが、彼らはすばらしい、例外的とさえいえる進歩をしていたよ」

「あなたが最後に彼らと――彼らのそれぞれと接触したのはいつでした？」

「日誌を見てみないと。すぐにパッとは思い出せないな」

「ではやってください。彼らが住んでいた建物に行ったことはありますか？」

彼の唇が結ばれて意地悪そうな顔になった。「いや。何で僕が行くんだ？　ここで時間を無駄にするより、街へ出て、こんなことをしたイカレたやつらを探すべきだぞ。あきらかに暴力的な依存者のしわざじゃないか、彼らがプログラムを始める前につるんでいた連中だろう」

「現時点では何もわかっていないんですよ。たいへん助かりました」イヴはアリアンナに言った。

「教えていただけますか、いつ……ジャスティンとわたしでお葬式をしたいんです。ご遺族のかわりに手配したいんです」

「アリアンナ」ビリングズリーが言いかけた。

「イートン、お願いだから。それだって足りないくらいよ」

「最近親者に連絡しなければなりませんので」イヴは答えた。「連絡がついたらお知らせします。彼らとの面談の文書記録をお持ちですよね。それがあれば助かります。医者と患者間の守秘義務は、患者が死亡しているのであてはまりませんから」

「今日の午後に送らせます。外までお送りしましょう」

「自分たちで行けます、ありがとう」

歩いていきながら、イヴはちらりと振り返った。イートンがまたしても彼女の手をとり、頭を彼女の頭のほうへかがめて早口にしゃべっていた。

「くそ野郎」とピーボディが見解を述べた。

「大型の、火を吹くくそ野郎で、大型の、火を吹く癇癪《かんしゃく》つき。見たところ体を鍛えてるわね。ジムにたっぷり時間をつぎこんでいることは賭けてもいい。それからアリアンナ・ホイットウッドを自分のものにしたがっている」

「そうそう、そして彼女のほうは彼を自分のものにはしたくない」

「彼にとってはそれがムカつきの種。彼女がビリングズリーより被害者たちのほうに、時間と注意と好意を向けていたことはたしかよ、それが彼にはまたムカつきの種」

「でも三人をぶち殺してもそれは変わりませんよ。動機としてはきわめて曖昧《あいまい》でしょう」

「かもね、だけどわたしは早くもあいつが大嫌いになったの。プラス、催眠療法。あいつがそれで何をしていたかわかったもんじゃないわ」

「どうして彼の文書記録を要求しなかったんです?」

「令状がなければあいつが渡しっこないからよ、そしてその令状は、これから〈ゲット・ストレート〉へ向かうあいだにあなたがする作業に加えるの」
「おぉ、それはまたビリングズリーのムカつきの種になりますね」
「それが最後じゃないことを願うのみよ」

4

〈ゲット・ストレート〉からはそれまで耳にしたことの裏づけと、さらなる悲しみ以外、さして収穫はなかった。秋の最初の気配をはらんだ風の中へ出たとき、イヴのコミュニケーターが鳴った。画面に映っているのは現場に最初に到着した警官だとわかった。

「スロヴィック巡査」

「サー、目撃者をひとり見つけまして、彼女は現場裏手近くで何者かを見た、そいつがリサイクル機に何かを詰めこむのを目撃したと言っています、われわれが血まみれの防護服を見つけたリサイクル機です」

「やったわね。どれくらいたしかなの?」

「彼女ははっきり、しっかり見たと言っています。街灯があって、彼女が言うにはその男がはっきり見えたそうです、それからそいつが踊っていたと」

「いま何て？」

「彼女はそう言っているんです、警部補」イヴは警官が肩をすくめているのが声でわかった。「彼女の説明はひどく奇妙なんです、ですが本人はそう言って譲らず、自分にも頭がおかしいとは思えません。彼女のアパートメントからは当該のエリアがよく見えて、彼女は起きて子どもを歩かせていたんです――子どもは歯がはえているところなんですよ。彼女は短時間料理のコックで、育休中です。聞きこみをしていて見つけました」

「彼女は何を見たの？」

警官は咳払いをした。「怪物だそうです。たぶん悪魔だと」

「スロヴィック巡査、本気でこのことにわたしの時間を無駄遣いさせるつもり？」

「サー、違います、でも彼女は細かいところまで話してくれましたし、時間もおぼえていて、それにおかしな話に聞こえるのは本人も認めているんです」

「その細かいところっていうのを言ってみて」

「男性、中肉中背――と彼女は思っています――黒っぽい髪、ぼさぼさでよれよれ」警官はもう一度咳払いの音をたてた。「緑がかった肌、赤くて飛び出た目、ねじまがった顔だち、出っ歯、黒いケープをまとって黒いショルダーバッグを持っていた」

「そしてその緑色をした、赤い目の怪物が、街灯の光をあびて踊っていたと」

「それに笑っていたそうです、サー、その目撃者が言うには理性の飛んだ、しわがれた笑い声だったそうで。自分は彼女を信じます、警部補、彼女が見たものについてという意味ですが。その人物が仮面をつけていたか変装していたのかもしれません」

「そうね」イヴはため息をついた。「その女性は似顔絵画家に協力してくれそう?」

「やりたがっています」

「セントラルのヤンシー捜査官に連絡して、その女性を連れていって」

「イエス、サー」

イヴはコミュニケーターをポケットに入れた。「緑色をした、赤い目の、ケープを着た怪物とはね」

「あるいは悪魔かも」ピーボディはそう言い、ふんと鼻で笑われた。「わたしが怪物や悪魔の存在を信じていると言っているんじゃありません、でも誰かがゼウスでハイになって、ほら、自分が怪物や悪魔だと思いこみ、あげくにその道具まで買ったんですよ。目撃者の見たのはひとりですし、証拠もひとりのほうに傾いてますね――そいつは何かでハイになっていたに違いありません。ゼウスなら頭がおかしくなるだけじゃなく、痛みも鈍らせて、アドレナリンを出しますから」

「かもね。徹底的に調べましょう」イヴは時間を見た。「あなたは〈スライス〉に寄って、そこの店主、仕事仲間たちと話をしてみて、それから24／7でも同じことをして。最後に三人がたまり場に使っていた食堂にまわって。三人はゆうべ何かトラブルにあったのか、もしくは誰かが彼らを家までつけていったのかも。わたしはモルグに寄って、モリスが何かつかんでくれたかみてくる。セントラルで合流しましょう」

「モルグよりピザ屋に行くほうが断然いいですね。一枚買ってきましょうか？」

「いらな……そうね。うん」

イヴは運転席に座り、モルグへ向かった。

ゼウスなら辻褄《つじつま》が合う、と思った。でも完全にじゃない。犯行の暴力、狂乱の点は合う。けれど事前に考えているのは合わない。それでも、別のドラッグが混ざってたら……それに冒険的な人間は常に新しい改良種をドラッグゲームに持ちこんでくる。

ゼウスでぶっ飛んでいれば、ひとりの人間でも叩き切り、殴り、窒息させることもできる——そしてそれをしながらおかしくなるほど笑うことも。でも事前に計画することはできなかっただろう——コスチューム、凶器や防護服を入れたショルダーバッグ、手に手袋をはめるかコートすること。遺留物採取班が犯人の指紋をギフトラッピングしてさしだしてくれることはなさそうだ。

犯人は奥の窓から押し入った、とイヴは犯行現場を思い出しながら考えた。そのための道具がいる、バッグの中に。のぼって侵入する、手際よく静かに——これもゼウスには合わないものだ、純粋なゼウスには。バスルーム、奥の部屋、すべてきれいに片づいている、したがって犯人はまっすぐ店の表側と被害者たちのほうへ行ったわけだ。

ターゲットは明確、事前に考えられ、計画された。それはたしかだ。

動機のほうは曖昧なエリア。

イヴはダウンタウンの車の流れを抜けながらさまざまな仮説を考え、却下し、いじくりまわし、それからとろ火にかけておいて、モルグの白いトンネルへ歩いていった。

モリスはグレーのスーツとあざやかな赤のネクタイを身につけていた。その選択にイヴは少しうれしくなった。恋人が殺されて以来、彼のワードローブが黒以外になることは珍しい。黒い三つ編み髪に編みこんだ紐《ひも》はネクタイと同じ色だった。

彼の切れ長で察しのいい目が、ジェニファー・ダーネルの開かれた遺体ごしにイヴの目と合った。スピーカーからは、サクソフォンがジャズのリフを泣き叫んでいた。

「トリプルヘッダーをとってきてくれたんだね」

「怪物がやったのよ」

「信じがたくはないな、この若者たちの状態を見れば。体内にダメージがあるよ、長年にわたる違法ドラッグ摂取、貧しい食事によりみずから招いたものだ。彼らはその短い生涯にしては厳しい暮らしをしていた。回復と転換の痕跡《こんせき》もあった。生きてクリーンでいつづければ、じゅうぶん健康を取り戻しただろう」

「クリーンでいたの？」

「きみがきくだろうと思って、まず毒物検査をいそいでやっておいたよ、クリーンだった。最後の食事は、おそらく真夜中ごろにみんなで一緒に食べたんだろう、ピザと、女の子はダイエットコーラ、男の子たちは何も混ぜてないコーラだ」

「性行為はどう、同意もしくは強制で？」

「いや。被害者その一は——死亡時刻の順でいくよ——複数の骨と肋骨《ろっこつ》が折られていた、いくつかは死後のものだ。死因は頭蓋骨《ずがいこつ》骨折。彼は文字どおり、脳をぶっ壊されていた。やったのはバットかパイプ、直径七センチ半くらい、それにたいへんな力だ。傷口に塗料のかけらがいくつかあった。鑑識に送っておいたよ」

「頭への打撃が最初？」イヴは考えこんだ。

「わたしの犯行再構成では、まだ予備のものだがね、イエスだ。ここに打撃」モリスは自分の額の右側を、手の横を斜めにしてとんとんと叩いた。「それで彼は意識を失ったはずだ。そのあとのことは感じなかっただろう」

「せめてもの情けか」

「被害者その二、複数の刺し傷はぎざぎざの刃物で加えられたもの、長さ十センチくらい。ハンティングナイフや食卓用の肉の切り分けナイフじゃない。安い肉切り包丁のほうが近いな。刃先が骨にあたって欠けていた、だからそれも鑑識に送ったよ。彼は最初に胸の中央を刺されている、二度だ、それから腹部を一度。やはりわたしの予備的再構成では、残りの傷は数分後にできたものだ」

「男を両方とも無力にしたわけね」

「それから彼女も。きみのメモにあったように、彼女は友人を殺したものと同じバットで、両膝を一度に殴られ、膝の皿を砕かれた。耳、目、舌は死後に取り去られている、それもなめらかで鋭い刃物で――外科メスというのがわたしの意見だ。しかも正確におこなわれている。これをやったのは何人の人物だかわかっているのか？」

「ひとりよ」

モリスの眉がはね上がった。「ひとり？　きみの事件はあいかわらず興味をそそるね」彼はまた遺体に目をやった。「ここのダメージ、最初の被害者を殴った力、エネルギーそのものはかなりのものだった。第二の被害者については、刺し傷は非常に深く、非常に強い力でやられたもので、その不運な青年には八十五もの穴があいている。それにも力とエネルギーがいるよ。かなりの持久力だ」

「それに二人めを終えたとき、犯人にはまだ手で絞殺するだけの体力が残っていた――合ってる?」

「ああ」モリスは確認してくれた。「犯人は自分の両手を使った」

「三人めの被害者を手で絞殺、それにも力がいるわよね。しかもさらにそのあと、犯人は複数の椅子とテーブルを壊した、要するに破壊しまくったわけ。その仕上げに、これから一緒に作業する目撃者によれば、歩道で踊っていたと」

「だったら犯人はとても体力のあるタイプで、たぶんドラッグでそれを増強していたんだろう。彼はこれを楽しんだんだ」モリスはジェニファー・ダーネルの頭にそっと手を置いた。「わたしはマイラではないから、いまのは単に死人の医者の意見だよ。だがきみもわたしも、日々目にしているね、人間がほかの人間にどんなことをやれるか。この犯人は本当に楽しんでいたよ」

「ええ、そしてそれだけ楽しんだ人間は、またやりたくなるものよ」

イヴはセントラルへ向かった。自分のメモを見直し、一次報告書を書いて――遺留物採取班と鑑識にも自分たちのを書くようにうるさく言ってやろう――殺人事件ボードと記録ブックをセットアップしなければならない。それに目撃者に会っておきたい、というか少なくともヤンシーの絵を見たい。

そのどこかで時間をひねり出し、イートン・くそ野郎・ビリングズリーをたっぷり、徹底的に調べてやりたかった。

大部屋《ブルペン》に足を踏み入れた瞬間、彼女はクッキーのにおいに気づき、ジェンキンソンのシャツにクッキーのくずが散らばっているのを見つけ、バクスターがこちらににっこり笑ってみせる前に食べかけのクッキーを口に詰めこむのを見届けた。

「ナディーンがオフィスに来てるぜ、警部補《LT》」

「哀れね。哀れな警官ども、外で悪党をつかまえるかわりにデスクでお尻を太らせて、クッキーで買収されるなんて」

ジェンキンソンがさっと手を上げた。「俺たちはひとりつかまえましたよ、ダラス。ライネケが収監しにいってます。俺は追跡報告書を書いてるところです」

「シャツにクッキーのかけらがついてるわよ」

彼があわててそれを払っているあいだに、イヴは背を向けて自分のオフィスへ歩いていった。そこにはナディーン・ファースト、非凡なるレポーターが客用の椅子にくつろぎ、クッキーをかじりながら手のひらサイズのコンピューター《PPC》で仕事をしていた。

何も言わず、イヴはデスクにのったベーカリーの箱の蓋《ふた》をあけ、ファット・チョコレート・チップをひとつとった。「何がほしいの？」

「目をみはるようなセックスの腕、おおいなる思いやり、すばらしい腹筋、そして天使の顔を持つ男。抜群のユーモアセンスと莫大な富つきで、わたしの歩く地面さえ愛してくれる。あらちょっと待って、彼はもうあなたのものだったわね」

イヴはクッキーをかじった。

「次にほしいのは？」

ナディーンは縞《しま》模様のようなブロンドの髪を後ろへはらい、猫に似た目をきらりとさせて、ネコ科動物の笑みを浮かべた。「厄介なヤマの担当になったんですってね」

「そのとおり。あなたにあげられるものは何もないわ。まだ考えをまとめてもいないんだから」

「被害者は三人、殴られ、刺され、首を絞められていた、治療中の依存症患者で、ホイットウッド・グループにつながりがある——実際、殺されたのよね、グループ所有の建物の中で。ホイットウッド家はいつだって注目を集めるニュースになるの」

「被害者たちこそがニュースでしょう」

「わかってる」ナディーンの笑みが消えた。「彼らは若く、人生を立て直そうとしていた。ギャングや違法ドラッグがらみの殺人とみているの？」

「あらゆる線をみているわよ、あらゆる人間を」

「ホイットウッド家も含めてでしょ、それからとっても美男のジャスティン・ローゼンタールも」

「含めてね」ナディーンは常に優秀な情報源だ、とイヴは計算した。「イートン・ビリングズリーについて何か知っている？」

「いやなやつよ」

「それはわたしにもわかった」

「容疑者なの？」

「ナディーン、まだ早すぎるわ」

「まあ、彼だったらいいと思うけどね、いま言ったようにいやなやつだから。金持ちの出よ。ホイットウッドほどじゃないけれど、ぶあついポートフォリオは持っている。うるわしのアリアンナに本気で言い寄っていたけれど、彼女のほうはローゼンタールにぞっこんで――彼はいやなやつじゃない。ローゼンタールのことはよく知らないの、でも探り出すことはできるわ」

「こっちもいまそれにかかってる」イヴはまたクッキーをかじった。いやになるほどおいしい。「ほかには何がほしいの？」

「あなたはダラスの街で大きなヤマを解決して戻ったばかりよね。アイザック・マックィーン――あなたが逮捕したのは二度め。あれは大きなニュースになってるのよ、ダラス。彼はあなたを狙い、以前の被害者のひとりを誘拐した。あなたに『ナウ』に出てその話をしてもらいたいわ」

イヴはクッキーを横へ置いた。いやになるほどおいしかろうが、そうでなかろうが、食欲が失せてしまった。「それはやらない」

彼女がほかの言葉を発する前に、ナディーンは片手を上げた。「しつこくする気はないわ。頼んでみないと気がすまなかっただけ」

「そんなに簡単にあきらめるなんて、らしくないじゃない」

ナディーンは脚を組みなおした。「二年前、デブラス事件であなたと組んだとき、ちょっとした調査をしたの。一緒に仕事をする相手のことは知っておきたいから」

イヴは何も言わなかった。

「あなたの経歴について多くをつかむのは容易じゃないわ、でも子どものときにダラスで発見されたことは知っている、それからあなたが……怪我《けが》をしていたことも。レポーターはインタビューをしたがっているわ、ダラス、でも友達は無理じいしない。友情はニュースより強いの」

「オーケイ」それでいい。

「この新しい事件で何かつかんだら、ひと声かけてもらえるかしら」

「そうするかもね。ブリーとメリンダのジョーンズ姉妹に連絡するといいんじゃない」ナディーンが立ち上がるとイヴは言った。「ダラスに、事件が起きたところへ行って、そこで彼女たちと話すといいわ」

「彼女たちには連絡するつもりだったけど」ナディーンは首をかしげた。「現場での特番とか？　悪くないわね。番組の一部は、マックィーンがメリンダ・ジョーンズとあの女の子を閉じこめていたアパートメントの中で、一部は彼があなたを襲ったホテルのスイートでやるとか。うん、かなりいいわ。もう行かなくちゃ」

ドアのところで、ナディーンは立ち止まり、振り返った。「ダラス、友達に、そのことについて何か話したいときはいつでも、レポーターは引っこむから」

「ありがとう」

ひとりになると、イヴはリンクに向かって別の友達に連絡した。すぐにドクター・ルイーズ・ディマットのヴォイスメールにまわされたので、会ってほしいとメッセージを残した。

立ち上がり、コーヒーをプログラムして、それからボードの設置を始めた。目で見るものがあったほうが仕事がやりやすいのだ。

終わると、報告書を書きはじめた。

「ずいぶんとまた陰惨だね」ロークが戸口から言った。

ナディーンの言ったとおりだ、とイヴは思った。彼についての要約は。そりゃ、いくつかは抜けているが、全体としては正しい。彼はたしかに天使の――翼がすっかり焼け落ちた堕天使の顔を持っているが、それは彼をいっそう魅力的にしているだけだ。それからあの野性的な青い目、絹みたいな黒髪。いつものシャープなビジネススーツを着ているが、ビリングズリーみたいなくそ野郎の雰囲気はまったくない。

ここではパワー、成功、セックス、危険がひとつのおしゃれなパッケージにまとめられ、アイルランドが彼の声を黄金で飾っている。

それはさておき。

「ここで何をしているの?」イヴは問いただした。

「近くで仕事があったんだ、それで妻に会えるか運試しをしてみた。そうしたらいてくれた。これは新しい事件だね」彼はまたボードを見ながら言った。

「今朝、担当になったの。ああ、ジャスティン・ローゼンタールとアリアンナ・ホイットウッドがよろしくって」

「そうなのか?」ロークは彼女に視線を戻した。「彼らはこの件にどう関係しているんだい？」

「問題はそこ。二人のことはどれくらい知っているの？」

「それほどは」彼はボードに近づきながら、無意識にイヴの肩を撫でた。「表面、社交上、慈善団体のイベントのたぐいの知り方だな。彼は熱心だが説教じみてはいない、彼女は献身的だが退屈ではない。それに二人とも自分たちの目的に時間と労力をそそぎこんでいる」

「イートン・ビリングズリーは」

「ろくでなし《ギット》」ロークは軽蔑《けいべつ》をこめて子ども時代の俗語を使った。

「それについてはあとで詳しく話してもらわなきゃならないかも、でもさしあたっては――」イヴは中断して、リンクに出た。

「ダラスです」

「絵ができましたよ、警部補」ヤンシーが言った。「見たいだろうと思いまして」

「すぐ行く」

イヴは通信を切り、立ち上がった。

「どうしてコンピューターに送ってもらわないんだ？」

「彼がわたしに説明したいだろうから」イヴは目撃者が描写した犯人の姿を思い出した。

「あなたも来てくれない」

「もちろんさ、どうやらきみを口説いて遅いランチか早い夕食を一緒にするのは無理そうだしね」彼はベーカリーの箱をあけ、自分でクッキーをとった。「これでとりあえずは間に合うだろう。警察の報告を傍受する時間はなかったんだ」彼はイヴと歩きながら付け加えた。

「事件のことを教えてくれ」

イヴは彼とグライドに乗ってヤンシーのいる階へ向かいながら教えた。

「ホイットウッド－ローゼンタールとの強力なつながりか」ロークはそう言った。「さっきも言ったように、二人のことはよく知らないが、彼らが事件に関係しているとは思えないな。残念ながら、ビリングズリーも関係しているとは思えない。彼が自分の手を汚すまで落ちぶれることはないだろう」

「依存症を相手に来る日も来る日も仕事をしている人間は、やがて自分でも使うようになってしまうことがあるものよ。彼らのひとり、あるいはそれ以上が深入りしすぎたのかも。治療しはじめたばかりの人間は改宗者みたいになったりする。熱心で。彼らのひとりが気づいて、ばらすとおどす。名声は破滅し、センターは非難される、とか何とか。

今回のことをやった人間は多少なりと医療訓練を受けている」とイヴは付け加えた。「モリスが切断は素人の手際じゃないと請け合ってるの」

「センターや〈ゲット・ストレート〉にいる人間の多くは医療訓練を受けているだろう」

「ええ、だから全員を調べるつもり」

イヴがヤンシーのいる課へ入っていき、ガラスで仕切られた小部屋へまっすぐ行くと、ヤンシーと、膝に赤ん坊をのせた三十代前半の女がいた。

ヤンシーはイヴに会釈した。

「シンシア、こちらはダラス警部補。LT、シンシア・コペル――と、リリアンです」

「署まで来てくださってありがとうございます、ミズ・コペル」

「喜んで。ゆうべ、あいつを見たときに警察に通報していればよかったんです。でもそんなのおかしいって思ってしまって。スロヴィック巡査が今日うちの玄関をノックするまで、あの人たちのことは知らなかったものだから」

彼女が話しているあいだ、赤ん坊は叫んだりしないように親が使う栓――イヴの知るかぎりでは――をいさましく吸っていた。

「ご協力と情報に感謝します。絵を見てもいい？」

ヤンシーは目撃者と目を見合わせ、シンシアはため息をついた。「それがあたしの見たものなんです。どうみえるかはわかってます、でもそれがあたしの見たとおりなんです」

イヴはプリントアウトを求めて手を出した。そしてヤンシーからそれを渡されると、怪物の顔を見つめた。

5

ひんまがった顎《あご》がゆがんだ口をきわだたせ、歯は長く鋭く、出っぱっていた。その上に細い鼻がかぶさっている。目は飛び出していて、血の気がなく薄気味悪い緑の肌に赤く光っていた。髪は脂ぎった何本ものねじれになって、広い額に、はっきりとがった耳に、そして黒いケープのひるがえる肩近くにまでたれていた。

「どうみえるかはわかってます」シンシアが落ち着かないせいか、あるいは習慣からか、膝の上で赤ん坊をはずませながら繰り返した。「頭がおかしいみたいに聞こえることはわかってます、でもあたしは馬鹿じゃありません。よく見えたのはそいつが街灯の光をあびて踊りまわっていたからです、まるでステージのスポットライトみたいに。ほんとに変でした。まあ、あたしも思いました——一瞬、ほんとにぞっとしたあとで——ただのおかしなやつだって。でもそのあとあのお巡りさんが来て、通りのすぐ向かいであの三人の人たちが殺されたって言ったときは……」

「犯人はそのためにめかしこんできたのかも」とイヴは考えこんだ。「芝居がかった行動ね」

「気味の悪いやつでした。それにあの笑い声」シンシアは身震いした。「頭がイカレてる笑い声でした、でも低くて深みがあって――それにちょっとかすれてて。何かが喉につまってるみたいな。そいつはリサイクル機に何か入れたあと、かがんで、膝に手をついて、笑いに笑ってました。あたしはリードを――リリアンのパパを――起こしにいこうとしたんです――でもそのとき彼が――そいつが――離れていきました。通りを進んでいって――着ているケープがひるがえるようにくるくる回ってました」

シンシアはふーっと息を吐いた。「この街ではありとあらゆる変わったものや人を見かけるし、二回に一回は、目を留めることも面白がることもほとんどない、そうでしょう？　でもこれは……そう、うなじの毛が逆立ったの」

「こんなものが真夜中に窓の外に見えたら、そりゃあぎょっとしますよ」イヴは言った。

シンシアの顔の緊張がやわらいだ。「誰も信じてくれないと思ってました。馬鹿になった気分だったんです、でもそしたらあの三人でしょう、知った以上は通報しないではいられなかったの。どんな姿をしてようが、どうしてあの人たちを殺したあとに笑ったり踊ったりできたの？　あいつは怪物よ」彼女は赤ん坊を抱き寄せた。「中身も、外から見たまんま。悪鬼よ」

「これがどうみえるか、僕もわかっています」シンシアを送り出したあと、ヤンシーが言った。「でも彼女は信頼できますよ、ダラス」

「ええ、それはわかった。現時点ではこの顔で全市指名手配を出すわけにはいかないけど、彼女は自分の見たとおりのものを見た。犯人のふるまいは辻褄が合うわ――笑っていたこと、踊りまわっていたこと、芝居がかった行動。あの殺しにははっきりと喜びがあった。つまり彼はそのためにめかしこみ、効果を高めた」イヴは似顔絵を見て顔をしかめた。「彼はダーネルを面と向かって絞殺した。彼女に見せたかったのがこれ? 恐怖は高まるわ、でも彼女が彼ではなく、この仮面、この変装を見ていたのなら、犯行にそれほど個人的な思い入れはないことになる」

「ダーネルが犯人を知っていたのは確実なのか?」ロークがきいた。

「ええそう。彼らは知り合いだった。犯人は三人全員を知っていた。耳、目、舌。彼らは何を聞き、見たのか? 犯人は彼らが何をしゃべると恐れていたのか? それじゃ……ファイルのコピーを送って」とヤンシーに言った。「わたしたちはコスチューム店、劇場を調べにかかるわ」

「もしこれがメイクアップなら」ヤンシーが言った、「犯人はプロで、なおかつ名人ですね。何かの仮面なら、ものすごくよくできています、ということはかなり高価でしょう」

「ええ。だからそれが助けになるはず。よくやってくれたわ、ヤンシー」

「いつでもどうぞ。こんな変わった似顔絵ははじめてでしたよ、僕も多少なりと変わったことをやってきましたけど」

「組み合わせじゃないかと考えてみたかい?」ロークはイヴと歩いて戻りながらきいた。「犯人にある種の奇形があって、それを強調したんだと。あの顎——目撃者が正しくとらえていたとして——かなり関節の位置がずれているようにみえるよ」

「その線もあたってみるつもりよ、でもこれまで聴取した人間は誰ひとり、いかなる顔の奇形もない。あんなものは隠せないでしょ。もし何か病気の症状だとしたら……ルイーズが折り返してくるのを待ってるところなの。彼女ならその点について何か考えがあるかも。もしくはマイラが。この件はマイラと徹底的に考えてみなきゃ」

二人がブルペンに戻ると、ピーボディが呼びかけてきた。「〈スライス〉、24/7、食堂からは、たいした追加情報は出ませんでした。いま報告書を書いているところです。ヘイ、ローク。ちょうど一人前サイズのピザを買ってきたんですよ。ダラスが分けてくれるんじゃないですか」

イヴはテイクアウトのピザを受け取り、ロークに渡した。「分けてあげるかも。こんなやつを見なかった?」彼女はピーボディにヤンシーの似顔絵を見せた。

「うわ。マジですか?」

「ヤンシーは目撃者が信頼できる人物だと思ってる、それにわたしも彼女と直接話したけど、同意見よ」

「悪魔の部分と、怪物の部分と、人間の部分。犯人は突然変異みたいですね」

「コスチュームをつけたやつみたいよ」イヴは訂正した。「まずこの外見で調べてみて。劇場、コスチューム販売店。合致するものが見つかるかどうかやってみて」イヴはピザ代を払おうとポケットを探った。

「人間だと思っているんですね」ピーボディは言った。

「たぶんね。それから、センターか〈ゲット・ストレート〉につながりのある人間で、劇場か芝居用のメーキャップに関係しているのを見つけられるかやってみましょう。仮装パーティーも」とイヴは付け加えた。「センターみたいなところは、そういう資金調達のイベントをやるわよね? みんなに馬鹿みたいな格好をさせて、寄付を搾りとるやつ」

「彼らがそのとおりの言葉で考えているとは思えないが」ロークは考えてみた。「とはいえ、イエスだ」

「その線も調べるわ。何か当たりっぽいものが出たら」とイヴはピーボディに言った。「知らせて」

彼女はロークとオフィスに戻った。「食べてて」そう言ってテイクアウトの箱をさした。

「わたしはマイラと会う約束がとれるかやってみる」

腰をおろして、マイラの門を守るドラゴンのうろこをじりじりと削りとりにかかった。

「十分だけ」と粘った。「死体が三つも出たのよ」

「ドクター・マイラは今日は予定がいっぱいなんです」

「十分だから」イヴはもう一度言った。「これのためなの」リンクが事件ボードを写すように傾けた。

「三十分後」業務管理役は答えた。「遅れないように」

「絶対遅れないわ」

ピザの味をみながら、ロークはボードのところへ歩いていった。「思うんだが、マイラに直接連絡してもいいんじゃないか」

「ええ、でもそれはよろしくないの。ルートがルートなのには理由がある、たとえそれがいらいらさせられるものでも」

「なるほど。今回の犯行が被害者の過去からの誰かによるものとは考えなかったんだね？依存者とか、売人とか」

「考えなかったわけじゃないわ」イヴもピザを食べてみた。「でも三人の誰であれ、かつて、体の一部を外科的切除する技術を持つ人間と知り合いだった確率は低い。犯人は犯行時に何か使ってたんだと思う——あの狂乱ぶり、力と持久力、それから笑っていたことと踊っていたこと。つまりハイになっていても犯人には技術があり、手もしっかりしていた。それに加え、ダーネルは過去と縁を切って四か月近くもたっていたし、何かを調べあげる度胸もなかったでしょうね。もし彼女が、そんな技術のある人間をおびやかす何かを知っていたのなら、そいつはもっと前に彼女をどうにかしていたんじゃない？　四か月のあいだ、彼女はセンターやプログラムにかかりきりだった。そっちにつながりのある誰かよ」

「きみの推理に穴は見つけられないな。まずもってできない」

イヴのリンクが鳴った。「ダラスです」

「ダラス、手術中だったのよ」ルイーズがまだ手術着のまま、マスクをぶらさげ、画面にあらわれた。「いま聞いたわ。本当に信じられない」

「三人と知り合いだったんでしょう」

「ええ。実を言うと、ジェン・ダーネルの医師として登録されているわ。彼女の毎月の検診もやっている。やっていた」ルイーズは言いなおした。「センターや〈ゲット・ストレート〉で当番医をしたときに、よく彼女に会ったわ。それからコービーも、ここ数か月は。ウィルとは最近知り合ったばかり。彼はまだプログラムに参加して間がないから」

「ローゼンタールとアリアンナ・ホイットウッドのことはどれくらい知っている?」

「とてもよく。チャールズとわたしが結婚したとき、二人はハイチで新しいクリニックの立ち上げを手伝っていたの、でなければ式にも出てくれたはずだったのよ」

「イートン・ビリングズリーは」

ルイーズのきれいな顔から表情が消えた。「優秀なセラピストで本物のバカ」

「そのことで話がしたいんだけど」

「別の手術が入ってるの。小さなものだけど、もう患者を準備させているから」

「彼女とチャールズに、僕たちと一杯やりに出てきてもらえばいい」ロークが提案すると、イヴはぽかんとした顔をした。

「ほら」彼はただイヴを横へ押しやった。「やあ、ルイーズ」

「ローク。あなたもいたなんて気がつかなかったわ」

「きみとチャールズと、仕事が終わったら僕たちと飲まないか? きみとイヴも話し合うべきことを話し合えるだろう」

「そうね、それならいいと思う」

ロークがおぜんだてをするあいだ、イヴはボードに向き直った。ルイーズとチャールズは好きだが、情報源への聞きとりを社交の時間に変えることについては、自分がどう思っているのかわからなかった。

どうでもいいか。

「現場の近くで会える場所を探して」イヴは言い、ロークに住所を教えた。「もう一度事件をたどってみたいから」

「はい完了」ロークは通信を終えると、リンクから顔を離した。「これできみはルイーズと話をして、現場にもう一度行って、おまけに友達とひとときを過ごすことができる。西十一丁目、六番街と七番街のあいだの〈インタールード〉だ。五時か、もしくはきみが行ける時間でできるだけ近く」

彼はイヴの顎のくぼみを指で撫《な》でた。「効率的だろう」

「そうね」

「僕はじきに会議があるんだ、だから現地で会おう」体をかがめ、彼は唇を触れあわせた。「僕のおまわりさんに気をつけてあげてくれ」彼はそう言い、出ていった。

変な気分になってもおかしくないのに、とイヴは思った。オフィスでピザを分け合い、さよならのキスをして、飲み会の約束をするなんて。実際に変な気分だ、と自分でも思ったが、予想したほどではない。目がベーカリーの箱に止まり、細くなった。

イヴは「うーん」と言って、箱を手に部屋を出た。ブルペンを抜けるときに鼻がいくつも上がってふんふんとにおいを嗅《か》ぐのを無視し、グライドに乗ってマイラのオフィスへ行った。

業務管理役はコンピューターで忙しくしており、厳しいしかめ面を上げた。「早いですね」

「ということは遅刻じゃないわね」イヴはデスクに箱を置いた。「時間をあけてくれてありがとう」

相手の女が箱の蓋を少しだけ持ち上げ、もう少し上げて中をのぞきこむと、厳しさは疑わしさに変わった。「クッキー? わたしにクッキーを持ってきてくれたんですか?」

「おいしいわよ。ひとつ食べてみたの。マイラはもうあいた?」

まだイヴを凝視したまま、業務管理役はイヤフォンをタップした。「ダラス警部補がおみえです。もちろん。すぐ入っていただいてかまいません」

「ありがとう」

「これは感謝ですか、それとも賄賂《わいろ》?」イヴがドアへ歩きだすと、業務管理役がきいた。

「チョコレートチップよ」イヴは愉快になり、マイラの静かなオフィスへ入った。

マイラがデスクのむこうからほほえんだ。たぶん精神科医らしさなのだろう、とイヴはアリアンナを連想して思った。あたたかい外見、きれいで女らしいスーツ、色彩とアクセサリーの完璧なブレンド。

「お時間がないことはわかっているんですけど」

「必要なぶんはあるわ、たぶん。座って」イヴがマイラのところにある青いスクープチェアのひとつに座ると、マイラはデスクをまわってきて、むかい側の椅子に座った。「データは見たわ、現場の写真も。最初にききたいのだけれど、殺人者がひとりだけということにはどれくらい確信を持っているの？」

「かなり。目撃者がいまして、犯人が建物の裏にいたところを見ているんです、そこから押し入ったんですよ。彼女はヤンシー捜査官と作業してくれました」イヴは似顔絵を出し、マイラにさしだした。

「まあ」いつものおだやかな物腰で、マイラは似顔絵をじっくり見た。「これではきかないわけにいかないわ、その目撃者はどれくらいたしかなの？」

「その点も、かなりと答えざるをえません。犯人は犯行のために準備をして、演劇的な味を加えたんだと思います。目撃者は彼が街灯の光をあびて踊り、笑いころげていたと言っています。わたしは犯行現場に狂気のような喜びを感じるんです。犯人は何か使っていたに違いありません、三人の人間をあそこまで徹底的に殺すには持久力がいりますから」

「わたしもそう思うわ」マイラはセーブル色の髪の房を耳にかけながら、似顔絵を見つづけていた。「芝居がかっていて、自信があって、入念に計画をする。犯人は押し入る先を知っていて、準備をしてきた、そしてきわめて激しい暴力で三人の人間を、自分ひとりで殺すことができた、それも比較的短時間で。持久力、そうね、それから怒り」

マイラは姿勢を変え、静かな青い目でイヴの目を見た。「犯人が何らかの医療訓練を受けているというあなたの意見には、わたしも賛成よ。切断はどれもうまくされている。犯人はそうしたトロフィー、そうしたシンボルをとっておくでしょうね。被害者たちはもはや彼のことを見たり、聞いたり、しゃべったりできない」

「でも以前はそうしていた、死ぬ前には」

「ほぼたしかね。彼らは知り合いだったのよ。踊っていたこと、笑っていたこと、だからそう、犯人は楽しんでいた。祝ってもいいだろう――それで光をあびた、おそらくは見られることを願って。成功のあとのスポットライト。

犯人は三人の友情をうらやんでいた」とマイラは続けた。「彼らの絆、彼らの幸せを。犯人はすぐ友達ができるほうではなく、そういう絆を感じることもないんでしょう。たぶんひとり暮らしで、仕事では過小評価されていると感じている。腕はあるのよ。この極端な変装は、彼が注目されたがっていること、でも実際にはされていない、じゅうぶんではないと感じていることを示している。何もかも足りないの。彼はほかの人たちが持っているもの――

友人、家族、コミュニティ――をほしがると同時に、自分は彼らより上だと思っている。彼らよりすぐれていると。〝そのごみを片づけてくれ〟と犯人は書いていたわね、被害者たちの血で。まさに犯人が彼らをごみにしたの。そしてそのことが犯人には愉快だった。彼は矛盾だらけね、イヴ。二人の人間――たぶんそれ以上――がひとりの中にある。あなたの相手は、強力な違法ドラッグの影響下にある、狂暴な社会病質者《ソシオパス》よ。自制心があると同時に抑制がきかず、抜け目ないと同時にむこうみず。自分は神のように万能だと信じる神コンプレックスが低い自尊心と戦っていて、苦い羨望《せんぼう》があり、殺すことに満足と個人的な喜びを見つけてしまった」

「もう一度やりますね」

「できるだけ早く」

「この顔。メイクアップなのか仮面なのか、何でもいいですが、その下が奇形ということはあります？　この顎は普通では考えられない」

「ええ、わかるわ、でもこれほどの奇形かしら？　これだと犯人は常に痛みを感じているはずよ。食べることはほぼ不可能でしょう。しゃべっても何を言っているかわからない。医療訓練を受け、人と交流のある人間なら、これは治療したはず」

「最近の負傷、事故では？」

「可能性はあるわね」マイラは考えこんだ。「でもやはり、治療されない理由が思いつかないわ。もし、何らかの理由で、犯人が治療を拒み、痛み止めやほかのドラッグを摂取しているとしたら、彼のプロファイルの狂乱、二重性も説明がつくかもしれない。けれどなぜこの痛み、社会的な恥ずかしさに耐えたりするの？　それにやはり、彼の自信、他人よりすぐれて見られたいという欲求と矛盾するわ」

「きっと偽装でしょうね。ピーボディがコスチューム店、劇場をあたっているところなんです」イヴは間を置き、話題を変えた。「ジャスティン・ローゼンタールとアリアンナ・ホイットウッドは知り合いですか？」

「ええ。アリアンナはすばらしいセラピストよ。聡明《そうめい》で、思いやりのある女性。彼女とご両親は依存症や社会復帰の治療の研究と応用に大きく貢献しただけでなく、自分たちのセンターを設立して全人格的な治療をめざしている。身体的、感情的、知的、精神的な。あの人たちは個人的な悲劇を大きな恵みに変えたの」

「それじゃローゼンタールは？」

「とても腕がよくて、並はずれた才能を持っている。アリアンナ以上に一心不乱、だと思うわ。わたしからみると――あの二人とたびたび会ったりお付き合いしたりするわけではないけれど――その一心不乱さを彼女がやわらげてあげてきたの。アリアンナに出会う前、彼はいまよりずっと人とかかわらず、仕事から離れることはめったになかった。誰かさんに似ていなくもないわね」マイラはほほえんで言った。「彼女と一緒になっても、彼は以前と同じく腕がよくて、才能があり、仕事に没頭しているけれど、前より幸福よ。それに彼にはこんなふうに三人の人間を殺すことはできないわ」

「誰でもできますよ」イヴは言った。

「ええ、あなたの言うとおりね。人間はみんな、ある状況に置かれれば、極端かつ暴力的な行為をしかねない。人間はそれをコントロールし、別の方向へ向ける——場合によっては薬で治療する。ジャスティンは医者で、人を癒《いや》すことに打ちこみ、科学者であり理性の人でもある。今度の事件を起こした人物は理性と人間性を拒否しているわ。犯人は自分の顔を怪物にした。人間性は彼にとってものの数に入らないのよ」

「オーケイ。イートン・ビリングズリーについてはどうです？」

「腕のいいセラピスト、そしてとんでもなくいけすかないやつ」

イヴは思わず笑った。「あなたが誰かをいけすかないやつ呼ばわりするのは、はじめて聞いたと思いますよ」

「彼のことは好きじゃないから客観的になるのはむずかしいわ。あの人は自分を完璧だと思っている尊大な俗物よ。無作法で、うっとうしくて、自分のことしか考えていない」

「神コンプレックス？」

　マイラの眉が上がった。「ええ、だと思うわ。彼に犯行がやれるかと考えているんでしょう。彼のことはそれほど知らないの。腕利きで――医学博士号を持っているし、専門分野に絞る前はメスを持っていた時期もあったはずよ」

「催眠まじないですか」

　マイラは短くいらだった笑い声をあげた。「あなたが催眠術に懐疑的なのは知っているわ、でも根拠のたしかなものだし、大きな効果が出ることもあるのよ。ビリングズリーはたしかに注目をあび、見返りを得て、賞賛されることを望んでいるでしょう。でも……」彼女は似顔絵をもう一度見た。「彼のような人がわざわざ自分を醜くするところは想像しにくいわ。うぬぼれ屋でもあるから」

「考えてみるべきことですね、それでも。お時間をありがとうございました」

「役に立ててうれしいわ。あなたの体調を教えて」

「元気です」

「戻ってきてまだ間がないでしょう。腕はどう？」

　イヴはとりあわないでおこうとしかけたが、事実を言うことにした。「朝は少し痛いです、それから一日の終わり頃も。でもたいていは大丈夫です」

「その種の負傷としては想定内ね。悪夢は？」

「ないです。ニューヨークに戻ってきただけでじゅうぶんなのかも。少なくともいまは。アイザック・マックィーンは本来いるべき檻《おり》の中に戻った。悪くない気分ですよ。母親のことは考えていません、あそこであったことも」と、マイラが尋ねる前に言った。「いまはまだ。あれは終わった、いまはそれでいいんです」

「そうでなくなったら、わたしに話してくれる？」

「話せるってわかっていますよ。それってかなり大きなスタートでしょう？」

「ええ、そうね」

イヴは立ち上がり、ドアへ向かった。「彼女はあなたのような人ですか？」ときいてみた。「アリアンナ・ホイットウッドですが」

「わたしのような人？」

「彼女からそんな感じがしたんです。彼女を見てあなたを思い出しましたよ。魅力的な女性精神科医だからというだけじゃなくて。それは……わからないけど、感じが。彼女があなたのような人なら、この事件には無関係でしょうね。そしてそう考えると、ジャスティン・ローゼンタールも無関係であればいいと思います、アリアンナは彼を愛しているとあなたが信じているから。彼がかかわっていないことを願ってます」

「わたしもよ」

「また連絡します」イヴはそう言い、出ていった。

6

イヴはまたブルペンに入っていってピーボディを見たが、彼女は首を振ってきた。ということは、まだ運に恵まれてないわけだ、仮面にしろメイクアップにしろ。オフィスに入り、コーヒーをいれ、デスクに座ってブーツをはいた足をのせ、ボードを見た。

誰もがローゼンタールを好いている。誰もがビリングズリーを嫌っている。本能はビリングズリーを追えと命じており——そしてイヴもそれに従うつもりだった。しかし善人のドクターのほうも少し追ってみたかった。

アリアンナ・ホイットウッド。美人、金持ち、賢い、献身的、思いやりがある。よくできた娘にして、やはり善人のドクター。

面白い三角関係ができるのではないか？　ビリングズリーは彼女を手に入れたがっている——そしてそれを隠そう（ハハハ）ともしていない。でも彼女はローゼンタールのものだ。

では、それが三人の被害者にどう関係しているのか？　彼らはアリアンナの担当だった。彼女の患者、彼女が時間と労力をつぎこんでいた相手、彼女の成功例――少なくともこれまでは。ローゼンタールの、でもある。

アリアンナは彼らに時間、注意力をつぎこみすぎ、労力をかけすぎていたのかもしれない。男はそれが気に食わなかったというのはありうる。イヴはときどき、なぜ自分が仕事につぎこんでいる時間、注意力、労力のすべてをロークが不満に思わないのか、不思議になる。

しかしこの世界にロークは多くない。

三人の被害者が――もしくは彼らの誰かが――アリアンナと善人ドクターが彼女の仕事、やはり時間と注意力について大げんかするのを聞いていたのかもしれない。おい、このアマ、俺はどうなるんだ？　俺はおまえの世界の中心であるべきなんじゃないか？　彼は癇癪をおこしたのかもしれない。そんな噂を流されるわけにはいかなかったとか。

でも違う、あんなむごい殺しをするほどのことじゃない。

被害者たち、もしくは彼らの誰かは、愛し合うドクターたちが言い争うのを聞いたのかもしれない、理由はローゼンタールが研究の生成物を試していたから。実験。人が研究室でするのはそれだ。人は実験をする。彼はそうした実験中に、何か自分自身の問題をつくりだしてしまったのかも。そしてそれが、見つかったことと重なって、血みどろの、残忍な殺しにつながった可能性はある。アリアンナは知らなかったのかもしれない。彼自身が治療するべき対象になってしまったことを、彼女に知られるわけにはいかない。

　それなら辻褄が合う。

　あるいは、ビリングズリーの悪事に気づいた。彼が美人の同僚に強引に迫り、やはり被害者の誰かか全員がその出来事を目にした。ありうる。

　もしくは、あの鼻もちならないドクターが患者をもてあそんだ、もしかしたら――うーん――ダーネルにちょっかいを出してみたのかも。断られ、プライドを傷つけられ、アリアンナに告げ口されるだろうと不安になった。意中の彼女に対するチャンスを失ってしまうだろう、それに医師免許も。

　それも辻褄が合う。

　でもどれもぴんとこない。少し手直しすればいいだけかもしれないが。

　さしあたって、ピーボディが〈スライス〉、24／7、被害者たちのたまり場の食堂でしてきた聴取の記録を読んでみた。これといったものはない、と思ったが、ピーボディがそちらでのプレイヤーたちについて、より突っこんだ調査を多数開始、もしくは完了してくれていたので、読みつづけた。

立ち上がり、もう一杯コーヒーをいれ、ローゼンタール、ビリングズリー、アリアンナ、マーティー・フランク、ケン・ディカソン、パーチャイ・グプタについて、自分でもさらに突っこんで調べはじめた。

グプタはなかなかの金持ち、かつ上流の社会階層の出で、イヴは彼の両親がやはり医者で、かなり前にローゼンタールと仕事をしていた事実を考えに入れた。

いまグプタは、大きなプロジェクトにかかっている高名な医師の研究室助手という、おいしい立場を手にしている。そういうのは出世につながらないか？

グプタの上流階級の両親は、息子が治療中の依存症患者に夢中になっているのをどう思うだろう？　グプタはそのことを秘密にしておきたかったのかもしれない、そしてダーネルはおおやけにしたかったのかもしれない。

ひょっとしたら。

マーティー・フランクとケン・ディカソンはともに普通の家の出身で、ディカソンのほうは家庭が荒れており、彼の場合、依存症で死んだのは虐待者である父親だった。二人とも学校では成績優秀、とイヴはメモをとった。フランクは大学でクラスのトップ――全額奨学金を受けている。ディカソンは三番め――飛び級で。彼はハイスクールを十六歳で、大学を――やはり奨学金で――十九歳で卒業してすぐ医学部に進学していた。

そして二人ともいまも奨学金を受けている、とメモした。センターのインターンプログラムで。

イヴは研究室の配置を思い浮かべた。一緒にプロジェクトにとりくんでいる、と考えた、でも彼らはひどくばらばらにみえなかったか？　ローゼンタールを中心にして。ディカソンもフランクも、グプタが泣きくずれたときにそばへ行かなかった。

だから友達ではないわけだ――それほどまでは。

競争相手？　クラスで一番になるには、もしくは飛び級で最上段に行くには、競争心がなければならないのではないか？

それに面白い、と言っていいのか、あるいはいらだたしいことなのか、六人全員が切断をおこなうのにじゅうぶんな医学的訓練を受けていることがわかったのは？

女は除外しよう、共犯として行動した者がいるかもしれないが。リストのずっと下でい い、とイヴは思った。でも除外するには早すぎる気がした。

全員が被害者たちの住まいを知っていた。誰も犯行時刻のアリバイがない。全員が被害者を知っていた、なおかつ／または付き合いがあった。全員がドラッグを入手することができ、簡単に防護服を手に入れることができた。

イヴは各容疑者のデータを見ていき、自分のメモやボードに書き加えた。遺留物採取班の一次報告書が届くと、飛びついた。新たな塗料のかけら、窓枠から何本かの黒い繊維、毛髪——毛根なし。すべて鑑識に送付ずみ。

被害者たちのリンクは現場でひとつも発見されなかった。ということは犯人が持ち去ったのだ。リンクはとっていくが、金はとっていかない、とイヴは思った。窓の下枠に繊維、血の足跡。つまり犯人は手だけをコートしたか、もしくは手袋をはめていた。

それに血の中を歩くなんて、きわめつけの間抜けだ。素人芸か。警察が靴を見つければ、彼は終わりだ。

はじめての殺し、とイヴは思った。これが犯人のデビューであることは賭けてもいい。

ぐるりと元へ戻ってみるしおどきだ。

オフィスを出てピーボディのところへ行った。「これから現場に戻るわ」

「オーケイ。いずれにせよ、進展なしですし」

「いいえ、あなたはそのまま続けて。わたしはあとでルイーズと話をしにいって、そのあとは家から仕事をする」

「進展なしっていうのは真面目な話ですよ」ピーボディは大きく息を吐き、髪をはらった。「トップのコスチューム販売店に話をきいたんです——それに市内のコスチュームや舞台メイクデザイナーにも。わかったのは、肌の色は問題ない。髪、たいした問題じゃない。鼻、歯、もちろん。でも目は？　ひとり残らず言いましたよ、そういう装具を使ったとしたら――目を飛び出させたり、もしくはそう見せて、赤くしたら――見えなくなるだろう、と。顎も同じです」

「現場は暗かったわ、街灯があっても。真夜中だったし。目撃者はいくらかおおげさに言ったのかもしれない」

「かもしれません。わたしが話をした人たちのうち二人はすごく興奮して、どうやれば使い物になるか突き止めようとやってみてくれています。実験して、どこまでやれるか試してみるって約束をとりつけましたよ。でもこんなものは誰も経験がないそうです。どんな種類の仮面でもないし、メイクアップや人工装具では不可能。これをつけた人間ははっきり見ることも、しゃべることも、目撃者が言ったように大笑いすることもできないだろうと」

「いずれにせよ続けてみてちょうだい、だって実際にされたんだから、可能なわけでしょ」

「犯人がある種の普通《フリーク》じゃないやつだったらどうします？」

「ピーボディ」

「悪魔とか怪物だなんて言ってませんよ。サーカスの奇形《フリーク》みたいなのです、ね？　体が自在に曲がる曲芸師、もしくはフリークショーのタイプ。犯人はこれに似た外見――もしくはこんなふうな何かに似た外見で、それを誇張しただけとか」

「サーカスか。それもひとつの線ね。家で調べてみる。悪くないわ、ピーボディ」

「わたしが怪物って言っていたら、お尻を蹴ったんでしょう」

「言いたくなったらそれを肝に銘じておいて」イヴは警告し、外へ出た。

メイクアップ、フリーク、変えられた外見のことを考えながら車を走らせていて——あることがひらめいた。「メイヴィス・フリーストーンに連絡して、ポケットリンクに」


〝連絡開始しました〟


「ヘイ、ダラス！」メイヴィスの可愛《かわい》い、幸せそうな顔がダッシュボードのスクリーンいっぱいに映った。「ダラスにハイって言ってごらん、ベロラーマ」

すぐさま、赤ん坊のぷっくりした笑顔が母親の顔と入れ替わった。「ダス！」赤ん坊は純粋な喜びの声をあげ、濡れた唇をポケットリンクのスクリーンに押しつけた。

「あー、ハイ、赤ちゃん。キス、キス」

「チューしゅゆ！」

「そう。チューするのね」

「キスの音を出してよ、ダラス」メイヴィスがスクリーンの外で言った。

イヴはぐるりと目をまわしたが、言われたとおりキスの音をたてた。ベラはいっそう喜んで甲高い声をあげた。

「遊びの時間だよ」そこで少々移動やくすくす笑いがあり、やがてメイヴィスがベラのよだれの膜のむこうに戻ってきた。「ダラスへ行くこと、なんで知らせてくれなかったの？」メイヴィスがきいた。

「時間がなかったのよ。あれは――」

「そのことについては、ちょっと真面目に話をしようよ」

「オーケイ」メイヴィスが相手なら、そうしてもかまわない。「でもあとでね。あなたにやってもらいたいことが――スクリーンを拭いてくれない？　セントバーナードになめられたみたいに見えるんだけど」

「おっと、ごめん。それで何があったの？」メイヴィスは何かのクロスをさっと取り出してスクリーンを拭きながらきいた。

「いまから似顔絵を送る、それであなたからトリーナに連絡して、それを彼女に見せてほしいの」

「どうして自分で送らないの？」

「忙しいのよ」

メイヴィスは頭を傾けた。今日はゴールドのメッシュを入れ、ふさふさの赤いカールにしている髪がはずんだ。「弱虫」

「わたしは忙しい弱虫なの。顔や髪に気持ち悪いものを塗らなかったからって、彼女にうるさく言われるのはいやだもの。でなければ、髪を切るとか何とかしなきゃいけないって言われるのを拝聴するのも。いま大きなヤマを抱えてるのよ、彼女が役に立ってくれるかもしれないの」

「そのブツを送ってよ。そういえばあたし、あの映画の仕事終わったよ」イヴが似顔絵を呼び出して送るよう命令しているあいだに、メイヴィスが言った。

「どの映画?」

「ナディーンの映画――あんたたちの映画。『ジ・アイコーヴ・アジェンダ』。あたしに自分自身の役を演じてくれだなんて、サイッコーだよね。それにあんたを演じてるあの女の人だけどさ。ホント、あんたにそっくりにされてたよ。あたしはウィッグをかぶって――何だよこのおったまげーのクソは!」

「クソ」ベラが後ろで楽しげに繰り返した。

「あぁびっくらこ――こんにちは」メイヴィスはもぐもぐと言った。「ベイビーの前で汚い言葉を言っちゃった。でもおったまナントカだよ、これマジで怖すぎ。すぐ予定表に悪夢を入れなきゃ」

「ごめん。人をこんな外見にするには何が必要かを知りたいの」

「悪魔との契約じゃない？」

「メイクアップと人工装具、それにそういう技術。トリーナならその手のことを知ってるでしょ」

「彼女にまわしておくよ——それに、これが実体化するパワーを持ってる場合にそなえて、あたしのリンクから消しとく」

「まさか。ところで別の線なんだけど。あなた巡回サーカスの仕事をしてたわよね」

「昔ね、うん。巡回サーカスはいつもカモがどっさりなんだ」

「こういうやつを見たことない？　フリークショー方面で」

「おかしなやつは山ほど見たけど、こんなのは全然。あんたがきくってことは、これは——彼は——何にしても——誰かを殺したんだね。こいつは殺すために生まれてきたようにみえるよ。こんちく——これはこれは」メイヴィスは言い直した。「体じゅう鳥肌立っちゃった。すぐトリーナに連絡してみる、ひとりでおかしくならないように」

「ありがとう。あとで連絡して」

イヴは現場の前の縁石に車を停《と》めた。

ドアの封印を解除し、マスターを使った。そして中に入り、明かりは消えたままにしておいた。事件のときの暗さには及ばないだろう、と思った。でも犯行時には街灯がついていたし、多少はものが見えただろう。

それでも、犯人はどのマットレスにどの被害者が眠っているか知っていたはずだった。彼は残忍な行為といえども目的を持ち、計画し行動していたのだから。

イヴはまっすぐ奥へ行き、窓をあけ、よじのぼって出た。

するとたしかに、通りむかいの建物からその窓と、歩道と、リサイクル機がよく見えた。

イヴは犯人が街灯の光の中で笑いながら、踊ったりくるくる回ったりしているところを想像した。

回ったり踊ったりしながら通りを進んでいた、とシンシアは言っていた。つまり犯人は見られることを気にしていなかったわけだ。近くに車があったのか？　あるいは這《は》いこむ穴が。犯人の家だろうか？

犯人がキャブ、地下鉄、バスを使ったとしたら？　ニューヨークでも、さすがに誰かが通報しただろう。あの研究室の人間は全員、数ブロック内に住んでいる。ドクター両名とアリアンナは車を持っている。

イヴは窓に向き直った。犯人は金てこでこじあけている、と思った——このときは静かに。踊りも大笑いもない、そのときはまだ。のぼって侵入。

イヴは犯人のステップをたどった、楽々と中へ入る、下へ降りて足をつく——あとに繊維を残す。防護服を出そうとバッグをあける。

ここにはいくつも箱がある、と彼女は気づいた。それから何か所にもきちんと積まれた古いものが——なのに犯人はそれにぶつからなかった。以前にもここへ来たことがあるのだ。そしてまっすぐおもて側へ歩く。

イヴもそうしたとき、ドアが開きはじめた。

訓練どおり、彼女は武器を抜いた。それからロークが入ってきたので、うなり声をもらした。

「んもう」

「スタナーで狙われたのは僕のほうだよ。言わせてもらおうか、〝んもう〟」

イヴは武器をホルスターに戻した。「犯行現場の錠をあけたりするもんじゃないわ」

「ほかにどうやって入れと？　きみの車が外にあって、封印は破られている。善良な市民らしくノックしたんだよ、なのにきみは答えなかった」

「奥の窓の外にいたの」

「なるほど」ロークはその場に立って、周囲を見まわした。「何てひどい荒らされようだ。

現場写真にはとても同じ衝撃はないな」

せっかく彼が来たのだから、イヴは利用させてもらうことにした。

「犯人は奥の窓を金てこでこじあけ、物音をたてずにあのへんのものを迂回した——暗闇、もしくはほぼ暗闇の中で。窓ごしに——格子がはまってる——街灯からさしこむ光はそれほどないでしょう。でも犯人が被害者たちを起こすことはなかった」

「彼はここに、それから奥に、来たことがあるんだ」

「ええ。どう進めばいいか知っていて、どこで誰が眠っているか知っていた。まずバットで一発殴る」イヴは振るまねをした。「ヴィックスが寝ているところで彼の頭の片側をかち割る。彼はラッキーなやつだった。一度も目をさまさなかったんじゃないかしら。肉切り包丁に変える」手で持ちかえるしぐさをしてみせた。「ビックフォードの胸に突きたてる——二度、それから腹に一度。すばやく。ビックフォードは何か音をたてて、叫ぼうとしたかもしれない、でも肺に穴があいていた。さて今度はダーネルの番」

「彼女は目をさましていた、そう思わないか？」

「殴打、切りつけ、動き。彼女は犯人がビックフォードにとどめを刺す前に目をさましていたと思う。起き上がり、逃げようとしたか、戦おうとしたか。犯人はバットを使い、彼女の膝の皿を両方割った。彼女は叫んだかも——誰にも聞こえなかったけど——あるいはただ気絶したか、もしくはショック状態に陥ったか。でも犯人はヴィックスに戻り、彼がゼリーになるまで殴った。血がそこらじゅうに飛び、骨が折れ、くだける。犯人は奥の部屋で防護服を着たけれど、顔に血がつく。それはあたたかく、熱い味がする。犯人はそれが気に入る。もっとほしくなる、だから包丁を手にビックフォードに戻り、突き刺し、叩き切る。八十回以上も」

イヴは姿勢を変えた。「ダーネルは逃げようとした。ほら、彼女の膝から、逃げようとした体から出た血が、あそこの床についてる。でも彼女はすさまじい痛みと、ショックと、ヒステリー発作のさなかにあった。犯人はそのときの状況が楽しくて仕方ないから大笑いしている。想像していた以上にいい。さあ今度は彼女の番」

イヴにはそれが見え、血のにおいも嗅げるようだった。

「犯人は彼女の名前を言った。きっと彼女の名前を言ったわ、それに自分のも。彼はダーネルに自分が誰か教えてやりたかった。顔と顔を向き合わせてやったの、両手を彼女の喉にかけたのよ、そうすれば彼女の鼓動が狂ったように打ち、それからゆっくり、ゆっくり、ゆっくりになっていくのを感じられ、そのあいだもダーネルの目は飛び出して体は床にのたうっている。そして鼓動が止まり、目が動かなくなり、体から力が抜ける」

「驚いたな、イヴ」

「そういうことだったのよ」イヴの体の中は、頭の中に焼きついた映像と同じくらい冷たかった。「それに近いわね、いずれにしても。犯人はまだ終わっていない。面白すぎるし、スリルがありすぎる。彼はさっきの包丁を使わない。自分のバッグから外科メスを出す、なぜなら仕事にプライドを持っているから。やっと彼は目的を達する。耳、目、彼女の舌。三つでひと組なんじゃないかしら、猿みたいに。見ざる、聞かざる、言わざる」

「まるで悪魔だな」ロークはそう結論づけた。「なぜなら犯人が悪魔的だから。きみがいま描写してくれた行為は悪魔的だよ」

「そうかもね、犯人にとってさえそうかも。でも彼はそれが気に入った。悪の味が、そのにおいが気に入ったの。彼はまだ物足りない、だからここを荒らした、彼らが持っていたささやかなものを。それを破壊した。犯人は三人を壁に寄りかからせた。それから彼らの血を使って、わたしたちにメッセージを残した」

ロークは壁をじっと見た。「それには時間がかかっただろう。彼の字は慎重に書かれている。書きなぐっていなくて、はっきりした活字体だ。そうとう考えてやったんだよ」

「犯人はかなり頭がよくて、本当に悪ふざけの好きなやつね。ドクター・混沌《カオス》か。自分の膝を叩いて大ウケしたでしょうよ」

イヴは少し間を置いた。「アリアンナがあることを言ってたの。三人がどうやって自分たちの平穏を見つけたか。とくにダーネルが。依存症は平穏を盗むんだって。犯人が連れ戻してきたのはそれよ、つまり不穏。混沌《こんとん》。だから彼はその名前を選んだんだわ」

イヴはそこから離れ、奥へ行った。「犯人は防護服を脱ぐ。自分の服に血がつかないよう、裏表にひっくり返し、また窓をのぼって外へ出て、窓を閉める。大笑いし、踊る、犯行があまりに楽しくて胸にしまっておけない。防護服をリサイクル機に入れ、きちんと片づける、わたしたちに遺体をそうしろと言ったように。小さな手がかり、だからわたしたちがそれを見つけるのはたしか。それで彼は体を折ってまた大笑いする。それから踊りながら遠ざかっていく、不穏さに興奮したまま。ドクター・カオスは人生最高のひとときを味わっている」

「いまの犯行再構成から新しいことがわかったかい？」

「たぶん。ええ」

「それじゃ、僕は飲まずにいられなくなったから、一杯やりながら話してもらおうかな」

7

中へ入ると、イヴはそのバーを見まわした。静かで居心地がよく、ご近所さん的な感じ、とみた。男が二人、カウンターに座り、酒とおしゃべりにひたっている。イヴは二人が常連で、スツールの座面には彼らの尻のあとがついているに違いないと思った。

バーテンダーは明るく、若く、女性で、彼らに混じりながら、布巾でカウンターを何とはなしに拭き、彼らが言った何かに笑った。テーブル席にカップルが座っていて——最初のデートト、仕事帰りに一杯飲んでどんな感じかみてみようという様子だった。別の四人連れがブース席にいて、チップスをぱくぱく食べながら、仲間うちならではのテンポの速い、暗号のような会話をしている。

ロークはブース席をとり、テーブルのむこうから彼女にほほえんだ。「満足したかい？」

「何に？」

「ここでは誰も逮捕しなくてすむこと」

イヴは笑みを返した。「まだわからないわよ」

ウェイトレスが来て、イヴがビールを選ぶと、ロークは指を二本たてた。「さて、ちょっと早く来たから、きみがあそこで何をつかんだか話してくれ」

「狙いはあの娘だった。ジェンだったのよ。彼女が第一の動機だった。犯人は自分がすることを、どうやってほかの二人を殺し、彼女のいちばん大切だったものをもっとも残酷なやり方で奪うかを、彼女に見せたかったの。彼女は三人のうちでいちばん簡単に殺せる、でも犯人は最後にとっておいた、なぜならいちばん重要だったから。それから自分の手で彼女を殺した、だから彼女は犯人の顔を見られたし、犯人も彼女の顔を見ることができた。ほかの二人はそれほど重要じゃない、彼女とのつながりをのぞけば。犯人はジェンを自分のものにしたかった、でも彼女はノーと言った――あるいはそれより悪くて、彼を男としてみていなかった」

「犯人は彼女をレイプしなかったね。きみのボードを見たよ」

「もうセックスとかレイプの問題を通りこして、力と支配になっていたのよ、それに彼は殺しが楽しくてたまらなかった。でも体の一部をとっていったのは――犯人がしゃべられては困る何かを彼らが見聞きしたから。それが何であれ、最近のことね」

イヴはウェイトレスがビールを置くまで待った。「あそこにいるグループを見て」四人がいるブースのほうへ顎を上げてみせた。「男二人、女二人。でも彼らはカップルじゃない」

「違うのかい？」ロークはイヴの話を楽しんでいた。

「ボディランゲージを見るのよ。彼らは仲良しだけれど、セクシャルな関係ではない。仲間ね。それにとぎれることなくおしゃべりをしている。ぺらぺらぺら。彼らはいつもしゃべっていて、いつもつるんでいる。一緒でないときには、連絡を取り合う。犯人は三人のリンクをとっていった、なぜなら彼はそれをわかっていたから、彼らが一緒にいないときにはそれでつながっていたことを知っていたからで、彼らが見たことや聞いたことをリンクでおしゃべりしただろうと考えざるをえなかったから」

「なるほど」

「犯人はひとりで犯行をおこなった。人とのつながりはなく、誰ともそういう親しい仲ではない。となると二人の女性容疑者は、リストの下に行くわね。アリアンナ・ホイットウッドやマーティー・フランクじゃない。二人は何か知っているかもしれないし、自分が知っていることを知らないのかもしれない、でも犯人は楽しみをすべて独り占めしなければいられなかった。彼はうぬぼれていて、見せびらかし屋よ、だからわたしは原則としてビリングズリーが気に入ってるわけ」

「アリアンナは彼にノーと言ったんだよね」ロークが指摘した。

「でも彼はまだ彼女をものにできると思いこんでる。彼女は彼と同じレベルにいる。ああいう男が、依存症者、不法居住者、とるに足りない人間を手に入れようとして、拒否されたら、どれだけ屈辱を感じるかしらね？」

「犯罪現場を二度見ただけにしては大いなる収穫だね」

「でもまだ足りない。ルイーズとチャールズが来たわよ」

　ロークは立ち上がり、ルイーズをキスで、チャールズを握手で迎えた。

　元公認コンパニオンからセックスセラピストに転身したチャールズは、妻と並んで座り、イヴに笑いかけた。「調子はどう、可愛い《シュガー》警部補さん？」

「三つの死体と容疑者の候補リストがあるわ。まだマシなほうね。ごめんなさい」とルイーズに言った。「無神経な言い方して」

「ううん。おたがい、死を相手にすることが多すぎるわよね、でも少なくともわたしは、まだチャンスが残っているときに出番がある」

「疲れているようだね」ロークが言った。

「たいへんな一日だったの。いい日だったのよ」彼女は言い添えた。「死を相手にすることはなかったから」

彼女もチャールズも白のハウスワインを一杯頼んだ。

「あなたの容疑者候補リストで、わたしに教えてあげられることって何?」

イヴは例の似顔絵を出し、テーブルに置いた。とまどった様子で、ルイーズは身を乗り出した。「ハロウィーンにはまだひと月あるわよね」

「現場の外で目撃者の見たのがこれなの」

「すごい変装だね」チャールズが言った。「人を殺すときに、どうしてめかしこんで、こんなに人目を惹こうとしたんだろう?」

「スリルを増すためかも。いまのところは残念ながら、この変装と同じものを作るのは無理らしいの、それにマイラは犯人がこの顎では耐えられなかっただろうって言ってるのよ――こんなふうに折れるか、はずれてたりしたら」

「それじゃ同じことを言う医者は二人になったわよ。これは極端すぎる」ルイーズは爪をパール入りの淡いピンクに塗った指で似顔絵を叩いた。「気道がふさがれるし、息をするのも、しゃべるのも、食べるのもむずかしいでしょう。かなり腫《は》れがあるはずだけれど、この似顔絵には何もない。痛みもものすごいはずよ。それに目はあきらかに自然ではない。色だけじゃなくてね。甲状腺《こうじょうせん》機能亢進《こうしん》症なら目が突出することもあるわ、でもここまでひどいものは見たことがない。それにこの肌は? わたしなら悪くて多臓器不全、よくても貧血だと診断するわね。犯人はこれを全部偽装したに違いないわ」

「あら、あたしその人を見たわよ」ウェイトレスがワインを出すときに手を止めた。

「いつ？」イヴは問いただした。「どこで？」

「ゆうべよ。まあ、今朝か。そんな顔は忘れるもんじゃないでしょ」彼女は笑い声をあげて付け加えた。

「正確には何時だった？　正確にはどこで？」イヴはバッジを出し、似顔絵の横に置いた。

「あらま。ただの変人じゃなかったのね。あたし、ゆうべは遅番だったの、だから二時すぎまで店にいたわ。ジェーンに住んでるの、グリニッチ通りのすぐそば。家に帰って少しヨガをしたのよ。リラックスできるから。はっきりとはわからないけど、三時十五分か、三時半か、それくらいだったかな、終わったのは。この変なやつが笑うのが聞こえて、窓のところに行ったの。窓をあけて、そしたらこの人が通りのむこうの歩道をスキップみたいにしながら行くのが見えた。でもみんないろんな人を見かけるでしょ、ほら、だからとくに何とも思わなかった。その人は飛び上がったり、街灯の柱につかまってぶらぶらしたり、こんな黒いバッグを振ったりしたわ。あたしはただ、変なやつ、って思って、窓を閉めて、ベッドに行ったの」

「彼はどっちのほうへ行った？」

「東よ、八番街のほう、みたいだった。その人、何をしたの？」

「あなたがもう一度彼を見かけたら、警察に通報するにはじゅうぶんなことよ」イヴは腰を上げ、名刺を出した。「わたしに連絡して」

「わかった。うわぁ、警部補さんなの。殺人課。うわ。その人、誰かを殺したのね？」

「ええ。あなたの名前と住所をききたいんだけど」

「ええ。ええ」ウェイトレスはそれを教えると、足早に去った。

「彼女を震え上がらせてしまったよ」チャールズが言った。

「ひとりで歩いて帰らず、窓を閉めておくくらいには賢明になるでしょ」イヴは似顔絵をしまい、ビールを飲んだ。「ローゼンタールの研究室の人間に知り合いはいる？」とルイーズにきいた。

「いいえ」

「オーケイ、その人たちはいまは横においとくわ。ローゼンタールはあなたに言い寄ったことがある？」

「ないわよ！　わたしたちが知り合ったとき、彼はもうアリアンナと付き合っていたし、そのあとまもなくわたしもチャールズと付き合うようになったから。彼はアリを愛しているわ、それに付け加えると、彼の仕事柄、ほかの女性に言い寄っている暇はあまりないでしょう」

「言い寄るのにたいして時間はかからないわよ。アリアンナは彼の研究と仕事を後援している――というかグループがしている。もし彼女がローゼンタールを切ったら、大いなる喪失になるでしょうね」

「彼女は彼を愛しているし、二人は仕事で固くつながっているわ」ルイーズが言った。「もし二人のあいだでまずいことが起きたら、どちらにとっても打撃よ、個人的にも仕事のうえでも」

「だけどホイットワッド・グループみたいな支援者よりは、科学者を見つけるほうが簡単でしょう。彼にとって仕事が大事だとしたら」

「なくてはならないもの、だと思う」

「だったら彼はそれを守るためにかなりのことをするでしょうね」

「今度みたいなことはしないわ、ダラス。今度のは絶対に違う。ジャスティンじゃない」

「三人の被害者たちが犯人について何かを知っていたという線で進めてるの。犯人が人を殺してまで守ろうとする何か。ジャスティンは研究での生成物を自分で試したことはある？」

「絶対にない」

オーケイ、とイヴは思った。ルイーズが〝絶対に〟と言うのなら、ローゼンタールについてはここまでだ。

「ビリングズリーは？」

「どうかしら。ないと思うけど、彼のことはよく知らないから」ルイーズはワインごしにちょっと笑った。「わざとそうしてるの」

「彼、あなたに言い寄ったのね」

「魅力的とか、キャリアにプラスになると思った女性全員に言い寄っているわ。でもアリは黄金の指輪ね」

「あなたが肘鉄《ひじてつ》を食らわしたとき、むこうはどういう反応をした？」

「損をしたのはわたしのほう、みたいな。彼は癇癪持ちよ、でも人を殺したり本物の暴力をふるえるという徴候は見たことがないわ。無作法で要求の多い人だけれど、わたしが聞いた話では、セラピーでは本当に優秀だそうよ」

「それじゃ、もしアリアンナが彼を切ったら——センターから？」

「彼は自分の資産を持っているわ、それについてもたくさんあるはずよ。でも屈辱的ではあるでしょうね、だからいいふうには受け取らないでしょう。いまのは単なる意見よ、ダラス。彼にはできるだけかかわらないようにしているの」

「オーケイ、ありがとう」

「あまり役に立てなかったわね」

「犯人の顔についてのマイラの意見を裏づけ、補強してくれたじゃない。容疑者のうち二人についてさらに詳しい情報をいくつかくれたし、あなたたちとここで会ったおかげでまた目撃者が見つかって、その人は犯人が八番街へ向かう前にジェーンへ来たと証言してくれた。一杯飲んだだけにしてはずいぶんな収穫よ」

店を出たとき、ロークは歩くイヴの手をとった。「とてもうまくやったね、ルイーズに事情聴取したあと、仕事に関係ない話題で三十分近くも何とかしたじゃないか」

「わたしだって仕事以外の話もできるのよ」

「できるね、たしかに、でも事件に入れこんでいるときには簡単じゃないってわかっているよ」

「あのバーのウェイトレスは予想外の幸運だったわ。八番街へ向かった、か。もしドクターたちのどちらかなら、その近くに車を停めていたんでしょうね。ディカソンだとしたら、家までは一ブロック。グプタなら、八番街を北へ一ブロック半で家。〈スライス〉や〈ゲット・ストレート〉の人間であの方面に住んでいる者はいない――それにいずれにせよ彼らは当てはまらない、とはいえこれも、そのグループに関してはまた新たな否定的材料ね。あなたの車はどこ？」現場に着くと、イヴはきいた。

「愛する妻と帰れるように、持っていかせたよ」

「よかった。あなたが運転して」イヴは記録ブックを出し、帰る道々、新しい情報、新しい考えを書き加えた。

ロークが彼女をそれにかからせておくと、やがてイヴはつぶやきはじめた。

「ほんとにあんな善人がいるかしら、みんながローゼンタールのことを言うみたいな？」

「ほかの人間より影や、暗いところが少ない人間もいるよ。多い人間もいる」

「そして違法ドラッグはそういう暗いところにうったえかけ、それが広がるようにさらに騒ぎ立てる。このリストにある誰もが違法ドラッグにつながりがある。ドラッグのために誰かを失い、それにかかわる仕事をして、それとともに生きている。犯人は使用者よ——そうに違いない。彼らの誰についても、ドラッグ検査を要請できるだけのものはつかめてないわ。いまはまだ。でもひとりひとりに頼んで、彼らがクリーンなら、協力しない理由がある？」

「一般則だね」ロークは家のゲートを抜けながら言った。「でもやってみる価値はある」

「あしたやるわ。プラス、科学者なら精巧な偽装をつくることも可能なはず」

イヴがそのことを考えながらロークと家の中へ入ると、ホワイエでサマーセットと猫が待っていた。

「記念すべき日ですね」サマーセットが言った。「ご一緒に帰宅なさり、時間どおりで、しかも血もついていらっしゃらない。拍手喝采《かっさい》でございます」

「この人がほんとに拍手喝采したら、ガイコツみたいな手の骨が砕けて粉々になっちゃうわよ」

イヴは階段を上がっていき、ロークはただ頭を振った。「きみたち二人は本当にそういうちゃつきをやめてくれないと。僕は嫉妬深い男なんだ。夕食は警部補の仕事部屋でとるよ」彼はサマーセットにそう言い足した。

「驚きで言葉が出せません」

「本当にそうなればいいのに」イヴがつぶやいた。

「でもその前に」ロークはまたイヴの手をとり、彼女を寝室へ向かわせた。「その腕の処置をしよう」

「大丈夫よ」

「そこをかばいはじめている」

「ちょっと痛いだけだってば」

「つまり何らかの身体的治療と処置をする時間だということだ。だだをこねるんじゃないよ」

イヴは指で彼を突いた。「わたしのシャツを脱がせたいだけでしょ」

「役得はつきものだ。シャツを脱いで、警部補」彼女を笑わせようと、ロークは流し目をしてみせた。「ゆっくりやってくれ」

まったく大丈夫だ、ジャケットを脱いで武器ハーネスをはずすときにちょっと痛んだが。とっとと片づけよう、とイヴは思い、ロークがジャケットとネクタイをほうりだしているあいだに、ストレッチを始め、関節可動域のワークをした。

イヴがストレッチをし、こぶしを突き出すと、肩が二回鳴った。

「よくなってるわ」

「そのようだね。あとまだ何日かは、実際に誰かを殴るのを避けるようにしてくれ」彼は引き出しから塗り薬を出しながらそう言った。袖をまくってこちらへやってきて、それからイヴのズボンのホックをはずしはじめた。

「ほらやっぱり。あなたの考えることときたら、わたしのズボンの中へ入ることばっかり」

「息をするたびにね。でもいまは、その腰を見たいだけだよ。切り傷の中でいちばんひどかっただろう。ほとんど治っているな」彼はつぶやき、マックィーンのナイフが切り裂いた線を指先でなぞった。「マイラは腕がいいね」

「おたがい、もっとひどい目にあったこともあるじゃない」

ロークの目がイヴの目を見て、多くのことを語った。だからイヴは少し彼に身を寄せ、唇を重ねた。

「わたしは大丈夫よ」

「ほとんどね。タンクブラをゆるめて座って。最後までやってしまうから」

イヴは言われたとおりにしながら、彼も、もしかしたら自分以上に、この手当てを必要としているのだと思った。そして彼の手が——彼は魔法の手を持っている——痛むところに薬を塗ると、イヴは目を閉じた。

「いい気持ち。すごくいい」

「マイラが回復にはきみの体質と、その固い頭がよかったと言っているからね。あと二日もすれば、生まれ変わったみたいによくなるだろう。痛かったら言ってくれ」

「痛くない」

イヴが負傷してから二人は愛をかわしていなかった——そしてイヴは彼がなぜこんなにも彼女を気遣い、そういうふうには彼女に触れず、彼女から触れられるのも避けているのか、察するべきだったと気づいた。

「あなたは痛くしたりしない」もう一度言い、目を開いて、彼に顔を向けた。「絶対にしない」そして彼の手をとり、自分の胸に置いた。「いい気持ち」と、もう一度言った。「すごくいいい」

「僕は回復する時間をあげたいだけなんだ。あらゆるやり方で」

「わたしがずば抜けた体質の持ち主だってことはお墨付きなのよ。試してみようじゃないの」おたがいが体の触れ合いだけでなく、そこに生まれてくるであろう楽しさを必要としていると告げる本能のまま、イヴは彼の膝に脚をのせ、またがった。「その気になって、相棒」

魔法の手で彼女の体の横を撫でおろし、ロークは笑った。「ずいぶんと厳しい要求をするね」

「まだこれからよ」イヴは彼の唇を奪い、体をすりつけながら唇を噛《か》んだ。「ほらね」とつぶやく。

「やれやれ、選択の余地がなくなってしまったよ」

「雄鶏《コック》は常に声をあげる準備をしてるものでしょ」

ロークは笑いだし、両腕を彼女にまわした。「僕のコックが準備しているのは声をあげるためじゃない」

「証明して」イヴは彼のズボンにとりかかった。

愉快になり、あおられ、ロークはイヴを見つめた。「少しいそいでいるんじゃないか、おたがいに？」

「あなたを利用したあと仕事に戻らなきゃならないの、だからぐずぐずしてられない」そこでイヴは彼の顔を手ではさんだ。「オーケイ、ちょっとぐずぐずしてもいいかも」そう言ってもう一度唇を重ねた。

「わたしは大丈夫」体を重ねられるよう、彼のシャツのボタンをはずした。肌に肌を、心臓に心臓を。「あなたにさわってほしいの。一緒にいてほしい。あなたがほしい」

彼女に溺《おぼ》れそうだ、とロークは思った。毎日毎分、彼女という存在、彼女が与えてくれるもの、彼女が奪うものに自分を失いそうになる。そしていま、熱く切望している彼女といると、みずから溺れ、自分を失って、彼女に対する心配も横へ置いてしまいそうだ。

彼女は慎重であってほしくないと思っているが、気遣いはしよう、少なくとも彼女の怪我には。ロークは彼女に支配権を渡し、彼女の情熱の高まりから、彼の唇の下のはずむ鼓動から喜びを得た。

イヴは彼を受け入れると、もう一度彼の顔を手ではさんだ。その目が彼の目をのぞきこむ。「あなたは抑えている。やめて。抑えないで」

だからロークは彼女の腰をつかんだ、癒えつつある傷にはさわらないよう気をつけて。そして彼女があおってくるように彼もあおった。溺れるプールの縁を越えて。

額を彼の額につけて、イヴは息をつこうとした。どこかが痛んだりうずいたりしていたとしても、感じなかった。感じるのは安らぎだけだった。

「今日、本当にダウンタウンで仕事《ビジネス》があったの?」

「きみが用事《ビジネス》だ」

イヴは頭を上げ、また彼を見た。「心配するのはやめなきゃだめよ」

「それはできない。でもまとわりつくのはやめるよ、かなりそうしていたからね。愛しているという言葉では伝えきれないくらい愛しているんだ、イヴ、それにきみが乗り越えてきたものは――」

「わたしたちよ。わたしたちが乗り越えたの」

「なるほど、そのとおりだな。僕たちが乗り越えてきたものは、切り傷やあざほど早くは治らないよ」

「でも努力してるわ。オーケイ?」

「うん」彼はイヴの治りかけの肩に唇をつけた。「うん」

「オーケイ。それじゃ、あなたはもう用ずみだから、わたしは仕事に戻る」

イヴが起き上がり、またタンクブラを身につけるあいだ、ロークはしばしその場に座っていた。「たっぷり利用された気分だ。意外といいよ」

イヴは怪我をした肩をまわし、満足げにうなずいた。「そう思わせた側のほうがいつだってもっといいのよ、大物さん」

8

仕事部屋で、イヴは二つめの殺人事件ボードを設置し、それを猫が寝椅子に座ってじっと見ていた。続き部屋のドアごしに、ロークがリンクで話しているのが聞こえる。まとわりつきモードのあいだ延ばしていた仕事に対処しているのだろう。

もうよくなった、とイヴは思った。二人とももうよくなった。セックスだけではなく、それにともなう——もしくはそれから生まれる理解のおかげで。そしてそれとともにある日常《ノーマル》性《シー》。

「あれには正常《ノーマル》なところがない」似顔絵を見ながらそう言った。「ノーマルなところがこれっぽっちもないわ」

ぐるっとまわってデスクへ行き、メッセージのライトが光っていることに気づいた。メッセージを呼び出し、トリーナの声が部屋に飛び出してきたとたん、文字どおりびくっとした。

〝あのおぞましいやつと質問は受け取ったわ。肌、髪、耳、鼻、歯は作れる、簡単よ。赤い目もできるけど、赤い風船が眼窩《がんか》から飛び出してるみたいに見せるのは無理。顎もできないわね、あんなに曲がってるのは。つまり答えは、あたしは誰かをあんな外見にすることはできないけど、あたしは最高の腕だってこと。あなたが相手にしてるのはまともじゃないやつよ、ダラス。

あなたはトリートメントをしなきゃだめね――髪と、顔と、体と。いつものを全部。メイヴィスが、レオナルドとベラと一緒に、土曜の午後にお宅へ行こうかって言ってるの。あたしも一緒に行くわ、道具も持っていくから〟

「どうして」とロークが不思議がった。「ボードにあるあの顔より、いまのを怖がっているようにみえるのかな？」

「彼女が来るのよ。止めなきゃ」

「僕を見ないでくれ。きみはトリートメントを受けたほうがいいよ」

「ちょっと」イヴは決してうぬぼれの強いほうではないが、彼の無頓着《むとんちゃく》な言葉にまたしてもびくっとした。「わたしの髪、顔、体を侮辱すると、とうぶんセックスしてあげないわよ」

「僕がきみの髪、顔、体に夢中なのはよく知っているだろう。マッサージや、リラクゼーショントリートメントを受けて、仲良したちと少しゆっくりしたらいいじゃないか。実を言うと、僕もそうしようかな。トリーナに連絡して、腕のいいのをもうひとり連れてきてもらおう。僕もきみと一緒にマッサージを受けるよ」

「裏切り者」イヴはどすどすと足音をたててコーヒーをとりにキッチンへ行き、またどすどすと戻ってきた。「いまそのことは考えない。まだ土曜じゃないし。何が起きてもおかしくない」

そしてさっと空中に手を振った。「それでと。誰もがあれは不可能だと言ってる。コスチュームもだめ、肉体的にもだめ。でもそれかこれかのはずよ。もし肉体的なものなら、長期にわたるものかも。犯人はどうにかしてそれで生きていけるようになった。ピーボディのサーカスのフリークって線。もしそれだったら、リストの人間は全員消去ね」

イヴはボードをにらんだ。「厄介なやつ」

「容疑者の誰かが殺し屋を雇ったのかもしれないよ」

「その確率精査もしてみるけど、それだと犯人が被害者たちを知っていたという仮説が――仮説以上のものだけど――破綻《はたん》してしまうでしょ。個人的感情にもとづく犯行という仮説が」

「犯人は単に犯行を楽しんでいるのかもしれない」

「くそっ。くそっ。くそっ。誰かが間違ってるのよ。医学の専門家か、化粧品／コスチュームの専門家が。化粧品のほうが間違ってくれてるといいけど、両方の線で捜査しなきゃ。始まりに戻ってみなきゃ」

「僕と食事をしながら戻れるよ」

いつもならただそうするだけで助けになった、事件のことを徹底的に彼と話し、いろいろな推理や仮説をぶつけてみて。しかし今回は、核心には近づけずにただぐるぐる回るだけという気がした。

「こんな外見のやつがいるなんて信じない」イヴは言った。「それにもし実際にいると信じることにしても、人目につかずにいるとは思えない。あの似顔絵をこれまでに入れたプログラムすべてにかけてみたけど、ひとつもヒットがなかったのよ」

「もっと最近のものなのかもしれない」

「不完全ナントカ、多臓器不全――それにもしそうなら、なぜ犯人は死んでないのか――それから彼の下顎があんなにずれて、右耳の下近くまでいってるのは、どんなものにせよ外傷が原因なのか？　わたしは違うと思う。もし彼が殺し屋なら、誰かさんはどうやって彼のことを知ったのか――だって、もし彼がプロなら、セミプロだとしても、こっちの調査で浮かんできたはずでしょ。犯人が自分のために彼らを殺したんだとしたら、なぜほかの人間が誰も彼のことを知らないのか？　ただし……彼はセンターの患者なのかもしれないわね。センターが秘密にしている実験みたいなものなのかも」

「失敗した実験？」ロークはシーフードリングイネをフォークに巻きつけた。「マッドサイエンスみたいな？」

「マッド、バッド。そうかも。ついてみるべきね。被害者たちは以前から彼を知っていて、彼があそこにいるのを見つけ、マッドでバッドな科学者に立ち向かった、もしくは外部の人たちに話すと脅したのかも」

「その説は自分でも気に入ってないだろう」

「センターの人間たちが顔にドロドロしたものを塗りたくって、ゼウスのカクテルで体を満タンにして、あばれまわったっていうのと同じくらい気に入らないわ、でも探ってみるべき線ではある」

イヴはその線を追い、さまざまな仮説を検討し、確率精査をし、練り直し、ピースを並べ替えた。何時間かしてとうとうロークに椅子から引き離されたときには、喜んで今夜は終わりにする気分になっていた。

頭をクリアにすること、と彼女は思った。事件のことは二、三時間、頭の中で煮込んでおこう。

真夜中をわずかにすぎた頃、イートン・ビリングズリーは複製したキーとジャスティン・ローゼンタールの声で作った録音を使い、ジャスティンの研究室に侵入した。

自分はなんて利口なんだと思った。

アリアンナに、きみはジャスティンに時間と労力を無駄遣いしていると証明してやるしおどき――遅すぎるくらいだ。あの男はこの血清のことしか頭にない、それにここ何週間かはそれについて隠し立てしすぎている。

なぜならあいつは成果を出せないからだ、とビリングズリーは結論づけた。ジャスティンが無駄にした資金は許しがたいほどになっている、その資金はビリングズリーの部署に向けなおされていいし、そうされるべきなのだからなおさらだ。アリアンナが真実に気づけば、ジャスティンとの関係を考え直すだろう、それに結婚のことも。

ビリングズリーはまっすぐメインコンピューターステーションへ行き、ジャスティンが今夜はすでにそれをロックしたことを見てとった。

だが問題はない、というかほとんどない。ジャスティンとはそれなりに仕事をしてきて、彼がこういったことを単純にして、助手やインターンが必要なときにはデータにアクセスできるようにしておくのは知っている。

　ジャスティンはそれをチームワークと言っている。ビリングズリーに言わせればお人好しだ。いつか部下の誰かがデータを盗んで、ジャスティンがたまたま手にした研究の進歩を自分のものにしてしまうだろう。

　だが今回は、それはただ仕事をやりやすくしてくれた。

　ビリングズリーはパスワードにさまざまな名前を試し、忍耐強く作業をした。ある時点で、何か物音がしたと思い、ぎくりとして、あたりを見まわした。それから自分の愚かさに頭を振った。

　作業を続けていくうちに、ふとひらめき、Ａｒｉ１０２２６０を試してみた。二人が結婚することにした日だ。アクセスが許可されると、センチメンタルな馬鹿め、とビリングズリーは思った。

　さあ手早くやろう、彼はファイルの名前を見ていった。

　〝不穏〟依存の核心をあらわすジャスティンの用語だ。

　そのファイルを呼び出す前に、何かが後ろでがしゃんと音をたてた。「いったい《ホワット・ザ・デビル》――？」

　彼は振り向き、たちまち凍りついた。

「わたしをそう呼ぶやつもいるだろう」その声はぎしぎしと響き、まるでブーツのかかとに踏まれた石のようだった。「だがカオスのほうが好みだな。ドクター・カオスだ」その生きものは深々と、ケープをひるがえしておじぎをした。「何なりとお申しつけを」

「これは何の冗談なんだ？」

「わたしのだよ。自分には関係ない場所に鼻を突っこんでいるんだろう、ビリングズリー？ それじゃ、一緒にそいつをどうにかしないといけないな」

「僕には正当な権利が……」しかしそう言いながらビリングズリーはあとずさり、からからになった喉には心臓ががんがん脈打っていた。「警備に連絡するぞ」

「本当に？」

ビリングズリーが逃げだすと、その生きものは楽しげな笑い声をあげた。跳躍した体に、力、スピード、興奮がみなぎる。ビリングズリーは彼の下で倒れ、悲鳴をあげた。

カオスはあの包丁を使った。しかし包丁の前に、歯を使った。

そして悲鳴がやんだあともずっと使いつづけた。


コミュニケーターのシグナルが夢からイヴを引っ張り出した、その夢で彼女は、耳、目、舌をお手玉しながら誰もいない通りを踊り進んでいく犯人を追いかけていた。

「気持ち悪い」そうつぶやき、それから十パーセントで明かりをつけるよう指示してから応答した。「ダラスです」

〝通信指令部です、ダラス、警部補イヴ。ホイットウッド・センターへ急行してください。建物の警備部と、第六研究室の入口についている巡査に会ってください〟

「ジャスティン・ローゼンタールのエリアね」

〝そうです。殺人事件の可能性あり〟

「了解。ピーボディ、捜査官ディィリアに知らせて。早急に現場で合流するよう要請を。被害者の身元は判明してる？」

〝被害者の身元は確認されていません〟

「急行する。ダラス、通信終了」

イヴは髪をかきあげ、ロークがすでに起きて、服を着はじめているのを見た。「くそっ。くそっ。あなたは来なくていいのよ。それもまとわりつきでしょ？」

「この場合は純粋な好奇心だよ。犯人はきみが追っているやつらしい、いずれにせよもう目がさめてしまったんだから、自分の目で見たいんだ」

言い争わないほうが早い。それに、ロークは彼女の知るたいていの警官と同じくらいいい目をしている。そのうえ車を走らせるのはもっと速いし上手だ。

「内部の犯行よ、そう言ったでしょ？」イヴはダウンタウンへ向かいながら、建物が飛ぶように遠ざかるのを見つめた。「十二丁目のあの家に押し入るのも手間だけれど、センターについている警備を突破するのはもっとずっとたいへんだもの」

ロークがどっちつかずの相槌《あいづち》をうったので、イヴはじろりと彼を見た。「たいていの人にとっては、ってことよ。ローゼンタールの研究室。彼はよく残業をするの。くそっ、くそっ、くそっ」

ロークが車を停めると同時にイヴは飛び降り、NYPSDの制服警官と建物の警備員にバッジを見せた。

「警部補。ツイード警備員が現場へお連れします。自分は入口にとどまるよう命じられておりますので」

「ピーボディ捜査官はもう来た？」

「いいえ」

「来たら中へ入れて。行き方はわかってるから。ツイード？」

「こっちです」

「わたしも行き方はわかってる。遺体を発見したのは誰？」

「わたしです。いつものカメラでの見回りをしていたんです、そうしたら見えたんですよ……人影が」

「緑色、ゆがんだ顔、赤い目、ケープを身につけていた？」

「この目で見なければ信じられなかったでしょうね」

「そいつをディスクに録《と》ったんでしょう」

「ええ。そいつは二階の、東側からやってきて、一種の——ブギを踊りながらすばやく動いていました。ちょっと怖かったですよ、正直。誰かがからかっているんだとも思いました。でも許可されていない活動は調べてみなきゃなりません。わたしがその区画へ行ったときには——もうひとりの警備員に警告して一緒に行ったんです——そいつは消えていました。上へ行くと、ドクター・ローゼンタールの研究室に明かりがついているのが見えたので、キーを使って入りました、そしたら見えたんです……。あそこはめちゃめちゃになっていますよ、警部補、それに死体があります。男性ですが、誰かはわかりません。顔がね、その、えと、めちゃめちゃなんです。それにそこらじゅうが血だらけで」

「オーケイ」イヴは研究室の入口の外にいた制服警官にうなずいた。「鍵をあけて中へ入れて、ツイード、それからあとでさっき言ったディスクもほしいわ。オリジナルが」

「やっておきます」

「それと近くにいて」と言った。

〝めちゃめちゃ〟はこれには控えめな言葉だ、とイヴは思いながらそのエリアを見わたした。叩き壊されたコンピューターが、割れたビーカー、試料皿、試料容器の海となった床に横たわっている。遺体は顔を上にしていた――顔の残骸《ざんがい》を。血が切り裂かれた衣服を染め、床に飛び散り、カウンターの両横に猥雑《わいざつ》な抽象画を残していた。

そしてカウンターの上には、血で、犯人のメッセージ。

ダラス警部補へのメモ
どのみち彼を好きなやつはいなかった。
礼には及ばない！

敬具、　ドクター・カオス

「遺体はビリングズリーだわ」

「どうしてわかるんだ？」

「あれは今朝彼が着ていたスーツよ」イヴは〈シール・イット〉の缶をキットから出し、使い、ロークにまわした。「これで彼は容疑者リストからはずれる」

「本人がありがたく思っているか疑わしいな」

「彼はここで何をしていたのか？　ローゼンタールと深夜のおしゃべりをしにくるタイプには思えないし、彼のエリアはここじゃない。ひとつ上の階よ、反対の棟の」

「ここへ誘い出されたのかもしれない」

「ええ、そうかもね。でももう時間が遅いわ、勤務時間はとっくにすぎてる。彼はなぜこの建物にいるのか、それからローゼンタールはどこ？　警備より前に誰が鍵を使って入ったのか調べないと」

「そのエリアを見てこようか？」

「ええ、そうしてもらえると時間が節約できる」

「彼の鼻《ノーズ》がなくなっているね」

「たしかに。それはどういう意味か？　においを嗅《ノージー》がざる、ってこと？。ううん、それじゃまるっきり馬鹿みたいだもの。わたしには詮索好きと言ってるように思える。おまえは詮索《せんさく》好きだ、ビリングズリー。もうおまえは終わりだ」

　ピーボディが入ってきたのでイヴはそちらを向いた。

「ワォ。新たな日に、新たななぶり殺しですか」ピーボディはゆっくり息を吐いた。「マクナブも一緒に来てます。セキュリティのほうにかかってもらいました。ロークも来ているかもしれないと思ったんですよ、これでeマンが二人になりましたね」

「それじゃ僕はイアンと合流しにいこう」

「どう思う?」二人だけになると、イヴはピーボディにきいた。

「ビリングズリーが容疑者リストからはずれました」

　この状況にもかかわらず、イヴはちょっと笑ってしまった。「それから?」

「彼はずいぶん刺されていますね。ビックフォードより多いかもしれませんが、はっきりとは言えません。鼻がなくなっています」

「それはどういうことだと思う?」

「またクイズですか。今回は点をくださいよ。わたしには、ビリングズリーが嗅ぎまわることはもうない、ということに思えます。アリアンナのまわりを、かもしれないし、何かほかのこと——研究室に関係する何かについてかもしれない。あのメッセージは今回は直接あなた宛てになってますね、つまり犯人はわたしたちが捜査担当だと知っている——それからビリングズリーがここでは人気者じゃなかったことも」

「Aマイナスかな」

「Aマイナス？」屈辱感と不満の両方がピーボディの声にかん高く流れた。「Aプラスをください」

「Aプラスをもらうには、被害者の顔と喉にある歯形をよく見て、何なのか特定し、説明しなければだめ」

「歯形……うわ」今度はよく見て何なのか特定し、ピーボディはごくりと唾《つば》をのんだ。「犯人は彼を食べたんですね」

「ちょうどここことそこね。犯人は勢いづいている」とイヴは判断した。「今回は血だけじゃ足りなかった。肉を味わいたかった」もう一度周囲を見まわし、キャビネットの扉があいていて中ががらっぽなのを見てとった。「犯人はうっかり被害者に出くわしてしまったのか、それとも逆だったのか？」

「もしこれが追加の履修単位なら、さっきの点数を見直してくださいよ。ちょっと考えさせてください」そうするため、ピーボディは死体から目をそらした。「なぜビリングズリーがここにいたのかが解せませんね。彼とローゼンタールは仲良しじゃありませんし、ここは彼のエリアではない――区画がというだけでなく、専門上も違います。ローゼンタールが彼に来てくれと頼んだのなら――でもそうは思えません。ビリングズリーはライバルの頼みなんかきいてやらなかったでしょう。アリアンナが頼んだのなら来たでしょうが、それだと彼女がこれに関係していることになり、全然納得がいきません」

少し間を置き、ピーボディはもう一度死体を見た。「もしビリングズリーがここへ来たのなら――オーケイ、来たのはあきらかですよね――それはジャスティンに関する何かを手に入れるため、あるいは何かをだいなしにする、もしくは探しまわってつっついて……鼻を突っこむためだ！」

イヴは複製されたキーとレコーダーをビリングズリーのポケットから出した。再生ボタンを押す。

〃ジャスティン・ローゼンタールだ〃

「ビリングズリーはちょっとした不法侵入をしようとしてたんですね」ピーボディが言った。

「それならAプラスね」

「イェーイ！」

「ビリングズリーはダミーのカードとレコーダーを使って中へ入った。あたりを探しまわる。犯人はすでにここにいる――何かを探している、何かをしている、何かを待っている。

ビリングズリーは彼を見てしまい、それがビリングズリーの終わりになる。犯人は彼に噛みつき、彼を刺し、鼻を切り取り、研究室をめちゃめちゃにし、わざわざメッセージを残してから、ブギを踊って出ていった。彼の姿がディスクに録られているそうよ、だから動きを追えるわ」

「チャンス到来ですね」

「わたしたちにとってはね、でもビリングズリーは違う」イヴは捜査キットをもう一度あけ、死体の横にしゃがんだ。「身元を確認して、死亡時刻を割り出しましょう」

「噛み跡がついてるなら、唾液《だえき》が採れますね、歯形も」ピーボディが言った。

「もっといいものが手に入ったわ」イヴはビリングズリーの息絶えた手を持ち上げた。「爪の下に皮膚がある。ビリングズリーもちょっとは相手の肉をとったのよ」

9

イヴはその手に袋をかぶせる前に、もっとよく見ようと顕微《マイクロ》ゴーグルを装着した。「緑色の肉片、つまり例の犯人ってことね。DNAがつかめる」

「それに、おもだった容疑者の誰かが最近、引っかき傷をつくってないかたしかめられますよ」

ロークが戻ってきたので、イヴは顔を上げた。「マクナブは警備と作業しているよ」と彼は言った。「研究室の人間は全員ログアウトしていて、ローゼンタールは最後で十一時二十六分だ。ログではローゼンタールが十二時〇七分にもう一度スワイプキーで入室したことになっているが、ディスクにはその時刻にビリングズリーがスワイプして入室しているところが写っている、はっきりとひとりで入っているよ」

イヴは証拠袋を持ち上げてみせた。「ビリングズリーはスワイプの複製とローゼンタールの声の録音を持っていたの」

「詮索好きは頭がよくまわるようになるものなんだ。十一時二十六分のログアウトを最後に、研究室に入った人間はビリングズリー以外いない。一時十五分にきみのドクター・カオスが出ていくまで、出ていった人間もいない」

「へええ、いきなりあらわれただけじゃなかったのね」

「死亡時刻ですが」ロークが何か言う前にピーボディが声をあげた。「十二時五十分です」

「ビリングズリーが入室してから死亡時刻までずいぶんと時間があるわね。彼を殺すにはそれほどかからなかったでしょうに。遺留物採取班に連絡して、それから検死官にも」とイヴは指示し、それから、血や破片を避けつつ、部屋の中をもう一度じっくり見て、休憩室エリアへ歩いていった。

「ピーボディ！　ここのロッカーの捜索令状をとって。六個よ、デジタルロック式」上に目を向け、天井にある開いた通気口を見た。「あそこから入ってきたのね。男がひとり通り抜けるにはじゅうぶんな大きさがある」

「ローテクだな」とロークが言った。「だが伝統的だ」

「通気装置の図面がいるわ。でもさしあたっては……押し上げてよ」

言われたとおりにし、ロークは指を組んだ。彼の手のハンモックに足をかけ、イヴはぴょんと飛び上がって、あいた通気口のへりをつかんだ。「ああ、この中に格子がある。犯人ははじめはここから出ていくつもりだったのかも」ペンライトをポケットから出し、細い通気トンネルを照らした。「キツキツね。こすった跡が見える。つまり犯人はログアウトし、どこかほかのところへ戻ってきた。医療センターエリアを通ったのか、来訪者用の宿泊施設かもしれないし、ほとんどどこだってありうる。走ったり這《は》ったりして。ぴょんと出て、それから――」

「僕が床から持ち上げているあいだに事件を解決するつもりかい?」ロークがきいた。

「え? ごめん」イヴは飛び降りた。「ぴょんと出て」と続ける。「ここで変装したのかも。ロッカー、バスルーム。遺留物採取班がメイクアップの痕跡を見つけられるかもね。犯人はロッカーに何か残していくほど馬鹿かしら?」

「あけてもいいかな?」

「令状をとったらね」

「生真面目《きまじめ》だなあ」ロークはそう言ってイヴを笑わせた。

「ロッカーは犯行現場の一部だと主張できると思う、実際そうなんだし、だから検察官はたぶんその線を維持できる。でも被告側弁護人はうるさく言ってくるでしょう、だから令状はクリーンにしておかないと」

イヴは腰に両手を置き、ゆっくりと回った。「犯人はここでビリングズリーと会うことになっていたのか？　ここで一緒にいて、言い争いが起き、死に至った。気に入らないわ。今回の犯人はひとりで仕事をする。ビリングズリーは詮索しはじめた、それで死ぬことになったのよ。犯人は仲間を求めていなかった。彼は血清を探しにやってきて、それを手に入れた。ビリングズリーはおまけのラウンドだった」

「どうして犯人は入ったときの方法で出ていかなかったんだ？」

「殺しでハイになりすぎていてどうでもよかったんじゃない」イヴはそう判断した。「その頃には、ディスクに録られるに決まってるところから出ていくのは──もし犯人がそんなことを思いついていたらだけど──ただお楽しみを増やしただけだった。わたしを見ろ！」

ピーボディが戸口に戻ってきた。「シェール・レオに連絡しました」と、検事補の名前を言った。「彼女、わたしを罵倒《ばとう》しまくるところだったんですが、遺体を見せたんです」

「いい考えだったわね」イヴは言った。

「猛然と令状をとりにかかってます」

「オーケイ。モルグの連中がここへ来たら、さっきの皮膚を大至急鑑識に届けさせて。DNAも大至急ほしい。何か賄賂がいるわね。すごくいいやつが」と、イヴはロークに言った。

「ぐずむけの《ディックヘッド》」

鑑識技術主任のディック・ベレンスキーは、第一級の賄賂でなければ、真夜中に起きだして仕事にかかってくれないだろう。

「チケット二枚、スカイボックス、ワールドシリーズの第一戦、ロッカールームのパス付きで」

「すごいわね、でもまだプレーオフのさいちゅうでしょ」

「どこでもかまわないさ――送迎もつける」

「いいわね。まず一枚から始めて、彼に二枚めのチケットを絞りとらせてあげる――きっとそうするだろうし。警備部に行く途中で彼に連絡するわ。さっきのディスクを見たいの。ピーボディ、モルグと遺留物採取班を待っていて。あの皮膚は直接鑑識へ運んでもらいたいから。それと、令状が来たらすぐ知らせて」

警備部で、イヴはスクリーンを、犯人の動きを、あの顔をじっくり見た。そして拡大するよう指示し、静止、再生するよう指示した。

「ゼウスの新種、もしくはそれに似たものに違いないわね。かなり本格的な補装具付きで。こいつにはまともなところはひとつもない。まるで全身の関節がはずれてるみたい」

イヴはもう一度拡大して両手を見た。手袋をはめている、とわかった。それに長く鋭い爪が、指先から突き出している。それからまた顔に戻った。

「犯人があの装具をつけていたんじゃ、あんなふうに被害者を噛みちぎれなかったはず。つまりあれをつけたのは殺しの後。もしくは彼はあれを自在に使うことができる、なぜならあの歯形には、彼のあのとがった前歯みたいなはっきりした刺し跡があったから。彼の狙いは何？」

「すっごい怪奇《フリーク》なショー」というのがマクナブの意見だった。

イヴはeマンにしてピーボディの同棲《どうせい》相手に目をやった。長いブロンドの髪をいくつもの銀のリングで尻尾《しっぽ》のようにまとめ、それと同じものが半ダース、片方の耳たぶからさがっていた。やせっぽちの体は、大量のポケットがついたバギーパンツの蛍光オレンジ色を受けて振動しているようにみえ、シャツはその色が稲妻模様の縦線になっていた。

横線は核爆弾のような青。

「そのなりでフリークショーがどうのこうの言うわけ」

マクナブはにやっとした。「こういうパンツだと暗くても見つけやすいんですよ」

「夜空の火星の上でも、裸眼ですぐ見つかるでしょうね」

「悪党どもも目がくらむんです」彼は笑ったままそう言った。「いずれにしろ、ダラス、本物にみえますよ。この男が、ってことですけど。彼は本物にみえます」

「この男は何ひとつ本物らしくないわ」イヴは訂正した。「これを電子探査課《EDD》に持っていって、徹底的に分析して」

コミュニケーターが鳴ったので、イヴはそちらへ目を落とした。「令状が来た。そのロッカーをあけましょう」

「きみは気に入らないだろうが」ロークは一緒に歩いて戻りながら言った。「僕はマクナブに賛成だな」

「ええ、あのズボンなら、長く見つめすぎたら目がくらむかもしれないわね」

「やらないようにしているよ。きみの犯人が変装しているようにはみえないという点でも、彼に賛成せざるをえないな」

「組み合わせてるからよ。変装と、何か強力なドラッグ」

「彼はどんなふうにまばたきしている？」

その言葉にイヴの足どりが乱れた。「何？」

「もし彼の目が本物でないなら、もし彼があの大きさ、あの形の装具を使っているのなら、どうやってまばたきしているんだ？　彼はいくつかの場所でまっすぐ防犯カメラを見ていた、そしてまぶたは閉じたり開いたりしていたよ。彼は笑っていた、あれを笑いと呼べるのなら。顎は位置を変え、口はめくれあがった。それに僕たち二人とも、彼がありえない形に体をねじ曲げ、なおかつそうとうなスピードで動いているのを見ただろう」

この人はいやになるほどいい目をしてる、とイヴは思った。

「彼が科学者なら——そうにきまってるけど——何かを作りだす方法を見つけ、アドレナリンを高める何かを摂取してるのよ。怪物は存在する」と彼女は付け加えた。「でもやつらは肉と血でできてる。やつらは人間よ、ほかのわたしたちと同じように。ねじ曲がっているのは彼らの中身なの。こいつはどこかのフランケンシュタイン的怪物じゃない」

「実を言うと、僕は別の古典を考えていたんだ。ミスター・ハイドだよ」

「あなたはもうああいう古い映画を見ないほうがいいわ」イヴはそう言い、研究室への通路を歩いた。

「もしきみが、科学者が自分の外見をそんなふうに偽装する道具や薬物を発明できると信じているなら、なぜその科学者は自分自身を今回のようにする何かを発明できないんだ？」

「なぜなら」イヴはドアへ近づきながら答えた。「外見と実際にそうであることは別だから」ドアの手前で立ち止まる。「もしかしたら——もしかしたら——この研究室の中で何かが進行していて、それが強奪されたのかも。何かが失敗したのかも。だったらローゼンタールの記録を救出して突き止めるわ。でもさしあたっては、殺人者が好き放題しているし、容疑者の誰も、狂った科学実験結果としては浮かんでない」

「人間らしい顔のほうが本当の偽装なのかもしれないね」

その考え方を頭に刻んで、イヴは研究室に入った。

警察の作業が進められており、遺留物採取班とモルグの係員もすでに仕事にかかっていた。ロークを連れて、イヴはまっすぐロッカーのところへ戻った。

研究室の壊されようと、血清の鍵つきキャビネットの開いた、こじあけられたのではない扉を思い浮かべた。

「あなたが来てるんだから、扉をこじあける意味はないわよね」

「まったくないね」ロークは同意した。

彼には長くかからなかった。彼が錠をあけながらロッカーの列を進んでいくあいだに、イヴはピーボディを中へ呼んで捜索させた。

するとパーチャイ・グプタのロッカーで掘り出しものを見つけた。

イヴは銀色のパイプをとりだした。

「打撃力が増すよう重くしてある。それにちゃんと掃除すらしてない」とイヴは見てとった。「まだ血や何かがついてる。骨にぶつかったところに傷やへこみがあるわ」

「グプタは彼女を――ダーネルを愛していました」ピーボディは頭を振った。「全身にそうあらわれてましたよ、ダラス。愛と嘆きが、全身に」

「愛していたものを破壊したのは彼がはじめてじゃないでしょう。とはいってもこれじゃあんまり間抜けだし、あんまりうかつよ。血清を盗むときはあのキャビネットをぶち破らず、錠をあけた。なのにそのあとで凶器のひとつを、仕事場のロッカーにぽんとほうりこむわけ?」

「でっちあげですか? それのほうがわたしにはしっくりきます」ピーボディが言った。「自分が事情聴取をしたのはわかっていますし、何かを見逃したとは思いたくないですが、でっちあげのほうがすじが通っています」

「グプタはこれをこのロッカーに入れていた、でも使っていない。ビリングズリーを殺す、そしたら彼が本物の間抜けでないかぎり、わたしたちがロッカーを調べ、血清のキャビネットがコードであけられた事実を疑問に思うことはわかっている。犯人は不安定で、ドラッグのせいでさらにそうなっている、でもちゃんと計画を立てている。入ってくるところは見られないよう用心してるし——でも人殺しはする、そのあと姿を見せる」

「わたしたちをここに来させたかったから」とピーボディが結論を出した。「グプタへつながるパンくずを追わせて。いや、パンくずじゃないですね。大きい、厚切りのパンを何枚も」

「そういうふうに読めるわ。それを密封して、凶器を鑑識へ分析に持っていかせて。それからわれらがプレイヤーたちを全員拾って、署に連れてこさせましょう」

イヴはロークと部屋を出た。「でっちあげか、もしそうなら、人間のしたことね。現場を破壊したり、発見されそうな場所に証拠を残しておくのもそう、もしでっちあげだとしたら。いずれにしても、凶器、DNAがあれば、事件は解決できる」

「そのとおりだね。僕はこれからオフィスに行くよ」

「いま？　ええと……」イヴは彼と外へ出ながら、時間を見た。「まだ午前五時前よ」

「きみは二時すぎから働いていると指摘してあげるべきかな？　僕も今日は早く仕事を始めるよ、それにかなり興味があるから、あとでセントラルへ、きみの解決ぶりを見届けにいくかもしれない」

「もし車がいるなら、わたしは――いらないみたいね」黒いリムジンがすーっと縁石へ寄ってきたので、イヴはそう付け足した。「わたしはまず鑑識へ行って、ディックヘッドをせっついてくる。DNAが一致すれば、無関係の第三者を聴取室でのラウンドからはずせるし。賄賂をありがとう」

「何でもないさ」ロークは彼女の頬に触れた。「気をつけるんだよ？　今度の事件はひどく胸騒ぎがするんだ」

「昔のホラー映画の見すぎよ、それとアイルランド人気質。どこかの殺人科学者くらい対処できるわ」

「彼を殴らないようにしてくれ。その腕の治療がやりなおしになる」

イヴはロークが車で遠ざかっていくのを見送り、それから中へ戻って遺留物採取班のリーダーと話し、ピーボディを連れ出して鑑識へ向かった。


ディック・ベレンスキーの真っ黒な髪は卵型の頭の後ろへ撫でつけられていた。いつもの白衣ではなく、マルチカラーの花模様のシャツを着ていて、それにはマクナブですら顔をしかめそうだった。

「いま着てるのはいったい何？」

「服だよ。午前五時なんだぞ。俺はまだ正式には勤務についてないんだ。それからこの作業をするならシングルモルトのスコッチがひと壜《びん》ほしい」

「条件については合意ずみでしょ」

「それは前の話だ」彼は不機嫌な目を向けてきた、しかしイヴがこの前会ったときの彼はぞっとするほど愛想がよかった――そして恋をしていた――ことからして、どうやら楽園にトラブルがあったらしい。

「何の前？」

「俺がここへ来てみたら、ハーヴォが徹夜していたとわかる前」

「それがどうしてわたしの問題になるわけ？」

「彼女はあんたの毛髪にかかってるんだよ――最初の殺人の――それにあんたは気に入らないだろうな」彼は蜘蛛《く も》の脚のような指をコンピューターの上に躍らせた。「彼女、ここへ来るよ」

「わたしの皮膚はどうなるの？」

「彼女が先だ。そして俺はスコッチがほしい」

「わかった、わかった、こっちで使えるものを何かくれるならね」

「ああ、いいものをやるよ」

ハーヴォがツンツンした赤い髪と疲れた目をして、自分のセクションからベレンスキーのセクションへ出てきた。「どーも」とイヴとピーボディに挨拶《あいさつ》し、スツールに座りこんだ。

「彼女に言った？」とベレンスキーにきいた。

「おまえが話すって言っておいたよ」

「ええ、ええ、オーケイ。それじゃ」とハーヴォは言い、椅子をぐるりとイヴに向けた。

「ある面においては、これは本当にすごい。でももういっぽうの面では、まったく使い物にならない」

「何が？」

「例の毛髪。わたしは毛髪と繊維の女神よ、だからもしわたしに識別できないなら、誰にもできないの。そしてわたしにはできない」

「どういう意味？」

「悪いわね、これにひと晩かかりっきりだったの。強壮《ブースト》ドリンクのせいでちょっとハイになってる」彼女は手に持ったジャンボサイズの缶を見せてから、ごくごくと飲んだ。

「新しいブラックチェリー味は飲んでみました？」ピーボディがきいた。

「ええ、でも変な後味があるでしょ。わたしはレモン・ゼストが大好きなの。ビューンって来るのよね」

「わたしはブルー・ラグーンが好きですよ。青いものを飲むと、何だかエネルギーが湧く気がするんです」

「失礼」イヴは露骨なほどていねいに言った。「そういう味だの好みだののおしゃべりは魅力的なんだけど、ちょっと時間をとって――ええと、何だったかしら――証拠の話をしてもらえる？」

「もちろん」ハーヴォが答えるいっぽう、ピーボディは咳払いをした。「あなたの犯行現場からの毛髪を受け取ったわ。いくつかは各被害者のものと特定できた、何の問題もなく。彼らのものじゃないのもいくつかあったわ、でも毛根がないの。だからそれについてDNAはあげられない、でも通常の分析は始めた。動物は除外したほうがいいでしょう――ドブネズミとか、野良猫とか、何でも。それから――とりあえず思ったの――基本的な事実をいくつか教えられるだろうって。人工のものか、人間のものか、何らかの処理をしたものか、カラーリングとか、そういったことね。でもできない、なぜならそうじゃないから」

「何じゃないの、ハーヴォ？」

「人工のものじゃない。それはたしか。でも厳密に人間のものでもないし、厳密に動物のものでもない。両方みたいなものね」

「両方のはずないでしょう」

「そのとおり」ハーヴォはメタリックパープルのネイルを塗った指を立てた。「でもそうなの」彼女はベレンスキーに目をやって許可をもらい、コンピューターの一台を使って自分のファイルを呼び出した。「ここにあるのが」と言い、光る爪で画像を叩いた。「人間の毛髪よ、それからこっちは」――スクリーンを分割して二つめの画像を出した――「類人猿」

「あなたがそう言うなら」

「科学が言ってるのよ。見て、人間の毛髪では表皮の鱗片《りんぺん》がなめらかにかぶさっている。類人猿の毛髪では、それが粗《あら》いの――ほら、突き出してるみたいでしょ。わかる？」

「オーケイ、ええ。だから？」

「だからこれは――」ハーヴォはまた別の画像を出した。「オーケイ、これはおたくの現場から出たものよ。両方の特質をはっきり見せているでしょう――粗いと同時になめらかで――同じ一本の毛髪の表面なのに。あなたが手に入れてきたものはね、ダラス、突然変異体《ミュータント》の毛髪よ。誰かが人間と類人猿を交配させたみたいにね、そしてその結果の毛髪がここにある」

「勘弁してよ、ハーヴォ」

「科学は嘘《うそ》をつかない。失敗することはあるけれど、嘘はつかないの。わたしの持っているものすべてでこれを調べてみたし、遺留物採取班が届けてきたほうの毛髪でも同じことをしてみた。結果は同じ。今朝二時頃、あきらめてうちの父親に連絡してみたの――」

「あなたの――」

「うちの父はＦＢＩアカデミー《クワンティコ》で法医学のトップなのよ。ねえ、ダラス、これはわたしが行き詰まるたびにパパのところへ駆けこむ、なんてことじゃない。それどころか、これがはじめてよ、なぜならまったく常軌を逸しているし、父は生きている中で最高だから――あらゆる場所で」

「オーケイ、ハーヴォ、オーケイ。お父さんは何て？」

「途方に暮れてたわ、わたしと同じように。この種の突然変異はありえないものなの。でもわたしのところには毛髪があり――五つも実例があって――突然変異はありうると言っている」

「それじゃ、わたしにサル人間を探せって言うつもり？　本気なの？」

「あなたの探しているものが何なのかわからない、というのがわたしの言いたいこと。ちょっと、ディッキー、わたしが病棟から出されるのが早すぎたみたいな目で見るのをやめるように、彼女にあなたの意見を言ってあげてよ」

ベレンスキーは腕を組んだ。「ハーヴォは彼女がつかんだとおりのものをつかんだんだ、それに俺も俺のつかんだとおりのものをつかんだ。あんたが見つけたのは緑の皮膚だ」

「そんなことわかってるわよ、ったく」

「俺は緑だって言ってるんだ。メイクアップでもない、染めたのでもない。皮下組織までずっと緑なんだ。おたくの被害者はその肉片と一緒に血液もとっていた、そいつもまともじゃない」

「緑の血だとでも？」イヴはまたあきれかえってみせる気満々できいた。

「赤いさ、でも人間のものじゃない。全然。ハーヴォが毛髪でつかんだことを俺もつかんだ。人間と類人猿の混合。DNAもこれまで見たことがないものだ、俺はありとあらゆるものを見てきたがな。だがあれは実際に存在している」彼はイヴが言い返す前にぴしゃりと言った。「あんたが相手にしてるのは、人を殺しまわっている突然変異の奇形《フリーク》だよ。俺はコーヒーが飲みたい」

彼は立ち上がり、いらだたしげに足音をたてて席を離れていった。

「二日前に、彼女に振られたのよ」ハーヴォが言った。「彼は言わないけど、みんなわかるもの。それ以来、まわりはたいへん。でも彼の言ったとおりよ。あれは実際に存在している。うちの父だけど、あなたが許可してくれればこの件に取り組んでみたいそうよ」

イヴは鼻の付け根をぎゅっとつまんだ。「容疑者たちからDNAを採取するわ。そうしたら、いまあるのと照合できる？」

「ディッキーは被害者が引っかきとった皮膚と血液からDNAを検出したわ。あなたが犯人のDNAを手に入れてくれれば、彼が照合できる。毛髪なら、わたしが照合できる。でも、緑の肌をした、半分サルの人間を見つけるのなんて、むずかしいはずないわよねえ。でしょ？」

「勘弁して」というのがイヴに言える精一杯だった。

賢明にもピーボディは自分の考えを口に出さなかった。何とか賢明でいつづけたが、それもイヴと車に戻るまでだった。

「ハーヴォが信頼できることはわかっているでしょう。それにディックヘッドはディックヘッドですけど、彼は生きている中でいちばん腕利きのひとりですよ。二人がそろって同じ結論に達したのなら、それに実際、犯人を見ると、そいつはまったく……」

「人間じゃない？　馬鹿げてる。馬鹿げてる。それからもひとつ馬鹿げてる。ローゼンタールの研究室では、何かイカレた実験をしてるのよ。許可されていない、ゆがんだ何か」

「それこそわたしの言いたかったことです。彼らは怪物をつくりだした——殺人狂の、サル人間の怪物を。それがいま脱走して、街に大混乱をもたらしているんですよ。そして——」

「あなたを平手打ちさせないでよ。そんなのあんまり女の子っぽいじゃない」

「ぶたれる側にはそうでもないです」

「実験」とイヴは続けた。「例の血清。それがDNAをおかしくして、深刻な貧血を生じさせる。ルイーズはそれなら肌が緑っぽくなることもありうるって言ってたわ」

「ずっと中まで？」

「あきらかにそうね」

「でもあの顔ですよ、ダラス」

イヴはあれが装具、小道具、何か手のこんだ仮面だと思いたかった。しかし……「わからないわ、でもローゼンタールがその点をはっきりさせるまで、鱒《ます》みたいにあぶってやりましょう。ミスター・ハイドか」彼女はつぶやいた。「それほど的はずれじゃないかもしれないわね」

「ミスター・ハイド？」ピーボディはいそいで車に乗り、いつものシートへ詰めて座った。「ああ、ああ、ローゼンタールは邪悪なドクター・ジキルをつくりだしたんですね。いや待って、ドクター・ジキルは善人のほうです。邪悪なのはハイドのほう。でも二人は同じ人物ですよね。ローゼンタールがミスター・ハイドなんだ！」

「Dマイナス、それもあなたが名前を正しくおぼえていたからってだけよ。どうしてローゼンタールがジェニファー・ダーネルを殺すの――あんなやり方で？　あんな私怨《しえん》のある、直接的なやり方で？　犯人は彼女がほしくて、手に入れられなかったのよ」

「パーチャイに戻りますね」

「それを考えてみて。あなたは彼がダーネルを愛していたと言った――それに証人の証言は、彼女にもその気があったとしている。さて彼は行動に出て、彼女はやっぱりその気になれないと思ったのかもしれない。でも今回の件ではみだし者になってるのは誰？　ダーネルや彼女の友達に〈スライス〉で仕事を見つけてあげたのは誰？　彼女とその友達に仕事をあげたのに、彼女はグプタのほうに興味を持った。それにおやおや、凶器のひとつはどこで見つかった？　グプタのロッカーの中よ――血や脳みそがついたままで」

「ケン・ディカソン。でっちあげですね」

「グプタはローゼンタールの助手。ディカソンはまだインターン。グプタはダーネルの目に留まった、ディカソンはおじのところへ行って彼女に仕事を見つけてやったのに――そのあとまた彼女の頼みをきいて、ヴィックスにも仕事を見つけてやったのに。グプタは医者、科学者の家の出で、父親がローゼンタールの知り合いだから優位に立っていた。ディカソンは自分で道を切り開かなければならず、必死に努力して奨学金を得た。それでもグプタはまだ彼の先を行っている」

「なぜパーチャイを殺さなかったんです？」

「最初の被害者三人の中のひとりが、ディカソンのやっていた何かを嗅ぎつけたの、だから彼らは消されなければならなかった。グプタの愛していた娘を殺し、その罪をかぶせる以上に、彼を破滅させるいい方法がある？　ディカソンが使っているものは、自分のほうが優れている気分にさせてくれる、でもその気持ちはもともとあったのよ。それのおかげで彼は強く、自由な気分になれる。満ち足りた気分になれるし、それだけじゃなく、彼は人を殺すことでもっと満ち足れると気づいたの。彼は研究室を破壊し、血清を奪った。自分の手に入れたものをほかの誰にも持たせたくない。すべて俺のもの」

「すじは通ってますね、でも突然変異が説明できませんよ」

「ローゼンタールがもっとうまく説明できるわ」イヴはそう言いながら、セントラルの駐車場に車を入れた。「まず彼からあたりましょう」

10

イヴが殺人課へ向かっていくと、通路のベンチからアリアンナが飛び出し、駆け寄ってきた。「ダラス警部補、お願いです、どういうことなのか教えていただけませんか？　警察が今朝わたしの家に来たんです。イートンが殺されたと言っていました」

「そのとおりです」

「そんな。でもいつです？　どうして？」

「今日の午前一時直前、ドクター・ローゼンタールの研究室で」

「ジャスティンの研究室で？　でも……」

アリアンナは一瞬目を閉じた。「どうしてそんなことが起きるんですか？　警察の方は、わたしたちがここへ来なければならないと言いました――ジャスティンとわたしが。彼は別のところへ連れていかれて、わたしは一緒にいさせてもらえません。ただ待っていなければならないとだけ言われて。もう一時間以上もたっているんですよ」

「長くかかってしまったことはすみません。これからすぐドクター・ローゼンタールと話をします」

「でも何があったんです？　ああ、こんなことは悪夢です。イートンが殺されたなんて、それもジャスティンの研究室で」

「なぜドクター・ビリングズリーが夜のそんな時間に、ドクター・ローゼンタールの研究室にいたのかわかりますか？」

「いいえ。いいえ。彼がいたなんておかしいんです。ジャスティンの仕事には関係ない人なんですから。犯人はジャスティンを狙っていたに違いありません。ジャスティンを」アリアンナは胸のあいだをさすった。「彼はゆうべはまた残業して、自分のオフィスに泊まるつもりだったんです、でもわたしがそうしないでほしいと頼んだんです。わたしと一緒に帰宅して、そばにいてほしいと。一緒にいてほしかったんです、わたしが動転していたので、彼も折れてくれました」

「二人一緒にセンターを出たんですね？」

「ええ、十一時半頃だったと思います。わたしは基金集めのイベントがあって、そこから帰るときに車からジャスティンに連絡しました」

「研究室には誰かいましたか?」

「わかりません。ジャスティンとは正面玄関の外で待ち合わせたんです。ひと晩じゅう一緒でした。誓います。ジャスティンがこの事件に関係しているなんてありえません。イートンが彼に嫉妬していたという噂は知っています」

「実際そうだったんですか?」

「ええ、でもジャスティンは気にしていません。わたしたち――ああ、いまではひどいことに思えます――ときどきそのことを冗談にしていました。ジャスティンにすぐ会えますか? 弁護士が必要なんでしょうか?」

「彼は逮捕されているわけではありません、でもいくつかききたいことがあるんです。弁護士を同席させたいのなら、そうしてもらってかまいません。ピーボディ、ミズ・ホイットゥッドをラウンジにお連れしてくれる? わたしたちがドクター・ローゼンタールと話をするあいだ、そこで待っててもらえるように。長くはかからないから」

必要なだけかかるけど、とイヴは思いながら、最初の聴取室へ向かった。

ジャスティンはイヴが入っていくと、椅子に座ったまま背を伸ばした。

「では本当なんですね」と彼は言った。「ビリングズリーのことは。死んだと」

「そうです。記録開始、ダラス、警部補イヴ、聴取室にて、ドクター・ジャスティン・ローゼンタールが同席、対象事項はダーネル、ヴィックス、ビックフォード、事件番号H‐45893、およびイートン・ビリングズリー、事件番号H‐43898。これは記録しなければならないんです。手続きで」

「わかりました」

「あなたの権利も読み上げます」イヴは読み上げ、ジャスティンは何も言わなかった。「あなたの権利と義務を理解しましたか？」

「ええ。わたしが彼らを殺したと思っているのですね？」

イヴはその質問をしばらく宙ぶらりんにしておいた。ローゼンタールは疲れきっているようにみえる、と思った。アリアンナと同じように。

「被害者全員があなたとセンターに関係していました。ビリングズリーが殺害されていたのはあなたの研究室の中です」

「わたしの研究室の中？」

「そうです。おききしなければならないことがありますが、まず、あなたのDNAサンプルをいただきたいんです」

「わたしの──いいですとも、でもファイルに載っていますよ」

「抜き打ち検査と思ってください」イヴは綿棒を取り出した。

採取が終わると、イヴはドアのところへ行き、待っていた制服警官に綿棒を渡した。

彼女はテーブルをはさんでジャスティンのむかいに座った。「ビリングズリーはあなたの研究室で何をしていたんですか？」

「見当もつきません。彼があそこにいたなんてありえない。わたしの許可がなければ中には入れなかったはずです。どうやって入ったんですか？」

「あなたのスワイプカードを複製し、声の録音を持っていました」

ジャスティンはただぽかんと彼女を見た。「彼はそこまでやったんですか？　わたしのことは嫌っていました――とっくに知っています――でも研究室に押し入るなんて信じられません。それに何が目的で？」

「あなたの助手やインターンに用があったのでは？」

「いいえ、わたしに思いつくかぎりは何も。それに彼はわたしたちが皆、研究室にいないことを知っていました。わたしは出ていく前に彼と会ったんですが、彼はわたしが本当に家に帰るところだということについてあれこれ言いました」

「あなた方は仲がよくなかったんですね」

「あまり」ジャスティンはテーブルに両肘をつき、両手で顔をぬぐい、そのまま髪をかきやった。「みんな知っていることです、彼はわたしがアリにふさわしくないと――そして自分こそふさわしいと思っていることを、はっきり示していましたから」

「それじゃあなたは腹が立ったでしょうね」

「いくらかは」彼は認めた。「でも率直に言って、ビリングズリーのことはあまり頭にありませんでした。アリアンナはわたしを愛していますし、わたしたちは結婚することになっています。それにいまの段階では、頭の残りの部分は仕事でいっぱいです」

「いまの段階とはどういう意味ですか？」

「じきに次の一連のテストにかかるんです」

「つまり？」イヴが言ったとき、ピーボディが入ってきた。「ピーボディ、捜査官ディリア、聴取室に入室。続けてください、ドクター」

「実験用ラットのある検査グループに一定期間、依存性のある特定の物質を投与したんです」

「ラットで依存症をつくりだしたわけですね？」

「そうです。われわれは観察し監視し、表に記し、記録します。今度はラットにあの血清を投与し、いくつも検査をするんです。いったん――」

「人間には試さないんですね」

「ええ。それは何か月か、たぶん何年も先です。この工程は短いものではありません。安全が確認されていない物質を人間に試すリスクを冒すわけにはいきません」

「少しいそぎたい、ペースを上げたいという気持ちはあるでしょう」

「研究の道に入るなら、いそいではいけないんです」

「あなたの助手の方たちはいらだったりしないんですか?」

「いま何と?」

「助手の方たちは時間を一段階縮めて、少しばかりいいところを見せ、あなたに感心してもらいたいかもしれませんよ」

「彼らは若いんです。もちろん、多少の不満や、あせりはあります——ときどきは競争も。でもわれわれには非常に厳格な実験計画、タイムテーブル、手続きがあり、成功のためだけではなく、安全のためにもそれに従わなくてはなりません」

「血清に接触できるのは誰ですか?」

「あれは研究室に施錠のうえ、環境管理キャビネットに入れて保管されています。わたし自身とパーチャイ以外には接触できません。まさかビリングズリーが——」

「キャビネットはあいていました」とイヴは言った。「からっぽでした」

「からっぽ?」ショックを受けた様子で、ローゼンタールはこめかみをさすった。「血清がなくなった? そんな。そんな! あともう少しなのに。ライバルの研究室か? スパイ?

ビリングズリーがそんなことをしますか？」

「二名のインターンは血清に接触できないんですね？」

「ええ。その、いまのは完全に正確な言い方ではありません。ケンとは何度か夜に一緒に残業しましたし、コードも教えました。コードはわたしが三日ごとに変えます。実を言うと、今朝変えるはずでした。血清はもう一度作れます。でも失った時間は……」彼は頭を振った。「しかしそれが今度の殺人事件と、ジェンやあの青年たちと何の関係があるのかわかりませんよ。彼らが研究の成果を盗んだり、売ったりする企《たくら》みに加担していたとは信じられません」

「けっこうです。わかりました。聴取終了。少しここで待っていただけますか。ピーボディ？」

「彼を放免するんですか？」イヴと外に出ると、ピーボディがきいた。

「彼をラウンジに連れていって、彼とアリアンナに待っていてくれるよう頼んでちょうだい。彼にディカソンと話をさせたり、何か科学にまつわる情報を入手した場合に説明してもらったりする必要が出てくるかもしれない。そのあとグプタにあたってみて。彼は何かいまの話に付け足す情報を持っているかもしれないし、もうあなたとは知り合いでしょ」

「オーケイ。ディカソンにはあなたひとりであたるんですね？」

「厳しくやってやるわ。グプタから引き出せるものは全部引き出したと思ったら、彼をラウンジへ連れていって、あなたは聴取室に来て」

「了解」

「それとディカソンに飲み物を持ってきて」

ピーボディはため息をついた。「わたしが善玉の警官だからですね」

「いまのところはね」イヴは隣の聴取室へ歩いていき、中へ入った。「ヘイ、ケン、少し疲れているようね」

「ダラス、警部補イヴ」と始め、きちんと記録を作成した。「長いこと待たされていたんですよ。二時間近く」

少し汗をかいている、とイヴは観察した。うつろな目をしてひどく顔色が悪い。「こういうことは時間がかかるものなのよ」彼に権利を読み上げると、うつろな目が大きく見開かれたのがわかった。

「僕は容疑者なんですか？　どうしてそんなことを言うんです？」

「あなたを保護するためよ、ケン。単なる手続きだから。手続きのことは知ってるでしょう。あなたの権利、あなたの義務を理解しましたか？」

「ええ、でもわかりませんよ、どうして――」

「四人の人間が死んでるのよ、ケン、それにあなたは全員と知り合いだったでしょう」

「僕だけじゃな——」

「ほかの人たちにも話をきいているところよ。それで、ビリングズリーをどう思っていた？」イヴはくだけた口調で続けた。「くそ野郎、そうよね？」

「意見なんてたいしてありません。彼のことは知らなかったんです、あまり」

「間違いないわね。くそ野郎。別の男の女に手を出そうとする人間は誰でも、とくに女のほうにその気がないなら、そいつはくそ野郎よ」

イヴはそう言って笑い、彼の目がさっとそらされるのを見ていた。「忘れるところだった」彼女は綿棒を取り出した。「少し唾液が必要なの。ＤＮＡ検査よ」

「僕——僕はそんなものをする義務はない」

「マジで？　ちょっと唾液をもらうだけよ、ケン」

「あなたが令状を持っていないなら、そんなことをされるいわれはありません。僕の権利です」

「好きにして」イヴは肩をすくめた。「さて、くそ野郎どものことだけど」

「弁護士を呼んだほうがいいですか？」

「呼びたいの？　わたしはかまわないわよ。それだとまた時間がかかるけど。たぶんもう二時間くらいかな」彼女は立ち上がろうとした。

「いいです、さしあたっては。僕はただここを出たいんです」

「無理もないわね。さっきも言ったけど、疲れているみたいよ。遅くまで起きてたの？」

「よく眠れなかったんです。つらいですよ、あんなことがあって」

「でしょうね。ジェンが好きだったんでしょう」

「みんなジェンが好きでしたよ」

「でもあなたは本当に彼女が好きだった。仕事を見つけてあげたじゃない」

「たいしたことじゃありません」

「ねえ、少しは自分の手柄を認めなさいな。あなたが彼女にチャンスを与えるようおじさんに頼む前は、更正しはじめてたかだかひと月の依存症患者よ。そのあともあなたは彼女のために力を貸し、彼女の依存症仲間が仕事につくのを手伝ってあげた。彼女はあなたに借りがあった」

「僕はただ助けになろうとしただけです」

「彼女はお返しをしてくれた？」

「どういう意味かわかりません」

「してくれなかったんでしょう、彼女はパーチャイに目を向けたんだから――それに彼もジェンに。それって頭にきたはずよ」

ディカソンは何かが皮膚の上を這っているかのように、腕をかいた。「彼女はただの友達でしたよ」

「彼女がそうしておきたがったからでしょ。それにパーチャイだけど、彼がジェンのために何をしたかしら？　彼女や彼女の依存症仲間に仕事を世話してやったわけじゃない。彼女が家に持って帰れるよう料理をあげたのは、彼のおじさんじゃない。パーチャイは金持ちの出なのよね、そうは言っても。いつだってそういうふうなんじゃない？　ローゼンタールの一番弟子になって――あなたを飛び越して。あなたのほうが熱心に仕事をしていた、ってわたしは確信してる。何時間も多くついやして。あなたのほうが頭もいい――わたしにはわかる。いろいろなアイディアも持っているんじゃない、ケン？　血清についてのアイディアを」

イヴは身を乗り出した。目に見える引っかき傷はない、と思った。でもディカソンは髪をたらして、うなじにかけている。

「あなたはそのプロジェクトに自分の時間をずいぶんつぎこんだはずよ。記録外でね、いうなれば。身を粉にして働いて。ローゼンタールはかなり保守的だし、実験計画や手続きをきっちり守る人でしょ。でもあなたには度胸がある。多少のリスクは喜んで冒すでしょう。ジェンはあなたがそうしているのを見たの？」

ディカソンはなおも腕をかき、唾をのみ、視線をさまよわせつづけたが、イヴにだけは向けなかった。「何のことを言っているのかわかりません」

「彼女はしょっちゅう研究室に来ていたんでしょ？　パーチャイに会えるようにいろいろな口実をつくっては立ち寄った。あなたの目の前で彼といちゃついた。夜、彼女が来たときにあなたはひとりで仕事をしていたの？　記録外で。彼女を中へ入れたの？」

「ドクター・ローゼンタールがいないとき、時間外に研究室で仕事をすることは許されていません」

「規則なんて」イヴは手でそれを追い払ってみせた。「真の革新は規則なんかくそ食らえと言ってるわ。真の進歩とはリスキーで、賭けに出るものよ。なのにローゼンタールはのろのろ進むだけで、彼の関心を占めるのはイエスマンのグプタ――それからあの女性ばかり。そんなのっておかしいじゃない。でもあなたは自分のほうがすぐれていると、頭がいいと、彼らに見せてやれる。ジェンはあなたがそうしようとしているのに気づいたの、それともあなたから話したの？　自慢せずにはいられなかったんでしょう。それでも彼女はあなたを好きにならなかった。それどころか、あなたがやめないなら告げ口をするとおどした。あなたがローゼンタールの研究成果物を使って実験をおこない、試してみていること、それも相手はラットじゃないことを彼に話すと」

ディカソンは震えだし、汗がこめかみをつたいおりているというのに、まるで寒いかのようだった。「そんなのみんなあなたのでっちあげです」

「そう？　科学者は記録をつけるものよね。これからあなたのアパートメントの捜索令状をとるわ、そうしてあなたの記録を見つける。あなたがコービー・ヴィックスを殴り殺すのに使ったパイプも見つける。それから――」

「うちであのパイプは見つかりませんよ、だって……」

「なぜそうなの、ケン？」

「これ以上は話しません」

「好きにして」イヴが椅子にもたれ、彼が汗を流すのをしばらく見ていると、ピーボディが缶入りのジンジャーエールを持って入ってきた。

「ピーボディ、捜査官ディリア、聴取室に入室。彼、それを飲んだほうがいいんじゃない。飲みなさいな、ケン、少しゆっくりして考えるの。わたしのみたところでは、事態が手に負えなくなった、あなたのコントロールがきかなくなったんでしょう。あなたはあの血清に本当にひどい反応を起こしたのよね」

「これ以上は何も言いません」しかし彼は缶をとり、パカッとあけ、ごくごく飲んだ。

これでまたここへ戻ってきたときに、とイヴは思った。あの缶を持っていける——そうすれば彼のDNAが手に入る。

「いまのことは考えてみて」イヴはそう勧めた。「聴取中断。ダラス、警部補イヴ、およびピーボディ、捜査官ディリア、退室」

「彼、汗びっしょりで、震えてますね」ドアの外に出るとピーボディが言った。「まるで——」

「一発やりたくてたまらない依存症よね。おびえてもいる。口を割るか、弁護士を呼ぶか——どちらもありうるわ。彼のアパートメントの捜索令状をとりましょう。それができるだけのものはつかんである。彼は日誌や記録を持ってるはずよ。あの馬鹿げたケープ、手袋、靴、もしかしたら包丁やメスも」

「次のラウンドはローゼンタールに見せたらいいんじゃないですか。警部補が言ったように、もしディカソンが科学的な話を始めたら、ローゼンタールに意味を解説してもらえますし」

「いい案ね。彼を呼びにいって、傍聴室に連れてきて。わたしはディカソンにあと二分やるわ」

わたしも何か飲んだほうがいいかも、とイヴは思い、自販機をにらんだ。この機械どもは必ずしも彼女に協力的ではないのだ。

「僕がやろう」ロークがクレジットを入れて、イヴのために缶入りのペプシを注文した。

「ありがとう。ショーを見にきたの?」

「いつも入場料を払うだけの価値があるからね」

「ディカソンに聴取室で汗をかかせてやったの。文字どおりね。たぶん彼は例の血清を摂取してるのよ――もしくはその一種を。そしてふた晩つづけてたっぷり摂取したんでしょう。そのせいで彼はへとへとになってしまった。これから中へ入って第二ラウンドにかかるわ。ピーボディがローゼンタールを傍聴室に連れてくるところなの、科学の通訳が必要な場合にそなえて」

「僕が迎えにいってくるよ」

ロークはイヴの顎を軽く叩き、遠ざかっていった――警察署の中なのに、わたしと同じくらいくつろいでる、と彼女は思った。

缶をあけ、ごくごくと飲み、それから聴取室へ引き返した。中へ入ると、ディカソンは反対側の一角で、壁を向いて立っていた。肩が震えている。

「ダラス、警部補イヴ、聴取室に再入室。ちょっと、ケン、席について」

「ドクター・カオスがお相手するよ」

イヴは彼の声のぶっきらぼうさに眉を上げた。「いよいよ核心に入ってきたわけね。座ってちょうだい、ドク、そうすれば――」

彼が振り返った。イヴは自分のような人生とキャリアでここまで来たら、心底驚くものなどもうほとんどないだろうと思っていたが、衝撃のあまり凍りついた。

目の前でディカソンの顔が波立った。気味の悪い緑色になったそれはねじれていって、下顎がグロテスクな角度で止まった。歯はとがり、両目は眼窩の中からはみだして出っぱり、赤く光りはじめた。

「それにわたしは人間じゃない」

彼の背骨がゆがんでいくようにみえると同時に、位置を変えていく骨がピシッ、バキッというのが聞こえた。「わたしは神だ」

イヴは武器を抜いた。「何だろうと逮捕するわ」

彼が飛びかかってきた。イヴは光線を放ち、たしかに胴の真ん中に命中させたが、彼はあまりに速かった。身がまえるには数分の一秒の余裕しかなく、ぶつかってくる彼の体の力を利用して倒れ、蹴り上げ、彼を反対側へ飛ばして壁に激突させた。

彼はさっと飛びのき、血を流していたものの、蜘蛛のようにすばしこかった。また彼女が撃つと、彼はびくっと引きつった。それからにやりとした。

「うぅ、くすぐったいな！　いまのわたしはもっとずっと強いんだ」

「そうみたいね。でもそれほどじゃない。あんたは利口でしょう」彼はもう一度襲いかかってくるだろう、とイヴは思った。いまの彼は内なる獣《けもの》が大きすぎて、そうせずにはいられないのだ。「あんたはコップ・セントラルのど真ん中にいるのよ。わたしを突破したとしても、逃げられやしない。ここで死ぬことになる」

「わたしは死なない。だがおまえは死ぬ。わたしからみればおまえは虫けらだ。おまえたち全員。弱くてもろい」

「彼はまだあんたの中にいるわ。弱くてもろいディカソンは」

「そう長くはないさ。あいつはあの女のために泣いた、でもビリングズリーを殺すのは楽しんでいた。おまえを殺すのも楽しむだろう。わたしたちはおまえの心臓をえぐりだして、食べてやるよ」

イヴはもう一度撃ち、撃ちつづけた。それで彼は動きが遅くなり、よろめいたが、それでもむかってきた。

ドアが勢いよく開いた。ロークが駆けこんできて、ピーボディと警官の一団がそのあとに続いた。カオスは身をひるがえし、歯をむき――いくつもの麻痺《まひ》銃の光線を受けてびくびくと体を揺らした。

「くたばれ、この野郎！」イヴは叫んだ。

「僕にやらせてくれ」冷たく険しい顔で、ロークは相手のゆがんだ顔にこぶしを叩きこんだ。右、左、また右。

血を流し、体をけいれんさせながら、カオスは倒れた。

「ちくしょう、ちくしょう、ちくしょう」イヴは罵《ののし》りの言葉を――祈りを――つぶやきながら拘束具をはめた。「足かせがいるわ」と叫んだ。「いますぐ。ピーボディ、こいつに武器を突きつけていて」

「まかせてください」パートナーが答えた。

「彼に足かせをつけて、檻《おり》に入れておいて、意識が戻る前に。隔離しておくこと。さあ取りかかって！」

「怪我《けが》は？」ロークが立ち上がるイヴの手をつかんだ。

「ないわ。彼をぶちこまなきゃ。すぐ戻る。ああそうだ、アシストをありがとう」そう付け加えて、部下たちがカオスを持ち上げられるようわきへどいた。

ロークは彼女が行くのを見送り、それから自分のすりむけたこぶしを見おろした。「おや、おや」

エピローグ

イヴがオフィスに戻ると彼が待っていて、ボロボロの客用椅子に座ってPPCを手にしていた。彼女が入っていくとそれを横に置き、彼女の顔を見ただけでオートシェフのところへ行って、自分たち二人ぶんのコーヒーをいれた。

「彼は死ぬわ」イヴはデスクを前にどすんと腰をおろした。「多臓器不全――ルイーズが予想してたやつよ。それにかなり大きな脳腫瘍《のうしゅよう》がある。命は救えそうにない」

「気の毒だと思いたいな、きみは思っているようだが」

「彼は馬鹿だった――ディカソンは。嫉妬深くて、身のほど知らずで、むこうみずで。でも人殺しじゃなかった。というか、あの血清を摂取しはじめるまでは違った。自分版の血清を。彼はあれを改良した、と自分では思っていた。ダーネルを、上司を、世界じゅうを感心させるつもりだった。なのにいま彼は死にかけてる、彼が自分の中にあったものを解き放ち、それが以前の彼を、彼の望みを悪用したから。彼はそれをコントロールできなかった」ロークはデスクの一角に腰をかけ、彼女と向き合った。「きみは彼に殺されていてもおかしくなかったんだよ」

「ええ。彼がなったものは、ディカソンがあの血清にとりつかれていたのと同じくらい、殺しにとりつかれていた。ローゼンタールの助けようとしている人たちが、違法ドラッグにとりつかれているように。ローゼンタールはいま彼に付き添ってるわ——かなり打ちのめされてる。ディカソンはほとんどしゃべれないけど、事件を終結するのに必要なものはつかめた」

「きみにとってはいつだって、単なる終結ずみの事件ではないんだね」

「四人の人間が惨殺されたのよ。それに今度は遺体が五つになる。ディカソンは最初に血清を摂取したときに死んでたんだわ。自分では知らなかっただけ。彼はダーネルに研究室に来てくれと言ったの。鼻高々で、見せびらかさずにいられなかったのね。彼がいかにすばらしいかダーネルが気づき、彼の望むとおりに好きになってくれると期待せずにいられなかった。ところが、彼女は感心するどころか、彼にローゼンタールのところへ行かなければいけない、やめなければいけないと言った」

「彼女はその依存症に気づいたんだろうな」ロークが言った。

「ええ、そうね。彼女はその点に関しては白黒はっきりしていた。彼が上司に打ち明けないなら、自分が話す、なぜなら彼は自分で自分を病気にしているからだ、とダーネルは言ったそうよ」

「それは彼がさらに血清を摂取することにしかならなかった」

「彼はダーネルに言われたとおりにすると約束し、それから血清の摂取量を増やした。自分のほうがパーチャイよりすぐれている、ローゼンタールすらしのいでいると、彼女に証明するために」

「そしてカオスが誕生した」

「そんなところでしょうね。彼は人を殺したのは夢、幻覚だと思っていたと言ってる」

「信じてないんだろう」

「ええ」イヴは認めた。「信じてない。彼は自分が何をしたか知っていた。一方ではそれに向き合うことができず、一方ではそれを手放すこともできなかった。ディカソンは、自分が研究室に行くと、ビリングズリーがローゼンタールのコンピューターに侵入しようとしていた、と言ってたわ」

「またしても嫉妬か」

「緑の肌の怪物（シェイクスピア『オセロ』に、嫉妬をあらわす〝緑の目の怪物〟という言葉がある）」

ロークは訂正しようとしたが、すぐに肩をすくめた。「そうだな、今回はね」

「そしてこの事件は終結」イヴはコーヒーを飲みほし、それも悲しみもわきへ置いた。「書類を書き上げなきゃ、それにナディーンに優先権をあげるって約束しちゃったの。何でだったかわからない」

「友情だろう、それに彼女ならフェアに正確にやってくれるとわかっているから。それじゃ仕事にかからせてあげるよ、僕はちょっとした取引を終わらせる場所を探す。終わったら連絡してくれ。おたがい揃《そろ》って朝食を食べそこなったんだ。きみをランチへ連れていくよ――何時になっても」

「わたしは何か適当に食べてもいいのよ。待っててもらわなくてもいいから」

「イヴ」ロークはくしゃくしゃになったイヴの髪の先に触れた。「僕が傍聴室に入ったとき、彼が振り返ったんだ。あのときの彼を、もしくは彼がなろうとしていたものを見たんだよ。僕たちは目の前にあるものすべてを見てとれるわけじゃないだろう？　僕に見えたのは喜びだった――彼の顔に浮かんだ、人を殺す喜びだ。自分がそっちへ行けるか、きみのところへ行けるか、間に合うかわからなかった」

「わたしは麻痺銃を命中させてたのよ」イヴは言った。「それに、ええ、いずれにしろあいつにはちょっとかじりとられたかもしれない。あなたは見事に片づけてくれたわ」

「それじゃ、きみも蓋《ふた》をゆるめてくれたわけだね。待っているよ」彼はかがみこんで、唇を触れ合わせた。「いつまでも」

「お馬鹿さん」

「そのとおり。それから、今晩一緒に家に帰ったら、その腕の手当てをしよう」

「それがどういう意味かわかってるわよ」

ロークは噴き出し、もう一度キスをした。「きみは腰をおろしてからずっとそこを押さえているからね」

イヴは目を下に向け、彼の言うとおりだと気づいた。「ここに一発やられたんじゃないかしら」手を放し、彼の手をとってこぶしを見た。「あなたも」

「それじゃおたがいの手当てをしよう」

「いいわね」

たしかにいい。彼が静かな場所を探しに出て行くと、イヴはそう思った。仕事にかかる前に、立ち上がり、細い窓のところへ行った。外のニューヨークを見る——いまは安全になった、狩りをする怪物の一匹から。

そしてしばらく立ったまま、死にゆく者のために寝ずの番をした。

訳者あとがき

シリーズひさしぶりの中編集をお届けしました。楽しんでいただけたでしょうか？

作品の発表順に紹介しますと、「死者と交わした盟約」が二〇一〇年、シリーズの流れの中では第三十二作『夜の狩人の絆』の直後をえがいた作品、そして「ドクター・カオスの惨劇」が二〇一一年、第三十四作『悪夢の街ダラスへ』と第三十五作『偽りの顔たち』のあいだの作品です。いずれも、あるテーマで編まれたアンソロジーに収録された作品です。

＊「死者と交わした盟約」(Possession in Death)

『夜の狩人の絆』の中で、イヴは恋人アマリリスを失って絶望の淵にいた検死官モリスを励まそうと、バーベキューパーティーをすると言ってしまい、その約束を果たしたのがこの作品の冒頭になります。人との交流が苦手、ましておおぜいの人間が集まるパーティーなどふだんならまっぴらごめん、というイヴが、頼れる仕事仲間であり、友人にもなったモリスをなんとか力づけようと、なれない女主人役をする様子がほほえましいですね。とはいえ、事件のほうから寄ってくる体質（笑）のイヴなので、今回もひょんなことから殺人事件に遭遇してしまいました。しかも、もしかしたら被害者は死んだあとも彼女に……。

この作品が収録されたアンソロジーはタイトルを*The Other Side*、つまり「むこう側」＝「あの世」をテーマとしています。リアリストのイヴが、この世の物理法則では説明できない出来事に次々と見舞われ、悪戦苦闘しながらも、理性と直感を武器に犯人をあぶりだしていくストーリーは、いつもと違ったスパイスの効いた一編になっていると思います。冒頭がバーベキューパーティーということで、シリーズ第二十八作『死者のための聖杯』で重要な役割を担っていたロペス神父をはじめ、懐かしい面々が顔を出しているのも愛読者の皆さんには楽しんでいただけたのではないでしょうか。

＊「ドクター・カオスの惨劇」(Chaos in Death)

こちらはまた趣向を変えて、ＳＦ的なテイストのあるストーリーになっています。三人の薬物依存症者が惨殺され、イヴがその捜査を担当します。犯行は残忍をきわめ、現場の状況からみて、犯人は異常な嗜好と体力の持ち主であると考えられ、しかも目撃者はその人物の顔が悪魔のようだったと証言。もちろんイヴは悪魔など信じませんが、現場に残された科学的証拠は、なんと犯人が人間ではないと告げていて……。

この作品では、薬物依存症がストーリーの柱になっています。薬物依存症は以前から世界的に大きな問題であり、依存症者に対しても、昔は犯罪者や危険な人物という見かたが主流だったものの、近年では依存症＝病気であり、彼らに必要なものは適切な治療だと考えられているようです。この作品でも、ルイーズやドクター・ローゼンタール、アリアンナなど、そうした姿勢で依存症者の治療や社会復帰に尽力する人々の熱心な活動がえがかれています。常に現実社会の出来事や問題に目を向け、作品を執筆するロブらしい一作だと思います。

この作品が収録されたアンソロジーのタイトルは *The Unquiet*、「不穏」＝おだやかでないことがテーマになっています。むずかしいテーマだと思いますが、依存症者の精神状態をあらわす言葉にこれを持ってきたのは、やはり言葉に対するロブの鋭い感覚のなせるわざですね。事件が陰惨であるため、全体に暗くなりがちなムードに、メイヴィスのユーモラスなおしゃべりや、マクナブとの軽妙なやりとりが、ほっと息をつける明るい幕間を作ってくれています。そうそう、この作品では鑑識課のハーヴォの意外な家族情報が明かされます！

さて、最後にお知らせです。冒頭に書きましたように、中編集の刊行は二〇一五年の『ダーク・プリンスの永遠』からしばらく間があいていましたので、この本に続いて、来年早々にも中編集が連続刊行されることになりました！　収録作品は、二〇一三年発表の“Taken in Death”と、二〇一五年発表の“Wonderment in Death”の二篇で、どちらも有名な児童文学にインスパイアされた物語です。

前者の“Taken～”は『ヘンゼルとグレーテル』がヒントになっています。高級住宅地で子守が殺害され、幼い兄妹が誘拐されました。防犯カメラに映っていた犯人は、なんと兄妹の母親。しかしどうも様子がおかしく、イヴは彼女が母親でないことを突き止めます。いっぽう、囚われの兄妹は、母親そっくりのその女を〝悪い魔女〟と考え、助けが来るまでなんとか生き延びようとします。そこで賢い兄が思いついた工夫とは……。

二つめの“Wonderment～”は『不思議の国のアリス』に着想を得ています。ルイーズの友人が妹に殺害され、その妹も自殺という事件が発生。イヴが捜査を進めていくと、あやしげな霊能者の存在が浮かび上がってきます。そして新たな被害者が、『不思議の国のアリス』の登場人物の名を口にしながら、イヴの目の前で死に……。残念ながら、お話しできるのはここまでになります。続きは来年の中編集をお待ちください。

それでは、次回のイヴ＆ロークの活躍をお楽しみに。

二〇二一年十一月

死者と交わした盟約
イヴ&ローク 番外編

著者	J・D・ロブ
訳者	青《あお》木《き》悦《えつ》子《こ》
	2021年11月26日 初版第1刷発行
発行人	三嶋 隆
発行所	ヴィレッジブックス 〒150-0032 東京都渋谷区鶯谷町2-3 COMSビル 電話 03-6452-5479 https://villagebooks.net
印刷所	中央精版印刷株式会社
ブックデザイン	鈴木成一デザイン室
DTP	アーティザンカンパニー株式会社

ISBN978-4-86491-522-9 Printed in Japan